Bandprobe im Matratzenlager, aufgenommen 1942 in einem Nebengebäude des Hauses des Rundfunks in der Soorstraße.
Foto © Rainer E. Lotz, Bonn

Demian Lienhard

Mr. Goebbels Jazz Band

Roman

FRANKFURTER VERLAGSANSTALT

The one duty we owe to history is to rewrite it.
Oscar Wilde

Erster Teil

*Jeder Mensch ist ein Abgrund, es schwindelt einem,
wenn man hinabsieht.*

Georg Büchner

Berlin, im Jahr 1940

Über dem Reich, über der Hauptstadt, über Berlin, da war an diesem Vormittag eine durch und durch deutsche Sonne am blankgeputzten Himmel zu sehen: Feist und prall und kurz vor Erreichen ihres Höhepunktes thronte sie über der Welt und übergoss alles mit ihrer schwefelgelben Herrlichkeit, dass es vor Verzückung kaum ein Aushalten war.
Der Tag nahm sich außerordentlich warm aus für diese Jahreszeit. Nur selten war da und dort ein laues Lüftchen zu verspüren, zumeist aber blieb es vollkommen windstill. Die riesigen Hakenkreuzfahnen, sehr zufrieden über ihre eigene Größe, hingen schlaff und träge an ihren Stangen.
Unter den Linden, auf der Leipziger und der Wilhelmstraße, den Neben-, Zubringer- und Seitenstraßen, sprich: im Regierungsviertel, ging alles seinen wohlgeordneten Gang. Schneidige Beamte schritten schnell von einem Büro ins nächste, adrett gekleidete Sekretärinnen huschten von einer Straßenseite zur anderen, schwarz schimmernde Dienstwagen und Taxis schoben sich rasch ins Reißen des Verkehrs.
Im dumpfen Vibrando dieser großstädtischen Geschäftigkeit war zunächst nur unmerklich, dann aber umso schärfer und stechender ein dreimotoriges Knattern

und Sputzen auszumachen, und wer nun, vom Lärm aufgeschreckt, den Kopf hob, konnte dort einen in der Sonne glitzernden Aeroplan seine ebenmäßigen Bahnen ziehen sehen; seine Nase starr gen Tempelhof gerichtet, sank er wie auf einer unsichtbaren Rampe langsam aus dem Himmel herab.

Das war es, was die Menschen am Boden sahen, während umgekehrt, aus den rechteckigen Fensterchen, der Blick der Passagiere hinunter in die Straßenschluchten des monumentalen Zentrums stürzte. Man sah das Reichspräsidentenpalais, das Justizministerium, das Auswärtige Amt, alle waren sie an der Wilhelmstraße aufgereiht wie lauernde Seevögel auf einer hohen Klippe. Zwischen Wilhelmplatz und Mauerstraße schließlich erblickte man auch das schattenfarbene Ministerium für Volksaufklärung und Propaganda, in dessen – nanu! – seltsam verrenktem Grundriss einer der empfindsameren Passagiere für kurze Zeit die fast bis zur Unlesbarkeit miteinander verwachsenen Buchstaben J und G zu erkennen meinte. Dies freilich blieb den Passanten am Boden verborgen; wer die Mauerstraße hinunterschlenderte, sah hier einen von steinernen Vögeln bewachten Bau mit riesigen Fenstern, Türen und Treppenstufen, der jeden Maßstab des Menschlichen vermissen ließ. Aber war nicht genau dies der Arbeit angemessen, die hier tagein, tagaus geleistet wurde?

In diesem Schalt- und Waltzentrum der öffentlichen Befindlichkeit, in dieser Fabrik des deutschen Willens hing am heutigen Vormittag eine gewisse Irritation in der Luft. Eine Störung hatte sich ins ministeriale Uhrwerk eingeschlichen, die präzis ineinandergreifenden Zahnräder der Abteilungen und Referate waren in eine leichte Unwucht geraten, denn ungewohnte Klänge krochen durch die Flure, nervöses Klarinettengenäsel kam die Treppen heruntergeschlängelt, lockere Melodien, denen man hier und dort einen Ton abgeknapst hatte, drangen stoßweise in so manches Büro, und immer wieder schoss ganz unvermittelt das überdrehte Tüdelü eines Saxophons durch eine offenstehende Tür.

Dagegen formierte sich alsbald Widerstand. Wie auf einen unsichtbaren Befehl kamen ein Herr Itzewerder, ein Herr Storchenburg und ein Herr von Ungern-Sternberg auf die Gänge gelaufen, und an den zahlreichen Köpfen, die nun überall aus den Türen gereckt wurden, konnte man leichthin erkennen, dass sie in ihrem Empfinden nicht alleine waren. Noch im selben Gang schloss sich ihnen ein Dutzend Männer und Frauen an, und in kürzester Zeit hatte sich ein lärmender Haufen zusammengerottet, der sich auf die Suche nach der Quelle des Übels begab.

Man folgte verschlungenen Fluren, stieg zahlreiche Treppenschächte empor und wieder hinunter, und auch wenn man hin und wieder in die Irre ging, wurde man von der beschwingten Melodie letztlich doch in einen abgelegenen Teil des Gebäudes gelockt, vor die doppelflüglige Tür eines Vorführungssaals. Hier nun gab es keinen Zweifel mehr: Hinter der Handbreit furnierten Holzes war es, wo eine Musik aufgespielt wurde, die sich ganz offenbar mit allen Wassern gewaschen hatte. Wobei, in den meisten Ohren – sicher bei den

Herren Storchenburg und Ungern-Sternberg, bei Herrn Itzewerder wissen wir es nicht ganz so genau – nahmen sich diese Melodien natürlich schmutzig aus, denn da schwang, nun, afrikanischer Dschungel oder auch, jawohl, Palästina mit, und der Rhythmus war unerhört. Das alles aber verführte erstaunlicherweise zum Mitwippen, es schob sich einem unweigerlich die Kinnlade nach vorne, hinten, vorne, die Musik verlockte zum Tanzen, vielleicht war sie sogar ein kleines bisschen schmissig, fetzig und – ähm, aber vor allem natürlich heillos entartet.

Also, worauf wartete man denn noch? Los los, hinein in den Saal gestürmt, und beendet, was beendet gehört! Oder doch nicht? Nun, die Beamtenschar wollte den Klamauk schleunigst unterbunden sehen, sie zürnte und zuckte, bibberte und geiferte. Im gleichen Maße aber war man auch gehemmt, dieses Verlangen höchstselbst ins Werk zu setzen. In stachligen Buchstaben stand nämlich präzis jener Gedanke an der Tür angeschlagen, den sie alle unausgesprochen auf der Zunge trugen: *Jegliche Störung ist zu unterlassen!*

Ui. Was sollte das nun heißen, wie war das zu deuten, was war zu tun? Sollte man seinem inneren Drang nach Ordnung nachgeben und die Tür aufbrechen? Aber galt es nicht ebenso, diesem Befehl zu gehorchen, der hier unmissverständlich und in seiner ganzen Schärfe auf der Tür prangte? Man haderte und zürnte, man war hierhin und dorthin gerissen, es herrschte eine fingernägelknabbernde Anspannung. Nein, es war wirklich nicht erquicklich, in diesen Häuten zu stecken, die von oben bis unten angefüllt waren mit der Frage, ob man sich – sozusagen für ein höheres Ziel – einem Befehl widersetzen durfte, und man hätte ganz ungern mit diesen bedauernswerten Kreaturen tauschen wollen.

Just das (oder etwas sehr Ähnliches) aber geschah nun: Wie durch telepathische Gedankenübertragung fand sich die exakt gleiche Überlegung in die Köpfe des hinter dieser Tür versammelten Publikums verpflanzt, und auch wenn es unerträglich stickig war in dem eng bestuhlten Raum, so waren es bestimmt nicht nur die verbrauchte Luft und der wabernde Zigarettenrauch, welche feine Schweißperlen auf die Stirn der in dezenten Braun-, Grau- und Schwarztönen uniformierten Zuhörer trieben. Hier und dort wurde denn auch gehüstelt, immer wieder griff irgendwo ein Daumen und ein Zeigefinger nach dem Kragenspiegel, um der Kehle etwas Erleichterung zu verschaffen, und so manch ein Blick fand sich abermals auf die tadellos polierten Stiefelspitzen gesenkt. Der allgemeinen Nervosität zum Trotz versuchte man ruhig zu bleiben und hoffte inständig auf eine baldige Klärung der Frage, warum in aller Welt diese wahnwitzigen Musiker da vorne einen astreinen Swing von ihren Instrumenten rissen.

Noch aber hieß es warten: Die Anspannung des beamtischen Publikums nämlich schien mitnichten auf die Bühne übergegriffen zu haben, wo mit einer Mischung aus südländischer *Nongschalengs* (wie der Berliner zu sagen pflegt) und hauptstädtischer Schnoddrigkeit vier, fünf, sechs schwarz befrackte Musikanten zugange waren und überhaupt nicht ans Aufhören

dachten. Im Gegenteil: Da zwirbelte ein Saxophonist mit runder Brille seine Melodiechen eifrig zwischen die Trompetenstöße, während an Klavier und Schlagzeug zwei Männer mit glänzendem Haar und ebensolchem Gespür für musikalische Feinheiten der eingängigen Melodie ihren Rhythmus unterjubelten. Es war ein Hin und Her, eine musische Mänadenjagd, die von diesem Sextett vollzogen wurde, ein Wippen und Hüpfen, ein schrilles Kreischen, das erst nach langen Minuten in ein hörbares Verebben mündete, dem ganz zum Ende noch einmal ein furioses Schlagzeugsolo entgegengeschleudert wurde, padabadabam, Kipploren beim Kieslassen, hohle Zisternenwagen rasselten übers nächtliche Weichenfeld, die Trommel eines Revolvers entlud sich. Dann war Schluss, aus, vorbei, und eine schwere Stille fiel von der Decke herab.
Tja. Was sollte man davon denken, und vor allem: Wie sollte man sich dazu verhalten? Das hörte sich ja alles recht professionell an, Talent war unbestreitbar vorhanden, aber das konnte nun leider nicht verhindern, dass sich einem jeden die stechende Frage stellte, was mit diesem *Affentheater* eigentlich bezweckt werden sollte. Es war halb zwölf, nicht wenige hatten seit neun Uhr nichts mehr zwischen den Kiefern gehabt, man saß seit nunmehr einer vollen Stunde in diesem schlecht belüfteten Saal und wurde seither ohne Unterlass mit *Buschmusik* traktiert. Da durfte man doch nach einer Erklärung verlangen, oder etwa nicht?
Doch doch, ganz richtig. Aber noch wurde man von dieser Marter nicht erlöst. Dem Intendanten des Auslandsrundfunks Dr. Adolf Raskin, seines Zeichens

Meister der Zersetzungspropaganda, hätte man zwar durchaus eine schlüssige Antwort zugetraut (auch wenn man gespannt sein durfte, welch kühne Verrenkungen hierzu notwendig sein würden), doch fand sich gerade dieser noch immer in ein angeregtes Flüstergespräch mit seinem Nachbarn vertieft, und man wusste es schlechterdings nicht zu deuten. Angesichts der sekündlich wachsenden Verwirrung heftete sich die Aufmerksamkeit des Publikums fast schon dankbar an einen neuen Widerspruch, der sich nun, sozusagen in Handlung übersetzt, vor ihren Augen zu materialisieren begann: Auf die Bühne schwang sich ein kleiner, kräftiger, vielleicht auch ein wenig grobschlächtiger Mann, den man im Ministerium als jenen Iren, Amerikaner, Briten (oder was auch immer er sein mochte) kannte, der seit geraumer Zeit im gegen England gerichteten Propagandaradio eine ziemlich starke Falle machte. Dieser Mann, der sich aus irgendeinem Grund *Wilhelm Froehlich* nannte, stellte sich schelmisch grinsend zwischen die Musikanten, die inzwischen ganz vorne auf der Bühne Aufstellung genommen hatten, um sich vor dem Publikum zu verneigen. Zwischen dem feinfühligen Sextett, das jedes Fingerklöpfeln und jedes Hüsteln im Raum sogleich aufgriff, um ihm wie aus gutgeölten Gelenkpfannen nachzuwippen, nahm sich besagter Froehlich, dem jedes Taktgefühl abging, wie ein Fremdkörper aus. Keine Frage: Jeder ästhetisch veranlagte Mensch im Saal war unmittelbar versucht, diesen Mann aus dem Bild zu schieben, und geradezu körperlich musste sich einem die Frage aufdrängen, ob der hier denn irgendwie dazugehöre.

Natürlich tat er das. Wie genau, das wurde den Entscheidungsträgern nun von Doktor Raskin erklärt, der aufgesprungen war, sich der Menge zugekehrt und seine blecherne Stimme erhoben hatte, deren Metall ihm sichtliches Behagen bereitete. Der Saxophonist Lutz Templin, der mit den deutlich sichtbaren Insignien des mittleren Alters (tief ins Haupthaar vorgedrungene Geheimratsecken, fesche Brille) allgemeine Sympathien beim vornehmlich älteren Publikum weckte, der Sänger Karl Schwedler (im Grunde ebenfalls ein flotter Kerl, aber aufgrund seiner undurchsichtigen Verflechtungen mit Ribbentrops Ministerium durchaus auch etwas zwielichtig) und eben der Radiosprecher Wilhelm Froehlich waren Anfang Jahr mit einer ausgefuchsten Idee auf den Plan getreten. Binnen Wochen hatten sie ein Programm namens *Charlie's Political Cabaret* zur Sendereife gebracht, und mit diesen musikalisch untermalten Kabarettstückchen und satirischen Sketches hatten sie in England die allererstaunlichsten Erfolge feiern können. So weit, so gut, sagte Raskin, aber man dürfe sich nicht auf den Lorbeeren ausruhen, im Gegenteil: Jetzt heiße es, Größeres ins Auge zu fassen, die Zeiten des Improvisierens und Kleckerns seien vorbei. Ein hauseigenes Orchester, sozusagen eine *musikalische Schattenarmee*, müsse her, die in der Lage sei, die Briten *Tag und Nacht* mit dem *allerfeinsten Propagandajazz zu bombardieren.*
Vielerorts Zustimmung, hier und da auch erstaunte Gesichter, aber vornehmlich Zuversicht. Auf dem rechten Flügel des Saals jedoch blieb man argwöhnisch, einigen wollte die Sache nicht ganz - nun - *koscher*

erscheinen, es gab halblaut geäußerte Meinungsverschiedenheiten, bis schließlich einer das Wort ergriff und – ganz recht, nur zu! – den entscheidenden Gedanken äußerte: Ob man wirklich, tatsächlich, allen Ernstes, *Jazz* nach England senden wolle? Ob Deutschland (und England sowieso!) nicht vielleicht besser damit bedient sei, wenn man Händel, Beethoven und Mozart über den Kanal schicke? Angesichts dieser *musikalischen Übermacht* müsse der Brite doch unweigerlich die Waffen strecken.

Nun, das war ein redlicher Einfall, und als solcher fand er im Publikum lippenschürzende Zustimmung; Raskin aber winkte ab, seine Rechte vollzog einen seitwärts gerichteten deutschen Gruß, er wischte die Argumente von seinem imaginären Schreibtisch. Papperlapapp, Pustekuchen, Kokolores, Quatsch mit Soße. Die Engländer mochten vielleicht ihr Brudervolk sein, aber es war eben der alkoholkranke, raufsüchtige, verzogene und verweichlichte Bruder, der keine Kultur als die der Gosse kannte. Klassische Musik für England sei deshalb sozusagen Perlen vor die Säue, während umgekehrt Jazz geradezu für Schweine gemacht sei, sagte Raskin und wischte sich den Schweiß von der Denkerstirn, die ihm bis weit hinter die Ohren reichte. Nachdem er gehörigen Applaus für diese Pointe eingeheimst hatte, fuhr er fort, die Jazzmusik nach Spielweise, Rhythmuseinsatz, Tonqualität und Instrumentenkombination etc. etc. fein säuberlich auseinanderzunehmen, um schließlich jeden dieser Punkte in Hinsicht auf seine Wirkung, die er auf die *angelsächsische Seele* haben müsse, zu untersuchen. Wir haben diese komplizierten Ausführungen leider bis heute nicht zur Gänze begriffen, weshalb wir uns außerstande finden, sie hier angemessen wiederzugeben. Nur so viel: Lutz Templin rollte währenddessen ziemlich oft mit den Augen, wie er es immer tat, wenn ihm jemand vorrechnete, wie seine Musik zu funktionieren habe.

Nun waren aber die Zuhörer keine Jazzconnaisseurs (zumindest nicht offiziell), und deshalb war Templins künstlerischer Dünkel natürlich vollkommen fehl am Platze. Beamte trafen Entscheidungen, und deshalb wollten sie Fakten hören. Kollege Raskin lieferte sie ihnen, und zwar nicht zu knapp. Bald schon war in den Gesichtern eine abgemilderte Form der Skepsis zu erkennen (also kritisches Interesse), und schließlich, als es um den praktischen Nutzen ging, verfingen die Worte des Intendanten voll und ganz. Markig waren sie vielleicht schon, aber eben gerade deshalb auch umso verständlicher: Das hier ist Krieg, der Feind ist der Brite, und wenn der sich mit Jazzmusik am leichtesten in die Falle locken lasse, dann sei diese eben schlicht und ergreifend die beste Waffe.

Damit wollte Raskin eigentlich enden, aber weil sich auf dem rechten Flügel aufs Neue eine Hand hob, entschied er sich, den abermals auflodernden Widerstand mit einem kleinen Tricklein aus der rhetorischen Zauberkiste gewissermaßen im Keime zu ersticken. Was die Herren denn von den Erfolgen der U-Bootflotte hielten, fragte er zur störrischen Rechten hin gerichtet, und nachdem die zu erwartenden Antworten (*Kolossal! Phänomenal! Erste Sahne!*) von überallher auf ihn eingeprasselt waren, ließ er die Katze aus dem Sack: Sehr richtig, aber die feine englische Art (zwinkerzwinker) sei der U-Bootkrieg nun einmal nicht. Wenn sie ihn fragten, sei er sogar ziemlich hinterlistig, aber man müsse ja einen Krieg gewinnen, keinen Schönheitspreis.

Das saß. Der Hinterste und Letzte im Saal war überzeugt. Diese Stimmung musste man ausnutzen, es galt, Nägel mit Köpfen zu machen. Raskin erbat sich die Unterstützung des Ministeriums, um ein ständiges Jazzorchester auf die Beine stellen zu können, und nachdem diese von allen Stellen und Abteilungen zugesichert und das Publikum mit einer gewissen Erleichterung in die Mittagspause verduftet war, wandte er sich mit dem Auftrag an Templin, ein solches zusammenzustellen; Schlagzeug, Bass, Klavier und Gitarre, zwei, drei Saxophone, Klarinetten, Posaunen und Trompeten, alles in allem also fünfzehn, sechzehn Mann und ein paar zusätzlich für die Reserve; kurz, das volle Programm.

Einverstanden, sagte dieser, indem er mit dem Zeigefinger die verrutschte Brille wieder an ihren rechten Platz schob.

Er habe gar nichts anderes erwartet, sagte Raskin mit einem schelmischen Lächeln und äußerte dann, indem er Froehlich, der etwas abseits stand, mit der einen Hand heranwinkte und mit dem Zeigefinger der anderen auf ihn deutete, einen neuen (und gewiss richtigen) Gedanken: Jetzt müsse man eigentlich nur noch einen Schriftsteller anheuern, der *mit wohlgewogener Neutralität* über diese Sache schreibe, denn was man nicht dokumentiere, habe bekanntlich nie stattgefunden.

Wer denn dieser Schriftsteller sein solle, gab sich Froehlich neugierig, und ging damit geradewegs ins weit aufgespannte Netz.

Das sei eine ausgezeichnete Frage, erwiderte Raskin, und deshalb gebe er ihm höchstpersönlich den Auftrag, einen geeigneten Mann auszusuchen.

Froehlich, der, ohne es zu wollen, eine Schnute zog, hob gerade an, seinen Unwillen zu bekunden, als er sich vom Doktor flugs in die Schranken gewiesen fand. Na na, immerhin werde dieser Roman auch von ihm handeln. Jeder andere würde sich nach einem solchen Mitspracherecht die Finger lecken.

Froehlichs Begeisterung indes hielt sich in engen Grenzen (oder wenn er eine solche verspürt haben sollte, gelang es ihm zumindest vortrefflich, diese zu verbergen). Warum *er* denn in diesem Roman vorkommen solle.

Raskin rollte mit den Augen. Er war von lauter Idioten umgeben, dieses Ministerium war das reinste Irrenhaus.

Na, weil er doch die Songtexte schreibe. Die *Lyrics*.

Er habe gedacht, das sei nicht bekannt, sagte Froehlich. Der Allgemeinheit nicht, dem Ministerium schon.

Froehlich presste die Lippen aufeinander, kniff die Augen zusammen. Es arbeitete in seiner Stirn.

Ob der Doktor sich jemanden wie, zum Beispiel, *Thomas Mann* vorstelle?

Raskin starrte den Iren mit großen Augen an, um dann, nach einer Sekunde, loszuprusten. Er lachte laut, schallend und gellend, lief puterrot an, japste nach Luft.

Sie sind witzig, Froehlich, ich mag Ihren britischen

Humor, brüllte er, und dann, nach einer Pause: Auch wenn ich die Briten verabscheue.
Wie wär's mit Bronnen?
Zu jüdisch.
Benn?
Schwierig.
Jünger?
Der sei am Oberrhein stationiert.
Den könne man doch herholen.
Ungern.
Tja. Damit waren Froehlichs Kenntnisse der zeitgenössischen Literatur erschöpft. Er zuckte mit den Schultern.
Das mache nichts, sagte Raskin, man werde ihm schon dabei helfen. Wichtig sei jetzt, und damit wandte er sich wieder an Templin, dass man möglichst rasch die Gründung des Orchesters angehe.

Berlin, im Jahr 1940

Während man im Ministerium noch damit beschäftigt war, sich gegenseitig zu dieser Verwegenheit zu beglückwünschen, machte sich Lutz Templin bereits daran, die richtigen Leute für sein Orchester zusammenzusuchen. Es war indes leicht abzusehen, dass das recht rasch vonstattengehen würde, denn mit ihm hatte man ohne Frage den richtigen Mann ausgewählt: In Sachen Unterhaltungsmusik machte dem Düsseldorfer so schnell keiner was vor, er kannte Hinz und Kunz, Krethi und Plethi und im Zweifel auch Pontius und Pilatus. Dann war Templin aber vor allem auch einer, der es einfach nicht ertrug, wenn eine Arbeit unerledigt umherlag. Der Mann war ganz Eifer, ganz Tatendrang, und wer einmal in seine lebhaften Augen hinter den runden Gläsern blickte, konnte das leichthin erkennen. Wie flinke Fischchen in einem Aquarium flitzten dort immerfort seine winzigen Pupillen umher, und oft flog ein fiebriges Funkeln darüber, wenn ihn ein Einfall überkam. Überhaupt legte Templin in allem, was er tat, ein nervöses Zuviel an den Tag: Er erhob sich nicht, er sprang auf; er ging nicht, er rannte; er trank sein Bier nicht, er stürzte es hinunter; es wollte manchmal den Anschein machen, als wäre bei Templins Geburt das Metronom seines Lebens versehentlich zu schnell eingestellt worden. Nirgends auch nur eine Spur von Selbstbeherrschung, sagte Froehlich einmal, als er nach der zweiten oder dritten Flasche Schnaps zur Wahrheit aufgelegt war.

Wer nun aber dachte, Lutz Templin hätte sich in den Berliner Westen aufgemacht, um in verrauchten Spelunken und Hinterzimmern einen Musiker nach dem anderen von der Bühne zu schälen, geht freilich in die Irre. Nicht, dass die fraglichen Personen nicht genau dort zu finden gewesen wären (und auch nicht, dass Templin, dessen ständig wechselnder Wohnsitz von den berüchtigten Bars selten mehr als ein paar hundert Meter entfernt lag, selbiges nicht gewusst hätte), aber wir schreiben das Jahr 1940, und das Zauberwort heißt *Fernsprechapparat*. Und wer wäre Templin gewesen, wenn ihm nicht schon von Anfang an klar gewesen wäre, welche Jazzmusiker als die besten in Berlin, in Deutschland, in Europa, zu gelten hatten und wo – oder unter welcher Nummer – sie zu finden waren? Eben.

Er griff also zum Hörer, legte den Zeigefinger auf die Wählscheibe und rief – zrrr zrrr zrrr rassel rassel – einen nach dem anderen an.

Drei Nachmittage lang hatte er so an der Strippe gehangen (die einen Musiker traten am Abend auf und schliefen am Morgen aus, die anderen hatten Proben am Morgen und besuchten abends die Auftritte der einen), seine Stimme war nur noch ein heiseres Krächzen, und ohne dass er es wollte, fuhr sein inneres Ich fort, in einer Endlosschleife die Vertragsbedingungen herunterzuleiern: Streng geheim, Proben von neun bis zwölf im Haus des Rundfunks, streng geheim, soundsoviel Reichsmark pro Auftritt, streng geheim, Stillschweigen gegenüber allen und jedem, ja, auch gegenüber deiner Frau, deinem Kompagnon, und gegenüber jedem anderen.

Der Ablauf der Probe war denkbar einfach. Lutz Templin und Karl Schwedler, der als Sänger (und nicht zuletzt als Mitarbeiter des Auswärtigen Amtes in Sachen *Rundfunkangelegenheiten*) ohnehin schon gesetzt und als ehemaliger Konzertagent mit Amerikaerfahrung mit solchen *Castings* und *Rehearsels* aufs Engste vertraut war, ließen die Kandidaten einzeln vorspielen, und zwar nach Instrumenten getrennt. Erst die Trompeten (erste, zweite, dritte) und Posaunen (erste, zweite, dritte), dann die Saxophone und Klarinetten, darauf die Rhythmusgruppe (Klavier, Gitarre, Bass, Schlagzeug), zuletzt das Zugemüse (Ziehharmonika).

Die Sache verlief zunächst ganz ordentlich. Mit fortschreitender Zeit und zunehmender Ungeduld der im Vorführungssaal Wartenden jedoch ließ es sich nicht verhindern, dass von hinten und ungefragt immer wieder einzelne Instrumente in die Stimme desjenigen einfielen, der gerade spielte, um ihn ein Stück Wegs zu begleiten. Templin, der seine Pappenheimer nicht nur genau so kannte, sondern im Grunde selbst einer war, versuchte gar nicht erst, es ihnen zu verbieten. Das Vorspielen hatte immer mehr den Anstrich eines improvisierten Jazzkonzerts.

Als die Probe nach drei recht beschwingten Stunden für beendet erklärt wurde, geschah dies nur unter Protest der Anwesenden; einige hatten sich eben erst warmgespielt, und gerade die Musiker der Rhythmusgruppe um Fritz Brocksieper (Schlagzeug), Meg Tevelian (Gitarre) und Paul Henkel (Bass), die man erst ganz am Schluss angehört hatte, wollten sich so leicht nicht von der Bühne scheuchen lassen. Kurz: Die Jungs waren mit Eifer bei einer Sache, die sie noch gar nicht recht begriffen hatten.

Immerhin zeitigte Templins Einschreiten eine recht erfreuliche Nachricht: *Glücklicherweise* hätten es *ziemlich viele* geschafft. Als er die Liste herunterlas, wurde es zum ersten Mal seit drei Stunden mucksmäuschenstill:

Erste Trompete: Rimis van den Broek
Zweite Trompete: Charly Tabor und/oder Fernando Díaz
Dritte Trompete: Helmut Friedrich und/oder Fritz Petz
Posaunen: Willy Berking, Henk Bosch, Ferri Juza
Tenorsaxophon oder Klarinette: Mario Balbo

Tenorsaxophon: Bob van Venetië und/oder Eugen Henkel
Altsaxophon oder Klarinette: Benny de Weille
Klarinette oder Altsaxophon: Teddy Kleindin
Klavier: Franz Mück
Gitarre: Meguerditsch Tevelian
Bass: Cesare Cavaion und/oder Paul Henkel
Schlagzeug: Fritz Brocksieper
Ziehharmonika: Walter Musonius

Ja, das waren in der Tat *ziemlich viele*, und wer sich wie Fritz Brocksieper genau umgesehen und aufmerksam mitgezählt hatte, musste leichterdings einsehen, dass auf dieser Liste schlicht ein jeder stand, den Templin ins Haus des Rundfunks eingeladen hatte.

Die Chose ist von Anfang an klar gewesen, der Schlingel hat sich mit diesem abgekarteten Spiel ein privates Wunschkonzert gegönnt, dachte Brocksieper jetzt, und kam damit, ohne es zu wissen, der Wahrheit erstaunlich nahe. Als er seinen Verdacht mit erhobenem Mahnfinger äußerte, überhörte ihn Templin, der für Tonalitäten solcher Art vollkommen taube Ohren hatte, geflissentlich. Noch Fragen, warf er stattdessen in die Runde.

Allerdings, ergriff Brocksieper erneut das Wort. Er sei *bekanntlich* Jude.

Templin schaute ihn fragend an, und Brocksieper schleuderte ihm einen eindringlichen Blick entgegen.

Seines Wissens lediglich ein halber, sagte Templin unbeeindruckt.

Das mache eigentlich keinen Unterschied, erwiderte Brocksieper, und das war richtig und dann auch wieder falsch.

Stimmt, sagte Templin, *hier* mache sowieso nichts einen Unterschied. Im Orchester gehe es nicht darum, wer er sei, sondern was er leiste.

Das höre er seit langem zum ersten Mal, sagte Brocksieper ungläubig, aber inzwischen hatte sich Tevelian zu Wort gemeldet, und der staatenlose Armenier gab genau das zu bedenken: dass er Armenier und staatenlos sei.

Umso besser, antwortete Templin, Armenien liege in der Sowjetunion, und die Sowjets seien ja mit Deutschland verbündet.

Er besitze die sowjetische Staatsbürgerschaft eben gerade nicht, sagte Tevelian, der nicht wusste, wie er *staatenlos* anders erklären sollte.

Templin zögerte eine wenig. Nun, sagte er dann und klopfte ihm beschwichtigend auf die Schulter, das sei ja letzten Endes nicht so schlimm. Irgendwann würden die Sowjets sicher auch ihre Feinde sein.

Berlin, in den Jahren 1940 und 1941

Eigentlich hatte sich Froehlich vorgenommen, die Suche nach einem geeigneten Schriftsteller möglichst rasch hinter sich zu bringen, um nicht ständig daran denken zu müssen. Doch dann wurde er – wie sämtliche Briten – vom Krieg überrascht. Wo man nur hinsah, erlitt das Empire empfindliche Niederlagen: Arras und Dünkirchen, Südnorwegen und Narvik, die Versenkung der *Glorious*. Die alliierten Linien brachen so schnell zusammen, dass man mit dem Augenreiben gar nicht mehr

hinterherkam. Wenn das so weiterging, würde England spätestens zum Ende des Jahres fallen.
Natürlich galt es, diese Neuigkeiten im Radio breitzutreten, man musste den Schwung des Schlachtfelds mitnehmen und per Kurz- und Mittelwelle ins feindliche Hinterland tragen. Die besiegten und nach Britannien heimkehrenden Truppen sollten dort auf eine noch viel niedergeschlagenere Zivilbevölkerung treffen.
Froehlich hatte in diesen Tagen und Wochen also alle Hände voll zu tun; ständig war er auf Sendung, und wenn nicht, besorgte er neue Informationen von der Front, schrieb Berichte und Ansagen oder dachte sich kleine Schwänke aus, die Churchill und sein Kabinett *ins rechte Licht* rückten. Viel Zeit zum Nachdenken blieb also nicht, aber manchmal, in einer stillen Minute, auf dem Weg in seine Wohnung am Charlottenburger Amtsgerichtsplatz zum Beispiel, fragte er sich, ob er zu Unrecht so lange an die Größe des Empire geglaubt hatte, ob er fälschlicherweise von dessen Unbezwingbarkeit überzeugt gewesen war. Nun, es machte ganz den Anschein. Mehr noch: Es gab eigentlich nichts, was darauf hindeutete, dass es den Deutschen nicht gelingen sollte, Weihnachten in London zu feiern.
Als ehemaliges Führungsmitglied der *British Fascist Union*, als Gründer der *National Socialist League*, kurz: als lupenreiner Nationalist musste er sich an den Gedanken einer Niederlage Großbritanniens erst gewöhnen. Immerhin: Die täglich hereintröpfelnden Schreckensmeldungen, die er jedes Mal mit einer Mischung aus blankem Entsetzen und heller Schadenfreude aufnahm, halfen ihm dabei. Was würde geschehen, fragte

er sich immer häufiger, wenn der Krieg Ende Jahr vorbei wäre? Nun, das Jazzorchester und überhaupt der ganze Propagandasender *Germany Calling* würden selbstverständlich hinfällig werden; er bräuchte keinen Schriftsteller mehr anzuheuern, er könnte diesen störenden Gedanken getrost beiseitelegen. Sicher, er würde auch seine Anstellung in Berlin verlieren, aber es bestand überhaupt gar kein Zweifel daran, dass das im Tausch gegen einen aussichtsreichen Posten im besiegten Nachkriegsengland geschehen würde. Letztlich würde er also doch noch an der Regierung beteiligt werden, derweil Margaret nicht mehr zu arbeiten bräuchte und einfach das tun könnte, was sie verdiente: seine Frau sein. Wundervoll.

Nun, so weit fortgeschritten war der Krieg aber noch nicht. Es zogen weitere Monate ins Land, es wurde Juli, es wurde August, es wurde September, es wurde Oktober, es wurde November. Es kehrte etwas Ruhe ein bei den Auslandssendern, und eigentlich wäre nun Zeit gewesen, um sich auf die Suche nach einem Autor zu machen. Froehlich aber legte in dieser Sache einen auffälligen Schlendrian an den Tag, der erstaunlich genau mit seiner Hoffnung in Einklang stand, dass sich diese Schnapsidee mit der Zeit im Sand verlaufen würde; er jedenfalls würde nichts dafür tun, um auf ihre Umsetzung zu pochen.

Wie sich später herausstellen sollte, hatten Froehlichs Wünsche und Hoffnungen nicht allzu fern von der Wirklichkeit gelegen. Die Suche nach einem geeigneten Schriftsteller hatte auch anderswo im Ministerium bloß auf niedrigem Feuer geköchelt. Es hatte während des stürmischen Sommers beileibe andere Dringlichkeiten zu bewältigen gegeben, und dann war es auch gar nicht so einfach gewesen, einen passenden Mann zu finden. Plötzlich aber, im Dezember, war von irgendwoher ein Anruf ins Ministerium vorgedrungen, und auch wenn dieser wegen der Festtage keine unmittelbaren Folgen gezeitigt hatte, war er doch nicht gänzlich in Vergessenheit geraten. Im neuen Jahr hatte er einen neuen Anruf ausgelöst, der wiederum jemand anderen zum Hörer hatte greifen lassen, worauf abermals ein paar Fernsprecher in verschiedenen Berliner Büros geschrillt hatten. Kurz: Die genauen Umstände waren äußerst nebulös, aber mit einem Mal kam von irgendwoher ein Name ins Spiel, von woanders fand ein Manuskript auf den richtigen Schreibtisch, und dann ging alles zwar nicht schnell, doch aber in gelenkten Bahnen, so dass man einige Zeit später dem Verleger einen Wink gab, er solle diesen seinen Dichter ganz dringend anrufen und ihm eine Zusage machen, den Rest besorge man dann schon selbst.

Den Rest?, wollte der Verleger wissen, aber im Ministerium war man zu Diskussionen dieser Art nicht aufgelegt. Er solle jetzt einfach anrufen.

Gut, sagte dieser, und versuchte es.

Zürich, im Jahr 1941

In seiner Zürcher Mansardenwohnung lag bis weit in die Nachmittagsstunden dieses Spätwinterfreitags der angehende Schriftsteller Fritz Mahler zu Bett, als er sich gegen halb drei durch das nervenzerfetzende Geprassel seines schwarzen Bakelittelephons jählings aus seinen Selbstzweifeln gerissen fand.

Mahler war kein eigentlicher Langschläfer; dass er zu solch unstatthafter Zeit das Bett noch immer nicht verlassen hatte, war vielmehr der tief in ihm wurzelnden Überzeugung geschuldet, sich als Schriftsteller einige Marotten angedeihen lassen zu müssen, die von der Gesellschaft gleichermaßen verabscheut wie als solche anerkannt wurden. Wenn er also bereits die ersten beiden Anrufe dieses Tages versäumt hatte, dann lag das keineswegs daran, dass er das ohrenbetäubende Geklingel im Schlaf nicht gehört oder dieses gar in seine Träume verwoben hätte; vielmehr war ihm daran gelegen, bei nichts und niemandem den Eindruck zu erwecken, er sei in den Vormittagsstunden wach und also auf irgendeine bürgerliche Art und Weise produktiv.

Wie so oft in diesen Tagen war sich Mahler bereits seit den frühesten Morgenstunden in selbsterniedrigenden Gedanken ergangen, deren Verlauf sich im Wesentlichen darin erschöpfte, ihren Urheber auf immer wieder neue Weise als erfolglosen Nichtsnutz und erbärmlichen Schreiberling zu bezichtigen; wie immer in solch schweren Stunden suchte er Zuflucht im Ausspruch Epiktets, dass nur, wer nichts ist, noch die Möglichkeit habe, alles zu werden; doch war auch dieser Trost bloß von kurzer Dauer.

Also gleich in doppelter Hinsicht hätte ihm dieser Anruf, der nun geradezu mit Nachdruck in seine Wohnung hineindrängte, Erleichterung verschaffen können; nicht nur hätte er Mahler von dessen geistigen Selbstzerfleischung abgelenkt, sondern ihm auch gleich die Gründe für ebendiese genommen und seinem bis dahin eher ereignislosen Leben eine entscheidende Wendung zu geben vermocht, hätte er ihn nur entgegengenommen. Doch genau dazu sah sich Mahler partout außerstande.

Dabei hatte er erst vor wenigen Monaten und für teures Geld, das ihm streng genommen noch gar nicht gehörte, eine Telephonleitung hinauf in seine Wohnung verlegen lassen, und zwar in freudiger Erwartung wichtiger Anrufe, die sein Durchbruch als Schriftsteller, der zweifellos unmittelbar bevorstand, mit sich bringen würde. Doch dann musste er feststellen, dass er jedes Mal, wenn ihn das Klingeln aufschrecken ließ, von einer geradezu körperlichen Furcht ergriffen war, die sich ihm als unerträgliche Engnis in der Kehle spürbar machte; bald schon hegte er eine Abscheu gegenüber dem heimtückisch auf seinem gleichfalls schwarzen Beistelltisch glänzenden Apparat, und die Vorstellung, mit einer Person zu sprechen, deren Gesicht er nicht zu sehen bekam, trieb ihm jedes Mal den Schweiß auf die Stirn, sobald sich diese bedrohliche Kulisse an den Rändern seines Bewusstseins aufzubauen begann.

Mahler erfuhr deshalb erst am Montagmittag, als er sich endlich durchgerungen hatte, den nunmehr sechsten Anruf entgegenzunehmen, von einem bereits leicht missmutigen Verleger, dass dieser gewillt war, sein Manuskript zu drucken und schnellstmöglich auf den Markt zu bringen.

Berlin, im Jahr 1941

Acht Tage später war ein Durchschlag ebendieses Manuskripts in die Charlottenburger Kastanienallee 29 gelangt, und zwar auf derart verschlungenen Wegen, dass sie sich nicht mehr zufriedenstellend nachvollziehen lassen. Seither lag es, in bräunliches Packpapier gewickelt und mit dem Vermerk *Streng geheim!* versehen, auf einem Beistelltisch im Wohnzimmer und wartete darauf, endlich gelesen zu werden.

An einem Freitagmorgen im Winter 1941 nun erscholl hier das nervöse, markerschütternde Klingeling eines Weckers, das durch Wände und Tür des Schlafzimmers herüberdrang; Wilhelm Froehlich, dem dieses Zeichen eigentlich galt, wurde nur langsam aus seinem tiefen Schlaf geschüttelt, und es war an seiner Frau Margaret, welche die andere Hälfte des doppelschläfigen Bettes einnahm, dem kreischenden Schrillen ein Ende zu bereiten. Froehlich erhob sich nur mühsam, schlurfte zur Tür und taumelte ins Wohnzimmer hinüber, und als er hier mit einem Ziehen an der Lampenschnur Sofa, Minibar und Beistelltisch der Dunkelheit entriss, erblickte er mit einem Mal das Mahlersche Manuskript, das heimtückisch zu ihm herüberschielte. Seither brachte er seine Gedanken nicht mehr von ihm los.

Jetzt, im Badezimmer, dünkte ihn dies besonders schmerzlich. Die Viertelstunde vor dem Spiegel, während der er mit sorgfältigen Bewegungen Rasierschaum auf seine Wangen auftrug, galt ihm als die kostbarste des Tages, denn nun sah er, wenn auch nur für ein paar

Minuten, sein Gesicht wieder so weiß, unversehrt und makellos, wie es einst, vor siebzehn Jahren, gewesen war.

Froehlich genoss es, den Gedanken nachzuhängen, die sich vor dem Rasieren einstellten; er sah sich in jene Zeit in London zurückversetzt, als er noch keine Narbe trug und William Joyce hieß, und es fielen ihm seine Dienstzeit bei der Armee und auch die ersten Jahre des Studiums ein; und doch hatte dieses Nachsinnen, dieses Sich-zurückversetzt-Finden in die Vergangenheit, die jetzt ein halbes Leben zurücklag, auch immer Schmerzen im Gefolge. Spätestens in jenem Moment nämlich, in dem er zum Rasiermesser griff und zusammen mit den Bartstoppeln auch den Schaum aus seinem Gesicht schabte, drängte sich ihm unweigerlich die Narbe in den Blick, und plötzlich stand ihm alles vor Augen, alles: das schauerliche Zucken, das seinen Körper durchfuhr, als ihm die Klinge durch die Wange glitt; der Eisengeruch des Blutes, der sich ihm für immer in der Nase festsetzte; die Beschwerden beim Kauen, die nach dem heimtückischen Angriff noch wochenlang währten.

Immer wieder hatte er diesen Schmerz zu vergessen, auszulöschen, aus seinem Innersten zu meißeln versucht, doch war er mitnichten verblasst, hatte lediglich seinen Sitz verändert, war von der Wange in die Kehle gesunken und hatte sich tief in der Brust festgesetzt, tiefer, als ein Rasiermesser je zu schneiden vermochte. Lange hatte ihn der traurige Anblick seines grinsenden Gesichts erröten lassen, wodurch das Narbengewebe, das weiß und gleich einer Milchhaut von feinsten, kaum merklichen Fältchen durchzogen sich über die Wunde gelegt hatte, nur umso deutlicher von seiner Umgebung abstach. Am schlimmsten aber empfand er die Scham, die ihn überkam, wenn er daran dachte, dass ihm diese Verletzung nicht einfach zugestoßen war. Nein, er hatte eben auch *zugelassen*, dass man ihm eine solche zufügte, und besonders quälte ihn der Gedanke, dass der Täter, nach allem, was man wusste, ein jüdischer Bolschewist gewesen war. Jahrelang hatten Scham und düstere Rachegefühle in seinem Inneren um die Vorherrschaft gerungen, und erst nach und nach hatten sich letztere durchgesetzt, wohingegen sich die Scham allmählich zu Stolz gewandelt hatte, den er schließlich zu spüren begann, wenn ihn die Leute auf der Straße anstarrten; die *Schramme*, wie er sie inzwischen nannte, galt ihm nun als Beweis seiner Widerstandskraft.

Solchen Überlegungen gab sich Froehlich für gewöhnlich hin, wenn er im Badezimmer stand und sich rasierte. Heute aber beherrschte das Manuskript seine Sinne, und er fühlte sich unter dem Türspalt und durch das Schlüsselloch hindurch von ihm beobachtet, beschattet und sogar unverhohlen angeglotzt.

In den letzten Tagen hatte er mehrere Versuche unternommen, sich aus der Verantwortung zu stehlen; er habe viel zu viel zu tun, sei unendlich beschäftigt, und dann sei er ja auch Radiokommentator und gar kein Literaturkritiker. Doch sein Vorgesetzter, der Halbschotte Dietze, mit welchem ihn neben der keltischen Abkunft vor allem der tiefe Hass auf den jeweils anderen verband, hatte darüber nur achselzuckend geschwiegen und mit einem Fingerzeig nach oben angedeutet, dass die Anweisung von ebendort komme. Gleichviel; Froehlich dachte nicht daran, dieses Manuskript zu lesen. Das heißt, im Grunde dachte er fortwährend daran, aber er wollte nicht! Ratlos schaute er in den Spiegel, doch auch von dort kam keine Rettung. Erneut seufzte er, um dann zu tun, was er immer in solchen (wie auch in vielen anderen) Situationen tat: Er ging zur Minibar, langte nach einer der Flaschen und goss sich einen gesunden Schluck in ein bauchiges Glas, das präzis zu diesem Zweck bereitstand. Der Schnaps übte zwar eine erhebende Wirkung auf ihn aus, doch das mehrte bloß seine Lust, einen weiteren zu trinken, während seine Abscheu vor dem Manuskript sich kein bisschen verminderte. Unter fadenscheinigen Vorwänden, die er sich selbst nicht so recht abnahm, zögerte er die Sache immer und immer wieder hinaus, und erst als Margaret hoffnungslos verspätet ins Badezimmer hastete und ihn fragte, ob er ihr in der Zwischenzeit Frühstück machen könne, gab es kein Zurück mehr.

Ganz ausgeschlossen, er habe soeben mit einer ganz wichtigen Arbeit angefangen, log er ganz unverfroren, und weil Margaret dann den Kopf durch die Badtür steckte, um nachzusehen, was das denn für eine Arbeit sei, sah er keinen anderen Ausweg, als seinen Blick tatsächlich auf den missliebigen Papierstoß zu senken.

Berlin, im Jahr 1941

Es war tiefste Nacht, als ihn ein lautes Knacken an der Tür (oder war es vor dem Fenster?) aufschrecken ließ. Zum ersten Mal seit Stunden sah Froehlich von den hektographierten Seiten auf, doch bereits ein paar Sekunden später ließ er seinen Blick wieder auf seinen Schoß niedersinken, und sofort hefteten sich seine Gedanken erneut an jene Bilder, die Mahlers Text auf dem Grund seines Inneren eingepflanzt hatte. In schneller Folge ließ er die eng bedruckten Seiten über seinen Daumen gleiten, während sein Gesicht einen Zug tiefster Anerkennung annahm. Was hatte er da nur gelesen! Gewiss, ein bisschen gekünstelt mutete es hier und da an, was dieser Mahler schrieb, ein wenig antiquiert mochte die Sprache ab und an erscheinen, so manche seiner Wendungen war in den glitzernden Raureif eines – leider! – längst verflossenen Zeitalters gehüllt. Doch der Text war von einem schmerzlich-schauderhaften Geist durchflossen, der gelegentlich, wo es frohgemut zu und her ging, einem heiteren, flotten Ton wich; anderswo wiederum, wenn das nackte Grauen beschrieben wurde, berichtete der Erzähler mit jenem Jüngerschen Gleichmut, der dem Schrecklichen eine ganz besondere Wucht verleiht. Ja, auf Effekte verstand sich dieser Mahler, das musste man ihm lassen, doch genauso bewundernswert waren eben seine Fähigkeiten, Heikles im gebotenen Maß zu verharmlosen und die nötige Augenwischerei zu betreiben. Ein Teufelskerl. Gerne hätte er sich jemandem mitgeteilt, auf Englisch, jemandem, der seine Begeisterung verstand. Seufzend erhob er sich vom Sofa, ging nach dem Schlafzimmer, schob die Tür zum Badezimmer auf, trat auf einen Blick in die Küche, sah sogar im Treppenhaus nach; alles, um bestätigt zu sehen, was er ohnehin schon wusste: Margaret war noch immer nicht zurück.

Berlin, im Jahr 1941

In der Charlottenburger Masurenallee 8-14 wusste man seit nunmehr einer Dekade den Rundfunk beheimatet, der gleich einer Hypophyse dem deutschen Volkskörper seine Befindlichkeiten eingab. Der ochsenblutfarbene Klinkerbau, von welchem ausgehend die Horchbotschaften in den Äther gelangten, sah sinnigerweise, aus ebendiesem betrachtet, einer ins Übermenschliche überhöhten Ohrmuschel nicht unähnlich.

Hier saß an einem Wintermorgen des Jahres 1941 in einem nach der Bredtschneiderstraße hinaus gelegenen Büro Wilhelm Froehlich über die Schreibmaschine gebeugt und hämmerte zusehends ungeduldiger auf sie ein, als er plötzlich seine Arbeit unterbrach, unversehens den Stuhl zurückstieß und sich fluchend zu seinen vollen 1,69 m aufbaute. Heftig griff er nach dem dünnen Papier, das ihm augenblicklich in der Walze zerriss, und verwarf die Hände. Nicht, dass er anderes mit ihm vorgehabt hätte, aber es ärgerte ihn, dass er die Reste seines missratenen Entwurfs nun auch noch mühsam aus der Maschine fingern musste.

Seufzend warf er die zerknüllten Papierschnipsel in den Mülleimer, als plötzlich aus dem Sekretariat Fräulein Maria von Wild durch die Tür trat, um sich für eine Stunde abzumelden. Er belegte seine Uhr mit einem raschen Blick und erschrak: Gerade preschten dort beide Zeiger auf die Zwölf vor. Hastig angelte er nach dem Mantel am Haken, stülpte sich die dunkelblaue Schirmmütze über den Kopf, verließ eilig das Büro und sprang einer bereits zur Hälfte unter den Fußboden abgesunkenen Paternosterkabine hinterher. Im Abwärtsgleiten verspürte er eine unbändige Freude, seine Frau zu treffen, erhoffte er sich doch von ihr ein wenig Ablenkung von diesem missliebigen Brief. Seltsamerweise aber sprach er während des ganzen Essens von nichts anderem, und als er sich eine Stunde später in seinem Büro wiederfand, war es ihm, als hätte dieses Mittagessen mit seiner Frau gar nie stattgefunden.

Ganz entgegen Froehlichs Empfinden aber war das Tischgespräch seiner Sache durchaus zuträglich gewesen, denn während er unaufhörlich auf Margaret eingeredet hatte, waren die Dinge in seinem Unterbewusstsein wie von selbst zu einer gewissen Ordnung gelangt. Und so fügte es sich, dass Froehlich, kaum hatte er sich wieder an seinen Schreibtisch gesetzt, auf Anhieb den richtigen Ton traf. Den Anfang machte er mit ein paar sperrigen Sätzen in einem hochtrabenden Beamtendeutsch, die der Angelegenheit einen offiziellen Anstrich gaben; dann ging er dazu über, den Schweizer Schriftsteller tüchtig einzuseifen (was ihm als Angestelltem des Propagandaministeriums selbstverständlich keine allzu großen Schwierigkeiten bereitete), wobei er keine der Halbwahrheiten ausließ, die ihm in den Kopf stiegen. Vor allem aber lobte er

Mahlers Romanmanuskript mit dem – zugegeben – leicht schwülstigen Titel *Das Wunder von Sedan* in den höchsten Tönen – bravo, ja Gratulationen, nur weiter so; dann, und das war schon schwieriger, kam er darauf zu sprechen, was man eigentlich von Mahler wollte, nämlich einen zweiten (und ohne Zweifel noch viel besseren) Roman aus dem komplizierten Getriebe der deutschen Auslandspropagandamaschinerie. Ohne Umschweife legte er dar, dass aus genauso naheliegenden wie letztlich bedauerlichen Gründen Tätigkeit, Rolle und Bedeutung der gegen den Feind gerichteten Radiopropaganda weder beim deutschen Volk auf der Straße noch bei Partei und Ministerien bekannt seien, und just durch diese Unkenntnis der Dinge sähe sich in letzter Zeit eine zunehmende Anzahl wichtiger Personen zum Glauben berechtigt, die Propaganda sei als Waffe gegen den Feind vollkommen unnütz und das hierfür zuständige Ministerium also gänzlich überflüssig. Diese selbstredend geradezu absurde Annahme, so Froehlich weiter, sei nun leider der Nährboden, auf dem immer neue Anfeindungen gegen Dr. Goebbels und sein Mitarbeiter erwüchsen. Seit vor einiger Zeit trotz strengster Geheimhaltung nach außen gedrungen sei, dass das Propagandaministerium die Nachrichten des gegen England gerichteten Senders *Germany Calling*, dessen wichtigster Sprecher übrigens der hier Schreibende darstelle, nicht nur mit lupenreiner Jazzmusik unterfüttere, sondern diese Musik auch noch mit hohem personellem und finanziellem Aufwand selbst produziere, seien die Angriffe, denen sich Goebbels ausgesetzt sehe, noch einmal schärfer geworden: Immer

lauter seien inzwischen jene Stimmen geworden, die es *moralisch für unvertretbar* hielten, dass ein deutscher Radiosender – ganz egal, gegen welches Publikum er seine Antennen gerichtet halte – Jazz spiele.
Wer dergestalt spreche, so Froehlich weiter, habe Wesen und Zweck der Propaganda nicht begriffen, und hier, an dieser Fehlstelle, gelte es, mit einem allgemein verständlichen Roman anzusetzen; man stelle sich dabei einen lockeren, schwungvollen, unterhaltsamen Text vor, der die Verdienste und Erfolge des Auslandsradios ins rechte Licht setze und in der öffentlichen Wahrnehmung ein Gegengewicht herstelle zur Wehrmacht und ihrer allgegenwärtigen Präsenz in Bild und Ton. Kurz und etwas salopp ausgedrückt: Man erhoffe sich, dass Mahlers Roman beim Volk dereinst der Überzeugung zum Durchbruch verhelfen werde, dass die deutsche Radiopropaganda mindestens ebenso viel zum Sieg (der ohnehin nur noch eine Frage der Zeit sei) beigetragen habe wie Bombergeschwader, U-Bootflottillen oder Panzerverbände.
So, und nach diesem sehr unpersönlichen, recht eigentlich spröden Teil, das wusste Froehlich aus seiner täglichen Arbeit nur zu gut, musste ein Bogen geschlagen werden zu den zuckersüßen Schmeicheleien am Anfang, und diesen Vorsatz setzte er wie folgt ins Werk: Sicher frage sich Mahler, weshalb man ausgerechnet ihn für diesen *Frontbericht aus Berlin* ausgewählt habe, und nicht, zum Beispiel, einen Deutschen. Nun, man habe *natürlich* auch Jünger oder Bronnen in Betracht gezogen, aber letztlich habe eben Mahler mit seinem ersten Roman, der – *fingers crossed* – hoffentlich bald

erscheine, bewiesen, dass er den genannten Herren mindestens ebenbürtig, ja eigentlich überlegen sei. (Das war zwar schamlos gelogen, aber Froehlich hielt es für richtig, die Wahrheit an dieser Stelle zu unterschlagen.) Außerdem sei Mahler jung, unvoreingenommen, frisch und unverbraucht, und schließlich erhoffe man sich auch, dass er als Schweizer einen neutralen (wenn auch nicht *zu* neutralen) Standpunkt einnehmen werde, denn gerade der Anstrich von Unparteilichkeit verleihe einem Urteil ja ein ganz besonderes Gewicht.

In diesem Ton ging das noch eine Weile weiter, und als er anderthalb Stunden später das letzte von fünf Blättern der Schreibmaschine entnahm, war er erleichtert, und ja – bei aller Bescheidenheit – auch ein wenig stolz, dass ihm doch noch gelungen war, was er längst für verloren gegeben hatte. Er gab Fräulein von Wild den Brief zur Durchsicht und nahm ihr das Versprechen ab, ihn eiligst nach Zürich zu schicken.

Zürich, im Jahr 1941

Noch zwei oder drei Wochen später konnte, wer wollte, Fritz Mahler in seiner Zürcher Mansarde antreffen. Inzwischen war der Brief aus Berlin bei ihm eingegangen, und auch an längeren Ferngesprächen hatte es seither nicht gefehlt. Im Gegenteil: Es waren gar so viele Anrufe gewesen, dass Mahler sich nicht anders zu helfen gewusst hatte, als dem Telephon ein zerfleddertes Exemplar von Flauberts Erzählungen und eine stark gebräunte Sueton-Ausgabe unterzuschieben, um das aufreibende Geprassel des Apparats ein wenig zu dämpfen.

Mahlers Gedankenhaushalt war durch das vielversprechende Angebot aus Deutschland in einige Unordnung geraten, und tatsächlich verwandte er einen Großteil seiner Tage darauf, hartnäckig in die Ecke oben links über dem Fenster zu starren. Fast hätte man meinen können, sein Blick gelte dem goldgerahmten Kupferstich, der Thomas Morus von der Hand Hans Holbeins zeigte und den er an die Wand gehängt hatte, weil er entweder den Schweizer Maler oder aber den englischen Utopisten so sehr bewunderte. In Wahrheit waren seine Augen auf ein halb erblindetes, bloß eine Handbreit unter besagtem Stich am Wandtäfer hängendes Spieglein gerichtet; dort zeigte sich ihm, fast wie von Pieter Claesz arrangiert, nicht nur sein aschblonder Seitenscheitel und sein fleischiges Ohrläppchen, sondern auch der unwirklich patinierte Widerschein eines alten und hoffnungslos verstimmten Klaviers (oder war es ein Virginal?) und eines längst kaputten und daher ganz und gar unnützen Barometers, wovon sich Mahler aber unverständlicherweise an Vermeer erinnert fühlte. Von hier nahmen seine komplizierten Überlegungen ihren Ausgang, waren aber bereits Sekunden später mit gesundem Menschenverstand nicht mehr dahin zurückzuführen.

Das diffizile Hin und Her seiner Reflexionen lässt sich auf die Frage herunterbrechen, ob er nun das Angebot aus Berlin annehmen und ebendorthin reisen solle, um reich und berühmt zu werden – oder nicht. Eine solche delikate Angelegenheit konnte leichterdings unter dem Brennglas moralischer, ethischer und ökonomischer Gesichtspunkte betrachtet werden, doch auch die weit verästelte Ahnentafel seiner Mutter (Mitte 19. Jh., Gouache auf Papier, mittig große Wappenkartusche »von der Ried«, Privatbesitz), die über dem Fußende seines Bettes hing, gab ihm einigen Anlass zum Nachdenken; durch den Anblick der ehrfurchtheischenden Namen illustrer Geschlechter wie der May von Schadau, der Leemann oder der Nägeli meinte er tief in sich schlummernde Neigungen geweckt, denn diese seine Vorfahren waren einst ausgezogen, um in der Welt das Fürchten zu lernen.

Mahler war froh, solche Feigenblätter zur Kaschierung seiner tatsächlichen Beweggründe zur Hand zu haben, denn hin und wieder, in einem jener seltenen Momente des Klarsehens, nagte die Gewissheit, dass sie durch und durch verwerflich waren, ganz fürchterlich an ihm. Und doch war er, wenn es sich darum handelte, sich etwas vorzumachen, ein begnadeter Illusionskünstler, der im Lichte seiner Selbsttäuschungen oftmals ganz mühelos vergaß, dass sich sein gesamtes Streben im Grunde auf jenen Sinnspruch reduzierte, den er eher wahllos aus Wilhelm Meisters Lehrjahren herausgepflückt und seither wie eine kleine Kostbarkeit in seinem Herzen getragen hatte: *Ich finde nichts vernünftiger in der Welt, als von den Torheiten anderer Vorteil zu ziehen.*

Vollkommen müßig also, all jene von Mahlers Gedankengängen darzulegen, die am Ende dazu führten, dass er die Entscheidung traf, die wir nicht nur hinsichtlich ihres Inhalts (er fuhr nach Berlin), sondern inzwischen auch in Bezug auf ihren tieferen Entstehungsgrund (er war ein niederträchtiger Opportunist und Gesinnungsakrobat) begreifen; da aber die Zeit, die Mahler benötigte, um zu seinem Entschluss zu gelangen, dennoch ausgefüllt sein will und wir ohnehin gerade mit der spröden Aufzählung seiner Ahnen zugange waren, wollen wir nun die Gelegenheit ergreifen, um auch von der Vergangenheit Wilhelm Froehlichs und damit jener Zeit zu erzählen, als dieser noch William Joyce hieß.

New York, im Jahr 1906

In Brooklyn, in der Herkimer Street, im Eckhaus Numero 1377, war den Vereinigten Staaten von Amerika am 24. April des Jahres 1906 ein neuer Staatsbürger geboren worden, welcher von seinen Eltern, einem katholischen Iren namens Joyce und einer protestantischen Engländerin, auf den Namen William getauft wurde. Großbritannien, Irland, Amerika, Protestantismus, Katholizismus – in dieser Geburt, würde später jemand sagen, seien gewissermaßen sämtliche Widersprüche des weltumspannenden Empire zu ihrer Vereinigung gelangt.
Wenn man bedachte, dass es Gertrude Joyces erstes Kind war, ging die Entbindung erstaunlich rasch vonstatten, fast zu rasch: Als der herbeigerufene Arzt eintraf, war das Schlimmste bereits überstanden; in weiße Gazetücher gewickelt, gekrümmt wie das Komma, das er in der Weltgeschichte dereinst sein würde, lag der

Säugling an der Brust seiner Mutter und übte sich in
markdurchdringendem Schreien.
Der Tag dieser Geburt war ein recht farbloser, ja eigentlich trister gewesen. Bereits in der Nacht war vom Atlantik her eine tiefhängende Wolkendecke aufgezogen, und die schwache Morgendämmerung, die ohnehin nie mehr gewesen war als ein kränkliches Leuchten am grauen Horizont, wollte auch nach Stunden keinem lichten Tag weichen; immer wieder ging aus dem Grau ein stinkender, schwefliger Regen auf die Stadt nieder, und bald war alles gleichmäßig überzogen von einem schmierigen Film, der aus den riesigen überfluteten Schlaglöchern fortwährend neue Nahrung zog. Die kärglichen Reste des Straßenbelags, die gleich kleinen Inseln die Oberfläche des Schlamms durchstießen, sahen aus wie ein Archipel der Traurigkeit.
Auch wenn William Joyce sich an seine Geburt nicht erinnern konnte, wollte es ihm später doch so scheinen, als hätte sich dieser wüste, wüste Tag ohne Unterlass fortgesetzt und über seine gesamte New Yorker Zeit und vielleicht auch noch darüber hinaus gelegt. Jede Rückschau auf jene frühen Jahre seiner Kindheit glich dem Blick durch sein Kaleidoskop, das man ihm zum zweiten Geburtstag geschenkt hatte, um ihn über jene einsamen Stunden und Tage hinwegzutrösten, die er ohne Eltern in der Wohnung hatte zubringen müssen. Tatsächlich aber hatte dieses wunderliche Gerät die Schrecken dieser Zeit nur erst vervielfacht: Die phantasmagorische Traumwelt, in die er sich durch den Blick ins Guckloch geworfen fand, seine sinnlosen, an amorphe Ungeheuer gemahnenden Zerrbilder flößten

ihm die allergrößte Angst ein, weil sie ihn an jene vielfarbigen Lichtflecken auf der Netzhaut erinnerten, die ihn vor dem Einschlafen so sehr bedrängten. Und doch fühlte er sich seltsamerweise immer wieder zu diesem Gerät hingezogen, da er über der Furcht, die er vor diesen seltsamen Bildern empfand, die Leere ein wenig vergaß, mit dem sein Inneres erfüllt war.
Am schlimmsten in New York jedoch waren die Nächte. Das Kaleidoskop lag auf einem Regal neben der Tür, unerreichbar von seinem Gitterbett, so dass er ganz auf sich und die Wahrnehmung seiner unmittelbaren Umgebung zurückgeworfen war. Besonderes Schaudern in diesen Stunden rief bei ihm ein galgenförmiger Laternenpfahl vor dem Fenster hervor, dessen eigentliche Silhouette zwar durch einen halbtransparenten Vorhang seinem Blick entzogen war, der sich aber durch die von den Krümmungen und Buchtungen des Stoffes ins Groteske verzerrten Schatten umso ungeheuerlicher über seinem Bett manifestierte. Wenn dann noch eine klapprige Motorkutsche mit brennenden Scheinwerfern auf der Herkimer Street vorüberrumpelte, verwandelte sich dieser Schatten in einen dunklen Arm, der nach ihm zu greifen schien; William zog dann die Bettdecke bis weit über die Nase und stieß einen stummen Schrei aus.

Galway, im Jahr 1915

Später, sehr viel später, dachte William manchmal an seine Schuljahre zurück, und obwohl er *wusste*, dass sein gesamter Lebensweg zu allen Zeiten von Dutzenden von Menschen bevölkert gewesen war, hatte es sich doch stets so *angefühlt*, als hätten sie alle bloß am Rande jenes Weges gestanden, den er ganz alleine hatte beschreiten müssen, in der vollkommensten Einsamkeit. Wesentlichen Anteil an dieser Empfindung hatte zweifelsohne das St. Ignatius College von Galway gehabt, jene Schule der Jesuiten, die schon immer im Ruf gestanden hatte, eine der härtesten des Landes zu sein.

Das College, das sich seit nunmehr etlichen Jahren unweit westlich der Altstadt, auf der anderen Seite des Flusses, befand, war in einem dreistöckigen Gebäude aus gräulichem Bruchstein untergebracht. *Vorwärts in die Zukunft – mit der Tradition im Rücken* lautete das leicht schwülstige Lemma der Schule, das an Treppenaufgängen, Schulzimmertüren und sogar über den Wandtafeln angeschlagen war, und tatsächlich konnte, wer nur recht genau hinsah, dieses Ideal sogar in der unscheinbaren Baulichkeit selbst verwirklicht sehen: Schritt man von der Straße her auf den Haupteingang zu, so war man angetan von der Behaglichkeit traditionell irischen Maurerhandwerks, bei dem jeder Stein – mit Hammer und Meißel zwar leicht behauen, letztlich doch aber so, wie er von der Natur erschaffen worden war – seinen Platz gefunden hatte; wer allerdings über die Schwelle trat, fand sich plötzlich von nackten Mauern aus kaltem, formgegossenem Stahlbeton umfangen, von denen sommers wie winters eine ungeheuerliche, alles durchdringende Grabeskälte ausging.

William hatte sich lange dagegen gesträubt, diese Schule zu besuchen, und den Vater hatte es nicht nur Geduld und Überredungskunst gekostet, bis er den Sohn so weit hatte, sondern auch eine einmalige Erhöhung des Taschengeldes um zweieinhalb Schilling sowie das Versprechen, ihn an seinem ersten Tag bis ins Schulzimmer zu begleiten. Als die beiden aber über die langen, hallenden Flure gingen, der Vater mit sicherem, zielstrebigem Gang, William indes mit vor Bangigkeit weit aufgerissenen Augen und sich immer fester an die Hand des Vaters klammernd, da flammte sein Widerstand unversehens wieder auf. Mit einem Mal blieb er stehen und weigerte sich, auch nur einen Schritt weiter in die eingeschlagene Richtung zu tun. Erst als der Vater ihm das Versprechen gegeben hatte, ihn unter keinen Umständen alleine im Klassenzimmer zurückzulassen, und ihm gleichsam zum Beweis seines guten Willens einen Kuss auf die Wange gehaucht hatte, gab William nach.

Der Lehrer hieß den Neuling Platz nehmen, um derweil mit dem Vater in Ruhe ein paar Worte zu wechseln; nur zögerlich und fest entschlossen, die beiden nicht aus den Augen zu lassen, kam William der Aufforderung nach, sah sich dann aber für eine Weile abgelenkt von seinem Banknachbarn, einem pausbäckigen Jungen mit rostdurchzogenem Haar, der ihn neugierig musterte. Auch William betrachtete seinen Nachbarn lange und aufmerksam, und nach einigem Abwägen von Für und Wider kam er zum Schluss, dass dieser es wert sei, in ein Geheimnis eingeweiht zu werden. Sein Name sei William, flüsterte er leise, und nach einer Kunstpause

setzte er stolz hinzu, dass die Straße, die zum College führe, ebenso heiße wie er, nämlich *William Street*.
Der Rothaarige, wider Erwarten, gab sich wenig beeindruckt und wollte wissen, wer ihm das erzählt habe.
Sein Vater, sagte William, worauf sein Gegenüber bloß spöttisch lächelte.
Ob ihm der dann auch gesagt habe, dass die William Street in Wahrheit dreihundert Fuß vor dem College ende und eigentlich, wenn man, wie William und sein Vater, von Westen her komme, nicht auf die Schule zu-, sondern vielmehr von ihr wegführe.
Nun war es an William, spöttisch die Brauen zu heben. Überzeugt, dass man ihm hier einen bösen Streich spielte, wandte er sich nach seinem Vater um, der diesen Rotschopf gewiss schnell zur Räson bringen würde; zu seiner Verblüffung aber war dort vorne nurmehr der Lehrer zu sehen, der in seiner stacheligen Handschrift jenen italienischen Sinnspruch an die Schiefertafel setzte, den William während langer Jahre zwar nicht mit seinem Verstand, wohl aber mit seinem Unterbewusstsein begreifen sollte: *Uomo non educato dal dolore riman sempre bambino.*
Vom Vater indes fehlte jede Spur; dort, wo eben noch sein massiger Körper gestanden hatte, stellte sich dem Blick nun ein stählernes Kruzifix entgegen, von dem nackt und blutüberströmt der sterbende Christus herabschielte. Für einen kurzen Augenblick erkannte sich William, der damals schon den Hang zeigte, mit seinen Gedanken vielleicht etwas gar hoch hinauszuwollen, in der Gestalt des verratenen Gottessohnes wieder.

Furbogh Beach, im Jahr 1916

Am Anfang, in unseren ersten Jahren, wenn wir die Sprache erlernen, will es uns scheinen, dass Wort und Wirklichkeit unmittelbar zusammenhängen, und zwar so, dass jedes Wort unveränderlich und aus sich heraus an einen Gegenstand in der dinglichen Welt geknüpft sei. Wenn wir also die Lautfolge *Stein* aussprechen, dann sind wir davon überzeugt, dass diese für ein ganz bestimmtes Objekt *stehe*, und genauso glauben wir, wenn wir vom *Hunger* sprechen, dass dieses Wort tatsächlich einem Schmerz im Bauch *entspreche*. Erst nach und nach stellt sich in uns die Erkenntnis ein, dass das Band zwischen Wort und dem von ihm bezeichneten Gegenstand so straff nicht ist und dass umgekehrt sehr oft eine große Kluft sich auftut zwischen Gesagtem und dem, was einer tatsächlich meint. Der schmerzliche Augenblick, in welchem William diese Zusammenhänge einleuchteten, war ihm gestochen scharf im Gedächtnis geblieben wie eine Tätowierung, und es wollte ihm geradezu sinnhaft erscheinen, dass der Begriff des *Gemeinten* stets auch das Wort *gemein* mitenthielt.

Seit Wochen war im Unterricht immer wieder von der Meeresfauna die Rede gewesen, und ausgehend von der Küste Westirlands war man hier und dort in weit entferntere Gefilde vorgedrungen, ins Weiße Meer, die Karibik, den Indischen Ozean und die pazifische Tiefsee, und wo man nur konnte, hatte man zu Illustrationszwecken kolorierte Lithographien, bunte Wandbilder und gar höckerige Reliefkarten vom Dachboden geholt. Wie nun aber die Materie selbst den anschaulichsten Unterricht zu erteilen pflegt und diese in Form des atlantischen Ozeans sozusagen vor der Haustüre lag, war man im Herbst, noch bevor die Winterstürme ein derartiges Ansinnen endgültig unmöglich machen würden, ein paar Meilen aus der Stadt hinausgefahren, an einen der Strände, an denen die Bucht von Galway ihre nördliche Begrenzung findet. Seetang und Muscheln würde man sehen, auch von kleineren Fischen war die Rede gewesen, von Wasserschnecken und angeschwemmten Quallen, aber vor allem natürlich von den an solchen Orten unvermeidlichen Krabben. Immer wenn das Wort des Lehrers auf diese scherenbewehrten Tiere fiel, wurde William von einem wohligen Schauer durchfahren, und sofort schienen in seinem Kopf die im Unterricht gezeigten Bilder wieder auf, die in seinem Innern ein merkwürdiges Eigenleben zu führen begonnen hatten. Er sah den tiefblauen Himmel, das türkisfarbene Wasser, den grellweißen Sand, die dunkelgrüne tropische Vegetation und allem voran eine Heerschar leuchtend roter Krebse, die alle gleichzeitig, wie auf einen genialen Befehl hin, im Gleichschritt ihrer Myriaden von Beinen vom Wasser an Land oder vom Land an Wasser marschierten, und diese Krabbenwanderung ließ ihn genauso wenig los wie das Wort *Weihnachtsinsel*, das in diesem Zusammenhang gefallen war. William konnte nicht umhin, immerzu davon zu sprechen, er erzählte zuhause beim Abendessen seinen Eltern davon, und selbstverständlich versuchte er auch, mit seinen Kameraden darüber ins Gespräch zu kommen, wenngleich mit wenig Erfolg. Immerhin aber fand die Sache in der Sprache seiner Mitschüler insofern Widerhall, als dass sie die Gelegenheit sofort ausnutzten, ihn – nicht zuletzt in Anspielung auf seine englischen Wurzeln – mit dem Spitznamen *red crab* zu belehnen; William indes fühlte sich dadurch überhaupt nicht beleidigt, vielleicht weil er weder die Anspielung auf seine Mutter noch die semantischen Konsequenzen der von einigen Schlaumeiern praktizierten Auslautverhärtung von B zu P verstand; womöglich nahm er diese Sticheleien aber auch einfach als verkraftbar hin, weil es ihm als nichts grundsätzlich Schlechtes, vielleicht sogar als etwas Erstrebenswertes erscheinen wollte, wenn man ihn als roten Krebs bezeichnete, schließlich war dieser ein edles, wehrhaftes und gleichzeitig langmütiges Geschöpf.

Voller Ungeduld hatte William auf den Ausflug in die Bucht von Galway hingefiebert, und umso enttäuschter sah er sich, als man endlich, nach einer holprigen Fahrt über löchrige Straßen, am Bestimmungspunkt angelangt war. Es war ein feuchter, grauer Herbsttag, das faulig riechende Brackwasser der Bucht lag in seiner ganzen Erbärmlichkeit vor ihnen, und der von schlammigen Rinnsalen durchzogene Morast, der sich Furbogh Beach nannte, war übersät von feuchtem Seegras, welches die letzte Flut in komplizierten Mustern am Ufer ausgebreitet hatte. Kurzum: Es war eine einzige Beleidigung für die Sinne.

Und die Krebse? Nun, auch sie hatten nicht im Entferntesten zu tun mit dem Bild, an dem er sich so lange ergötzt hatte; mit ihrem glanzlosen Panzer, dessen

Farbton irgendwo zwischen Rostbraun und Feldgrau gelegen war, mit ihren oftmals verstümmelten Gliedmaßen und zerfressenen Scheren machten diese Unwesen einen recht beklagenswerten Eindruck, und man schämte sich fast, mitanzusehen, wie sie, verstört und verschüchtert, ohne erkennbares Ziel, von einem stinkenden Tümpel zum nächsten krabbelten, um sich zu allem Überdruss, wenn sie der Zufall gegeneinander führte, zu einem sinnlosen Kampf zu versteigen.
Das sei die gemeine Strandkrabbe, ließ der Lehrer verlauten, so, wie sie für gewöhnlich an Westirlands Küsten vorkomme; William sank sichtbar in sich zusammen, die Schultern fielen ihm nach vorn, sein Rücken wölbte sich zum Buckel. Und doch, bei aller Enttäuschung, wollte ihm die Erklärung doch schmerzlich einleuchten. Dieser ungeordnete, im Schmutz orientierungslos umhervagabundierende, unter sich heillos zerstrittene und vollkommen unkontrollierbare Haufen hatte seine allergenaueste Entsprechung in dieser Schulklasse, die sich, längst außer Rand und Band geraten, durch den Morast nachjagte, sich in Tümpel hineinschubste und sich mit Dreck und Kot bewarf, und nun sah William plötzlich den Vorwurf der Andersartigkeit ein, der ihm in den letzten Wochen mit zunehmender Härte entgegengeschlagen war. Es war der Neid der unzivilisierten Iren, die nichts als den schmutzigen Nebel kannten, in dem sie hausten und der ihnen sogar ihre Farbe gegeben hatte, es war der Neid dieser unverbesserlichen Katholiken gegenüber dem Britischen in ihm, das sich eher in den scharlachroten Krebsen der Weihnachtsinsel gespiegelt fand, in

diesen edlen Tieren, die blitzsauber einem kristallklaren Wasser entstiegen, wo ihr Panzer unter der ewig brennenden Sonne des britischen Weltreichs herrlich glänzte – so oder fast so schwulstig lauteten Williams Gedanken, aus denen er nun jäh gerissen wurde: Ein Batzen Dreck hatte ihn an der Wange getroffen.

Der Lehrer referierte weiter über diese Krebse, von denen er zwecks besserer Anschaulichkeit ein Exemplar vom Boden aufgehoben hatte. Weil das Tier dabei missvergnügt zappelte und seine Scheren auch immer wieder gegen einen Finger des Lehrers richtete, so dass dieser vor Schmerz aufschrie, war die Neugier der Schüler wieder aufgeflammt; einzig William hatte inzwischen jedes Interesse verloren. Was hatte man nur für Erwartungen in ihm geweckt, und nun war nichts auch nur annähernd so, wie man es ihn hatte glauben machen wollen.

In einem ersten Reflex gab William dem Lehrer die Schuld für seine Enttäuschung. Bereits auf der Rückfahrt aber gelangte er zur ernüchternden Erkenntnis, dass an diesem Auseinanderklaffen von Gesagtem und Gemeintem die Sprache insgesamt verantwortlich gemacht werden, dass dieses seltsame System bis in sein Innerstes verfault sein musste, wenn es seinen Benutzern ermöglichte, ein Versprechen über einen zeitlich und räumlich entfernten Gegenstand zu machen, das dieser Gegenstand selbst in der Wirklichkeit niemals einzulösen vermochte. In diesem Moment, auf dem Weg von Furbogh Beach nach Galway, verlor für ihn die Sprache ihre Unschuld, und dieser Erfahrung schloss sich später, als er bereits zuhause angelangt war, die Schlussfolgerung an, dass man der Sprache gegenüber misstrauisch sein musste, dass sie aber zugleich das Tor zu einer Welt voller Verlockungen darstellte, die man sich, wenn man es nur recht anzustellen verstand, auf die verschiedenste Art und Weise zunutze machen konnte.

Galway, im Jahr 1918

Reichlich spät, erst nach ein paar Jahren, trat die Bewunderung zu Tage, welche William und Mr. Ian Beatwell, sein Lateinlehrer, allmählich füreinander gefasst hatten, und noch nach Jahrzehnten, als er längst in London und gar in Berlin lebte, dachte er gerne an seinen Lehrer zurück. Ein allzu großes Wagnis geht man wohl nicht ein, wenn man behauptet, dass William mit diesen Empfindungen für Mr. Beatwell ganz alleine war.
Beatwells Unterrichtsmethoden seien, sagte so mancher, drastisch, und wahrscheinlich griff das zu kurz. Um begriffsstutzigen Schülern auf die Sprünge zu helfen, schmetterte er ihre Köpfe gegen die Heizkörper, und nicht von ungefähr wurden von ihnen die grauen Granitstufen, die vom Schulzimmer auf den Flur hinabführten, als *Tarpejischer Felsen* bezeichnet, denn ganz wie in der altrömischen Legende, nach welcher überführte Verbrecher durch den Sturz vom heiligen Kapitol ihrer Strafe zugeführt wurden, fielen auch hier, wie von Gotteshand gestoßen, immer wieder Schüler die Treppe hinunter.

William war Mr. Beatwell recht bald aufgefallen, und zwar durchaus negativ: Immer waren seine Hausaufgaben tadellos gewesen, in jedem Examen hatte er die Bestnote erzielt. Beatwell hatte keinen Zweifel daran, dass die fehlerlosen Prüfungen Resultat eines raffinierten Betrugs waren, dem er bloß noch nicht auf die Schliche gekommen war. Bedauerlich, gewiss, aber Beatwell wusste, wie man mit Problemen dieser Art umzugehen hatte: Man brauchte solche Schüler nur unvorbereitet zu treffen.

Lektion für Lektion, Woche für Woche wandte er sich mitten in der Stunde gegen den Verdächtigen, ließ ihn Deklinationen aufsagen und fragte ihn frisch gelernte Vokabeln ab, schließlich versuchte er es sogar mit Fragen zum Stoff, der frühestens für das nächste Jahr vorgesehen war – alles vergeblich. Irgendwann musste sich Beatwell eingestehen, dass es womöglich doch so war, wie es von Anfang an den Anschein gemacht hatte: Dieser Junge besaß eine Sprachbegabung von so außerordentlicher Art, wie er sie in seinem Leben erst einmal gesehen hatte, und zwar bei sich selbst.

Dieser Moment öffnete Beatwell, wie man so sagt, die Augen. Er stand vor dem Spiegel am Waschbecken der Lehrertoiletten, und wie er dabei an seinen besten Schüler dachte, erkannte er sich selbst in ihm, und ob dieser plötzlichen Anagnorisis fühlte er eine lang nicht mehr wahrgenommene Wärme um sein verknöchertes Herz. Dasselbe überbordende Talent, dieselbe unbändige Energie und Geisteskraft, der die Hülle, die ihr das menschliche Dasein bedeutete, nie genug war. Beatwell ahnte, dass es sich mit ihr wie beim Spannen eines Bogens verhielt: Wenn man sie nicht gelegentlich bändigte und zügelte, konnte sie zersplittern und sich gegen den Ausübenden selbst wenden.

Tatsächlich war ihm vor einiger Zeit bekannt geworden, dass William eines Sonntags beim Gottesdienst, bei dem er manchmal als Ministrant aushalf, den Weihrauchbehälter beim Einzug in die Kirche mit so viel gutem Willen vor sich hergeschwungen hatte, dass sich ihm der Behälter – mit beträchtlicher Beihilfe der Fliehkraft – plötzlich entrissen hatte; Kette, Behälter und Weihrauch waren, indem sie in etwa die Flugbahn einer Gaußschen Kurve (wenn $\mu=-2$ und $\sigma^2=0{,}5$) beschrieben hatten, der Länge nach durch das Mittelschiff geflogen und unter zahlreichen Ahs und Ohs vor dem Altar scheppernd zu Boden gegangen.

Ähnliches hatte Beatwell, der auch die Rugbyauswahl der Schule trainierte, eines Samstagnachmittags bei einem Ausscheidungsspiel gegen den Erzrivalen aus Limerick beobachten müssen. William galt dank seines kleinen, aber kräftigen Körperwuchses als schneller, wendiger und angriffslustiger Spieler, auf den ein Trainer ungern verzichtete; doch nun geschah es, dass er immer wieder seinen eigenen Mitspielern den Ball abrannte, um dann auch noch in die falsche Richtung zu laufen oder ihn gar dem Gegner in die Hände zu spielen; trotz mehrmaliger Ermahnung durch den Schiedsrichter wollte der Junge offenbar einfach nicht einsehen, auf welcher Seite er spielte, worauf dem enttäuschten Beatwell nichts anderes übriggeblieben war, als den Jungen vom Platz zu nehmen.

This boy will become something very great, sagte zum

Ende des Spiels Kollege Donovan beeindruckt zu ihm, während er die Gläser seiner Brille putzte. Doch dann, als könnte er, nachdem er sich die Brille zurück auf die Nase gesetzt hatte, wieder klar sehen, sagte er: Or he will finish at the end of a rope.

Galway, im Jahr 1921

Ein einziges Mal hatte William jenen unverwechselbaren gräulichen Schleier gesehen, der zum Zeitpunkt des Todes in die Augen eines Sterbenden tritt, und dieser Anblick hatte sich ihm tief in die Seele gegraben.
Seit nunmehr zwei Jahren tobte der Krieg, und mit jedem Tag wurde er härter und grausamer geführt. Zwischen Stadtvierteln und Schulen, zwischen Dörfern und Familien, in Buchclubs, wissenschaftlichen *Societies* und Kaffeerunden – überall klafften jene Gräben, durch welche die von Katholiken und Protestanten gleichermaßen hochgehaltene Nächstenliebe nach und nach abgeflossen war; inzwischen war die gesamte Insel zu einem vertrockneten Niemandsland versteppt, auf der nurmehr der blanke Hass gedieh.
Im Streit lagen Briten und Iren, Protestanten und Katholiken, Loyalisten und Nationalisten, und zwar so sehr, dass man sich nicht einmal darauf zu einigen vermochte, wie das, was vor aller Haustür geschah, überhaupt zu bezeichnen war; *Unabhängigkeitskrieg* hieß es auf der irischen Seite, während die Briten, etwas unaufgeregter, von *troubles* sprachen.
Es war reichlich spät, als William die Kaserne von

Schloss Lenaboy verlassen hatte, und ohne Vorwarnung war eine schwere Nacht herabgesunken. Stille herrschte in den menschenleeren Straßen, einzig das eintönige Rauschen des Regens war zu hören, der in goldenen Schleiern vor den hellerleuchteten Fenstern niedertaumelte; beim Anblick des wärmenden Lichts empfand William Dunkelheit und Nässe noch stärker.

Auf einmal zerrissen drei Schüsse die Stille. Ein kurzer Schrei erhob sich, der nahezu im selben Moment erstarb. William lief los, ohne nachzudenken, und noch ehe er sich entschieden hatte, ob er vor etwas davon- oder auf etwas zurannte, war er bereits um eine Häuserecke gebogen, und hier blieb er plötzlich stehen. Die Straße, in elektrisches Licht gebadet, glomm himbeerrot, und auf drei schwarzen Lachen spiegelten sich zitternd die Bogenlampen. In ihrer Mitte lag, der Länge nach auf dem Fahrdamm hingestreckt, das dunkle Stoffbündel eines Uniformmantels, unter dem sich ein Polizist in Schmerzen zusammenkrümmte. Auf Knien über den erschlaffenden Körper gebeugt, versuchte William, ihm Luft einzuhauchen. Er hob den Kopf, holte Atem, pustete mit aller Kraft, doch es half nichts. Bei jedem Luftstoß quoll Blut aus dem Mund des Sterbenden, sein Blick versiegte, aus den Gliedern entwich die Kraft.

Eine Weile saß William da, keuchend vor Anstrengung und mit pochenden Schläfen, und starrte in die weit aufgerissenen Augen, in denen er die Spuren jener Verwunderung zu erkennen glaubte, die noch vom Moment des Schusses herrühren mussten. Jetzt, da der eintretende Tod sie in seinem Gesicht gleichsam gebannt hatte, sah dieses aus wie eine Photographie seiner selbst, welche an einen unwiederbringlich vergangenen Augenblick erinnerte.

Tränen traten William vor die Augen, und der unmögliche Wunsch überkam ihn, alles herzugeben, wenn im Tausch dafür dieser Unbekannte, der in seinen Armen erkaltete, wieder lebendig würde. Dann, nach einer langen Weile, erhob er sich leise und ging mit gemessenen Schritten davon, während die unbarmherzige Nacht auf die Dächer herabtrommelte.

Am nächsten Morgen, nach einer unruhigen Nacht, in der er nie länger als eine Stunde am Stück geschlafen hatte, erwachte er mit dem bitteren Geschmack des Verrats auf seiner Zunge, und unaufhörlich quälte ihn der Gedanke, diesen unbekannten Menschen in seinem letzten, schrecklichen Augenblick im Stich gelassen zu haben. Er machte sich zum Vorwurf, dass er ihn nicht hatte retten oder wenigstens so lange am Rande des Todes festzuhalten vermocht hatte, bis Hilfe gekommen war.

Noch vor dem Frühstück ging er zu jener Stelle zurück, und obwohl er ahnte, dass der Leichnam bereits entfernt und der Regen sämtliche Spuren ausgelöscht haben würde, war er doch erstaunt, dass sich dort, wo sich vor wenigen Stunden ein furchtbares Unglück ereignet hatte, nichts, wirklich gar nichts mehr zu sehen war.

Dublin – Liverpool, im Jahr 1922

An jenen Morgen, an dem seine Lippen zum ersten Mal an einem Bier nippten, konnte sich William besonders gut erinnern; die ölschwarze Flüssigkeit, die dick wie Brotsuppe seine Kehle hinunterrann, der steife Schaum, der ihm als schmaler Schnurrbart über dem Mund zurückblieb, der bittere Nachgeschmack – all diese Sinneswahrnehmungen blieben in seinem Gedächtnis haften, und kraft irgendeiner synästhetischen Gleichung meinte er eine Verbindung zwischen diesen Eindrücken und jenen neuen Zeiten zu erahnen, die er dunkel im Anbruch wusste.

Gleich nach der Einschiffung hatten sich die Joyces auf das Achterdeck begeben, und zur Feier des Tages, weil sie sich zwar noch nicht recht in Sicherheit, doch aber außerhalb unmittelbarer Gefahr befanden, war der Vater noch vor Abfahrt ins Restaurant hinabgestiegen, um einen Karton mit sechs Flaschen Stout zu erstehen; eher widerwillig, weil seine Frau gefragt hatte, ob er ernsthaft *alle* Flaschen selbst trinken wolle, hatte er eine an seinen Ältesten abgetreten. Dieser hatte sich zunächst etwas verdutzt, zunehmend aber erfreut und auch etwas stolz gezeigt, dass ihn der Vater damit gewissermaßen unter seinesgleichen aufnahm; und nun standen die beiden also, die Ellenbogen auf die Reling gestützt, am Heck, tranken schweigend ihr Bier und beobachteten, wie sich ihnen die Heimat, die inzwischen nicht mehr als ein mattes Glimmen am Horizont war, langsam und auf immer entzog.

Erst vor einer Woche war es gewesen, am späten Abend,

als sich plötzlich zwei dunkle Gestalten aus der tintenschwarzen Nacht geschält hatten, um sich leise, durch ein kaum hörbares Scharren, an der Tür von Rutledge Terrace Numero 1 bemerkbar zu machen; keine Reifen, die auf dem Kies der Einfahrt knirschten, kein Schlagen der Wagentüren hatte ihre Schritte vorweggenommen, sie waren einfach da gewesen und hatten Einlass begehrt wie der Tod.
Man gebe ihnen eine Woche, hatte es aus der Finsternis geheißen, und nachdem der Vater verdutzt gefragt hatte, eine Woche *wozu*, war die Stimme klar und deutlich geworden: Eine Woche, um von hier zu verschwinden.
Er sei Ire und das sei sein Zuhause, hatte der Vater gesagt.
Jetzt nicht mehr.
Er denke gar nicht daran, das Land zu verlassen.
Das sollte er aber.
Und wenn nicht.
Dann ...
Dann was.
Dann müsse man sie leider Gottes erschießen.
Eine Woche. Erstaunlich, wie schnell alles seither gegangen war, wie viel man in so kurzer Zeit noch geschafft hatte; es musste jemand fürs Haus gefunden werden, Papiere mussten besorgt, Fahrpläne gewälzt und Reiserouten gewählt werden, Verwandte in England waren zu benachrichtigen, Gepäck zu packen und Möbel zu verschicken gewesen. Unmöglich eigentlich in so wenigen Tagen, und doch hatten sie es irgendwie zu Wege gebracht, bevor sie gestern den Abendzug

nach Dublin bestiegen hatten. Und jetzt standen sie also am Heck der Fähre nach Liverpool und nippten an ihrem Stout, diesem letzten Stück Irland, das ihnen noch geblieben war und das mit jeder Minute schaler wurde.

William nahm einen großen Schluck, hob seinen Blick und betrachtete lange die milchige See, ohne dabei einen klaren Gedanken fassen zu können; der Vater, nachdem er ebenfalls einen Schluck getan hatte, wies mit seinem Kinn auf die Flasche und sah ihn an.

Und, was meinst du, fragte er.

William dachte eine Weile nach.

Bitter, sagte er dann.

Worcester, im Jahr 1922

Für William stand immer fest, dass seine Flucht nach England nicht das Ende einer Phase seines Lebens und der Beginn einer neuen sein sollte, vielmehr verlangte es ihn nach einer Fortsetzung dessen, was er bereits in Galway begonnen hatte: Zwar war er für die probritischen Milizen eher selten als Spitzel eingesprungen, aber letztlich konnte man doch mit Fug und Recht behaupten (er zumindest tat es), dass er für Krone und Empire gekämpft habe, und er war fest entschlossen, diesem Weg weiter zu folgen.

Mit dem Einverständnis seiner Eltern machte er sich bereits wenige Wochen nach seiner Ankunft nach Worcester auf, um sich freiwillig zum Militärdienst zu melden. Als die Offiziere, denen er reichlich jung, jedenfalls jünger als die erforderlichen achtzehn Jahre erschien, seine Geburtsurkunde zu sehen verlangten, versicherte er ihnen, dass er keinerlei Dokumente besitze, die seine Geburt bezeugen könnten, und zwar deshalb, weil man ihm solche gar nie ausgestellt habe: In Irland, wo er geboren sei, nehme man es mit der Ordnung nämlich nicht sehr genau. Das war zwar schamlos gelogen, doch nach allem, was die Offiziere in den letzten Jahren über die Iren gehört hatten, glaubten sie ihm das nur allzu gern.

Seinen Kameraden galt William nicht nur wegen seines sonderbaren Akzents als liebenswürdiger *queer fish*, auch sonst brachten sie große Sympathien für ihn auf. Sein unverwüstlicher Humor, die scharfe Ironie, die Sprüche, mit denen er die Truppe reichlich versorgte – all das ließ ihnen die Strapazen der Ausbildung ein wenig erträglicher erscheinen.

Für besondere Erheiterung sorgte Williams geradezu theatralisch zur Schau gestellte Vaterlandsliebe, wobei er mit schlafwandlerischer Sicherheit jenen Mittelgrat beschritt, auf dem Lächerlichkeit und Übereifer nicht mit Gewissheit voneinander zu scheiden sind. Es gab keinen Union Jack in der Kaserne, vor dem er nicht salutiert hätte, und jedes Mal, wenn jemand im Schlafsaal *God save the King* anstimmte, schnellte er von seiner Pritsche hoch, schlug die Hacken zusammen und stand so lange stramm, bis die Melodie verklungen war.

Die Kameraden, von denen kaum einer die Midlands je verlassen hatte, fühlten sich von solchen Possen prächtig unterhalten, und zwar gerade weil ihnen diese fortwährende Selbstversicherung der Zugehörigkeit vollkommen grotesk erschien. Heimat, Sprache, Religion – das alles galt ihnen als schiere Selbstverständlichkeit. Für Williams Fragen, die in diese Richtung zielten, konnten sie beim besten Willen kein Interesse aufbringen; ihre Gedanken drehten sich um Rugby, Mädchen und Tanzmusik. William war betrübt darüber, und doch sah er ein, dass die Uniform, die zu tragen er so sehr begehrt hatte, und das befriedigende Gefühl, endlich unter Gleichgesinnten zu leben, seinen Kameraden nicht dasselbe bedeuten konnten wie ihm, denn niemals hatte man ihnen die Zugehörigkeit abgesprochen oder vorgeworfen. Manchmal irrlichterte der verstörende Gedanke durch seinen Kopf, dass es erst die von ihm zutiefst verabscheuten Iren gewesen waren, die ihn zum Briten gemacht hatten.

London, im Jahr 1924

In der vergeblichen Hoffnung, den Liberalen einen Sitz im Unterhaus abzujagen, hatte sich im Stimmbezirk Lambeth North Jack Lazarus als Kandidat der Unionisten aufstellen lassen. Als William Joyce einwilligte, bei dessen Wahlkampfveranstaltung die Leitung des Saalschutzes zu übernehmen, ahnte er nicht, dass dieser Abend für immer ein Grinsen in seinem Gesicht zurücklassen sollte.
In Ermangelung eines geeigneten Versammlungslokals fand die Veranstaltung in den öffentlichen Bädern statt, die man entsprechend hergerichtet hatte. Wo

anderntags noch Schwimmer mit zusammengeknüllter Handtuchecke Gehörgänge herausgeputzt und Zehenzwischenräume trockengerubbelt hatten, stand nun ein Rednerpult aus englischer Eiche, hinter dem riesig ein baumwollener Union Jack im leichten Luftzug wehte; an den Wänden waren allerorten Steckbriefe der britischen Dominions, Kolonien und Protektorate angeschlagen; die Stuhlreihen schmückten kopfseitig blau-weiß-rote Schleifen und Papierrosetten und Stoffähnchen; überall also patriotischer Zierrat, dessen Bedeutung sich in etwa wie folgt in Worte fassen lässt: Großbritannien ist großartig.

Der Abend ließ sich zunächst ruhig an. Ein Vorredner tat das, wofür er engagiert worden war, hielt also eine Vorrede. Dann trat der von einigen Konkurrenten längst für tot erklärte Lazarus auf und bewies, dass er noch jedes Mal wieder auferstanden war; gebannt horchte das Publikum seinen nur von gelegentlichem, wohl aber frenetischem Beifall unterbrochenen Ausführungen. Doch dann, zum Ende hin, brandete vom Eingang her plötzlich Lärm auf, und bald schon war er im Saal zu hören: Eindringlinge stürmten die Bühne, es gab den üblichen Versuch, den Union Jack von der Wand zu reißen und dergleichen mehr. Tumultartige Szenen folgten, die sich bald zu wüsten Schlägereien auswuchsen, in deren Verlauf ein Rasiermesser den Weg aus seinem Futteral an Joyces Hals fand; vom Wollschal, der Schlimmeres verhinderte, glitt die Stahlklinge ab, um im rechten Mundwinkel ihren ersten Widerstand zu finden. Kalt und waagerecht durchfuhr ein scharfes Ziehen Williams Gesicht, in dem sich klaffend ein zweiter Mund auftat, der über Wange, Schal und Hemd einen roten Vorhang fallen ließ.

London, im Jahr 1931

Oft hatte William Joyce den Gedanken, dass die bestimmendste Eigenschaft seines Daseins, in das er sich seit seiner Geburt vor nunmehr vierundzwanzig Jahren gezwungen fand, schon immer die Ungewissheit gewesen war. Die Zukunft war ihm seit seiner Kindheit stets unsicher erschienen, und genauso verworren und zusammenhanglos stellte sich ihm nun, wenn er zurückschaute, die Vergangenheit dar.
Jedes Mal, wenn er sich diesen quälenden Gedankengängen aussetzte, begann vor seinem inneren Auge jene höchst seltsame Folge von Ereignissen abzurollen, die dazu geführt hatte, dass er jetzt hier stand, in London, am Nordufer der Themse, vor dem St. Thomas Gate, und zwar als Lehrer, Ehemann und zweifacher Vater mit einer ausgeprägten Vorliebe für Schach, Klavierimprovisation und Laubbäume, der nichts vom Autofahren verstand und Käse nicht ausstehen konnte. Der Schatten eines Laternenpfahls an der Wand, die bunkerartige Baulichkeit einer Jesuitenschule, Mr. Beatwell, der Geruch von Weihrauch und das kaleidoskopische Licht in den Kirchenfenstern, nächtliche Schüsse und ein bleierner Blick, der bittere Geschmack von irischem Bier, der Morast von Worcestershire, das *Officers Training Corps* an der *London University*, die Immatrikulation im Polytechnikum von Battersea, die Prüfungen

und der bittere Fehlschlag, das Birkbeck College, Mittelenglischkurse und Zeitgenössische Geschichte, der Eintritt in die *British Fascisti Limited*, der kalte Schmerz einer Rasierklinge, die Blumen und der Applaus der Abschlusszeremonie, die Hochzeit mit Hazel und die markdurchdringenden Schreie der neugeborenen Tochter, die Bewerbung fürs *Foreign Office* und die Zurückweisung, gelegentliche Anfragen für Nachhilfestunden, die Geburt des zweiten Mädchens – all das war für ihn nichts weiter als eine bloße Verkettung von Zufällen. Genauso gut, sagte er sich, hätte es hier, da oder dort ganz anders verlaufen können, vor jeder Biegung dieses mäandrierenden Flusses hätte die Möglichkeit bestanden, dass er einem völlig anderen Verlauf gefolgt wäre. *Sinnlos*, dieses Wort fiel ihm immer wieder ein, wenn er über seine Vergangenheit nachdachte, sinn-, ziel- und zusammenhanglos. Hatte er darum so früh geheiratet, hatte er deswegen so früh Kinder bekommen, fragte er sich immer häufiger, weil sie seiner Existenz den Anschein von Sinnhaftigkeit verliehen, weil sie ihm das Gefühl gaben, er habe etwas erreicht, sei irgendwo angelangt? Vielleicht. Und doch hatte der Anblick seiner neugeborenen Töchter, ihrer zarten, weichen Gesichter, ihrer kleinen, wehrlosen Körpers den Eindruck der Vergeblichkeit allen Strebens in ihm bloß verstärkt. Auch sie würden der Kälte ihrer Umgebung dereinst schutzlos ausgeliefert sein, auch sie waren nicht gemacht für die Zeiten, die angebrochen waren, für jene *ferrea aetas*, in welcher der moderne Mensch sein erbärmliches Dasein fristete. Dagegen kam auch die rührendste Fürsorge nicht an.

Als William Joyce an diesem Punkt seiner Überlegungen anlangte, spürte er ein Drücken auf der Brust, und das Atmen wurde ihm schwer. Er spuckte in die lehmgelben Fluten des Flusses und sah für eine Weile seinem Speichel hinterher, der sich als immer kleinere Schauminsel im Dunst verlor, aus dem sich wie ein riesiger Quergalgen die Tower Bridge erhob.

Windsor, im Jahr 1934

Wann eigentlich war aus William Joyce einer der berühmtesten und einflussreichsten Faschisten Großbritanniens geworden, und wie hatte er sich so plötzlich in die Wahrnehmung der Öffentlichkeit gestohlen? Die Leute fragten es sich mit augenreibender Verwunderung, und ebendies tat auch Joyce selbst, als er eines heiteren, aber hitzeschweren Samstagnachmittags zu Windsor in einer Gartenwirtschaft an der Themse saß, an einem Porter nippte und auf der Titelseite jener Zeitung, die ein ziemlich feister Mann in einem viel zu kleinen Anzug vor ihm aufgeschlagen hielt, seinen Namen las.

Gegen Mittag hatte er einen der Vorortszüge genommen und war nach Datchet hinausgefahren, um den Kopf etwas freizubekommen, und das war ihm so prächtig gelungen, dass er, von ihm selbst unbemerkt, über einen kleinen Umweg am Eton College vorbei bis nach Windsor hineingelangt und dort in eine der Gaststätten am Flussufer gespült worden war. Er hatte erst wieder zu sich gefunden, als er inmitten

der fröhlichen Ausflügler, die von London oder Reading herübergekommen waren und nun, nachdem sie, erhitzt von der körperlichen Betätigung, ihre schweren Tweedjacken abgelegt und sich im bloßen Hemd, die Hosenträger schamlos offenbarend, in ihre hölzernen Klappstühle gelümmelt hatten, die wohlbekannte Buchstabenfolge seines Namens in der Zeitung sah.
Nun, er wusste es nicht. In seiner Erinnerung glich das Leben einer Ziehharmonika, dessen Faltenbalg die längste Zeit seines Lebens weit geöffnet war, so dass die Jahre, die er in New York und Galway verbracht hatte, sich ihm in vielen kleinen Einzelheiten darstellte, während die letzten Jahre in seiner Erinnerung zu einem dunklen, undurchsichtigen Allerlei zusammengestaucht und amalgamiert waren. Nur einzelne Personen ragten ein wenig daraus hervor, Oswald Mosley etwa, der Führer der *British Fascist Union*, welcher dem Schauspieler Charlie Chaplin auf eine beunruhigende Art und Weise ähnlich sah, oder sein guter Freund John Beckett, der aufgrund seines schmachtenden und leicht verschwommenen Blicks eine entfernte (aber deswegen nicht minder verstörende) Ähnlichkeit mit Oscar Wilde besaß.
Vielleicht noch unübersichtlicher mussten einem die faschistischen Parteien, Bewegungen und Strömungen erscheinen, ihr Nebeneinander und Gegeneinander, ihre zeitweiligen Zusammenschlüsse und die alsbald wieder davon abgehenden Splittergruppen, die oft in derart kurzer Zeit entstanden waren, dass es durchaus vorgekommen war, dass sich einer nach der Rückkehr von der Sommerfrische in Brighton oder South-

end-on-Sea plötzlich in einer Partei wiedergefunden hatte, deren Namen ihm noch nie zu Ohren gekommen war. In unzähligen solchen *Movements*, *Clubs* und *Parties* hatte er mitgewirkt, aber welche genau das nun gewesen waren und wie sie geheißen hatten, wollte ihm beim besten Willen nicht mehr einfallen.

Wenn er's recht bedachte, waren ihm letztlich bloß zwei Bilder aus den letzten Jahren geblieben, und bezeichnenderweise hatte er sich beide nur ausgedacht: Oswald Mosley, einerseits, in seinem Bett, vergraben unter einer schieferfarbenen Wolldecke, unter der nur sein leuchtend blasses, vor kaltem Schweiß glänzendes Antlitz und aus irgendeinem Grund auch seine behaarten Füße hervorschauten, und zwar an jenem nasskalten Novemberabend, da man Joyce angerufen und flehentlich gebeten hatte, den von einer Venenentzündung auf sein Lager niedergerungenen Führer zu vertreten, in Streatham erst und danach sogar im Stadion von Liverpool.

Und dann, weiß Gott warum, erinnerte er sich auch an eine Frau, Miss White mit Namen (ihrer altertümelnden Briefsprache zufolge um die fünfzig und zweifellos von der Sorte jägergrünes Tweed-Kostüm, Nickelbrille, zusammengerollter Regenschirm auf dem Schoß), die sich an das von ihm geleitete Propagandabüro der Partei gewandt hatte; er sah sie deutlich vor sich, wie sie ihr faltiges Gesicht verzog, während sie sein Schreiben las, mit dem er ihre Bitte, irgendwo im Norden Englands an einer politischen Podiumsdiskussion die Position der Faschisten darlegen zu dürfen, abschlägig beantwortet hatte. Es gab schon seltsame Leute, ging ihm durch den Kopf, während er an diesen kurzen Briefwechsel zurückdachte, und sah sich, da er seinen Blick über die Terrasse schweifen ließ und in Dutzende, vom vierten Pint oder der Augustsonne stark gerötete Gesichter blickte, in diesem Allgemeinplatz durch und durch bestärkt.

Carlisle, in den Jahren 1934/35

Ihr Doktor wusste Themen anzuschneiden wie frisches Brot, er war redegewandt und schlagfertig, und das war es, was Margaret so gefallen hatte an ihm. Ja, *ihr Doktor*, so hatte sie ihn immer genannt, auch wenn es streng genommen nicht der Wahrheit entsprochen hatte. Anfangs war er nichts mehr als ein Student der Medizin gewesen, in Glasgow, und so, wie ihm damals noch ziemlich viel fehlte, um einen akademischen Titel zu erlangen, war er auch noch weit davon entfernt, der ihrige zu werden. Der Doktor ließ es sich trotzdem gefallen, dass man ihn so nannte, denn an Vorschusslorbeeren hatte er sich noch nie so recht zu stören vermocht, und wenn er durch das Aufrechterhalten dieser kleinen Lüge allenfalls noch etwas schneller an sein Ziel gelangen sollte, würde er sich gewiss nicht darüber beklagen.

Die beiden hatten sich in Carlisle kennengelernt, an der schottischen Grenze; Margaret arbeitete als Schreibkraft bei *Morton Sundour*, und jeden Abend, wenn sie das Bedürfnis verspürte, das Hämmern ihrer Schreibmaschine aus ihrem Kopf zu spülen, suchte sie ein kleines Kaffeehaus in der Innenstadt auf und lauschte, während ihre klammen Finger sich an einer Tasse Darjeeling wärmten, dem wohligen Rauschen fremder Gespräche.

Der Doktor indes weilte die meiste Zeit des Jahres in Glasgow, aber während der Ferien, die er bei seiner Familie in Carlisle verbrachte, kam er fast täglich in das Kaffeehaus, um die Zeitungen zu lesen oder um seiner Schwester ein wenig Gesellschaft zu leisten, die hin und wieder eine Schicht am Tresen übernahm. Man sah sich also öfter, und wie es nun so geschieht zwischen Stammgästen, nickten sich Margaret und der Doktor hin und wieder zu, erst nur im Café und dann auch auf der Straße, wenn man sich zufälligerweise begegnete.

Eines Abends nun hörte Margaret, wie der Doktor seiner Schwester am Tresen von der Totenstarre erzählte, und weil Margaret so sehr ins Nachdenken darüber verfallen war, dass man im Englischen zwar vom *rigor mortis* sprach, dass die *Starre* an sich aber seltsamerweise *rigour* hieß, bemerkte sie gar nicht, dass sie sich plötzlich von ihrem Platz erhoben hatte, um zum Nachbartisch hinüberzugehen und den ziemlich erstaunten Doktor und seine nicht minder verdutzte Schwester auf dieses sonderbare Detail aufmerksam zu machen. Die Befremdung der beiden Geschwister legte sich freilich bald, man unterhielt sich einen ganzen Abend lang vortrefflich, und als der Doktor nächsten Tags wieder im Café saß, lud er sie wie selbstverständlich zum Tee ein. Nun kam eins zum anderen: Margaret willigte nur unter der Bedingung ein, sich beim nächsten Mal revanchieren zu dürfen, und weil der Doktor damit zwar einverstanden war, es aber doch nicht auf sich beruhen lassen wollte, lud er sie im Anschluss zum Bier ein, dann verabredete man sich zum Abendessen und schließlich erfolgte eine Einladung zum Doktor nach Hause.

Hier hätte diese Geschichte zu Ende sein oder – eben – eine neue ihren Anfang nehmen können. Nun verhielt es sich aber so, dass Margaret eine recht eigenartige Beziehung zur Medizin hatte, und sicherlich eine zwiegespaltene. Die Abneigung gegen Ärzte rührte freilich nicht von den üblichen Gemeinheiten her, mit denen sich diese bei den Leuten unbeliebt machen; längst vergessen war das Fingerzwicken am Arm, mit dem man sie damals vom Einstich der Spritze hatte ablenken wollen, und es war ihr auch nicht um die perfide Grausamkeit zu tun, mit der man ihr einst die Wunden eines Fahrradunfalls gesäubert hatte. Nein, die Sache lag weitaus tiefer.

Margaret verstand, dass Ärzte nützlich sein konnten, und vor allem sah sie ein, dass sie der Gesellschaft, und zwar *jeder* Gesellschaft, nützlich erschienen. Und doch war sie der Meinung, dass die Medizin nichts Produktives, nichts eigentlich Vorwärtsbringendes an sich hatte. Nüchtern betrachtet, fand sie, waren Ärzte so etwas wie Kfz-Mechaniker, die sich eben keine neuen Autos oder Lastwagen *ausdachten*, sie nicht *herstellten* und sie auch nicht von Grund auf *verbesserten*. Nein, Ärzte reparierten bloß, sie waren für das Fehlerhafte, das Lahmende, das Krankende zuständig, standen einzig bereit für jenen unerwünschten Eintretensfall, den alle Welt zu vermeiden suchte. Und was bewirkten sie damit? Was veränderten sie in der Welt? Nichts. Schlimmer noch: Sie halfen bloß, den gegenwärtigen Zustand einer Gesellschaft zu bewahren, dank ihnen blieb alles beim Alten, und genau deshalb genossen sie selbst in den verrottetsten Systemen das allerhöchste Ansehen. Ärzte waren die reinste Reaktion, sie brauchten keinen Mut, kein Rückgrat. Ärzte waren seit Menschengedenken die Steigbügelhalter der Ewiggestrigen.

Das waren Margarets Gedanken, so urteilte sie über die Medizin, und auch wenn sie sich gegen den Doktor darüber ausschwieg, so ließ sie eben doch jedes Mal ein gehöriges Stück Ironie anklingen, wenn sie ihn bei seinem Übernamen nannte, und auch der einen oder anderen Stichelei gegen seine »Wissenschaft«, die sie stets zwischen Schweinefüßchen setzte, konnte sie sich nicht enthalten.

Für den Doktor wiederum war Margaret, wie er nach und nach einsah, etwas gar zu umtriebig, und nach seinem Dafürhalten waren die Fragen von Politik und Gesellschaft, mit denen sie sich auseinandersetzte, nicht das rechte Betätigungsfeld junger Frauen. Gut, und dann war da auch noch die Sache mit Mosleys Union, in der sie seit einiger Zeit Mitglied war. Auch wenn er gegen diese Ansichten *per se*, *a priori* und so weiter nichts einzuwenden hatte, fand er doch, dass Margaret gar keine Not habe, dort mitzutun, und das sagte er ihr auch einmal, als sie für einen Spaziergang zum Solway Firth hinausgefahren waren.

Not?, wollte Margaret wissen.

Wirtschaftliche Not, präzisierte der Doktor. Sie habe eine gute Anstellung, werde anständig bezahlt, habe recht akzeptable Schichten.
Darum gehe es ja auch nicht.
Sondern?
Das verstehe er nicht.
Er hoffe, dass sie es wenigstens selbst verstehe, sagte er und hatte damit, ohne es zu wissen, einen wunden Punkt getroffen. Tatsächlich konnte Margaret den Grund, aus welchem sie sich so sehr für Mosley und seine Ideen begeisterte, überhaupt nicht benennen, und möglicherweise genau deshalb sagte sie sofort zu, als sie anderntags von einem Arbeitskollegen gefragt wurde, ob sie mitkommen wolle zu einer Versammlung der Schwarzhemden in Schottland, wo ein gewisser William Joyce aus London auftreten werde.

Dumfries, im Jahr 1935

Schottland also. Tweedfarbene Hügel, klobige Steinbrücklein, albtraumhaft tiefe Lochs, dunkle Burns und Waters, die sich durch die Talsohle mühen wie eine zähflüssige Nacht. Gewiss, für die kleine Truppe aus Carlisle nichts Neues, der Weg über die Grenze war kein allzu weiter gewesen, die Szenerie hatte sich kaum verändert; gelohnt hatte sich der Ausflug, für den man eigens einen kleinen Bus mit Panoramafenstern und hübschen Chromarmaturen angemietet hatte, aber allemal. Mit seiner Rede hatte dieser Joyce aus London, hier herrschte für einmal Einigkeit in der Gruppe, die sich sonst eher durch ihre Freude am gepflegten Dissens auszeichnete, große Stricke zerrissen, da war, keine Frage, ein Hasardeur am Werk gewesen, da hatte sich ein Wagehals um Kopf und Kragen geredet, und das hatte den Ausflüglern aus Carlisle – und überhaupt: dem Publikum – ausgezeichnet gefallen. Frei gehalten hatte er die Rede, möchte betonen, *vollkommen frei*, und jeder seiner Sätze schien seinem Innersten entnommen zu sein. Sogar auf spontane Einwürfe aus der Menge war er eingegangen, und zwar in derart schwindelerregender Geschwindigkeit, dass man sich ab und an hatte fragen müssen, ob diese Wortmeldungen wirklich in jedem Fall so *ex aermulo* geschüttelt worden waren, wie es den Anschein gemacht hatte. So oder so, man hatte unweigerlich den Eindruck gewonnen, dass da ein Redner vor einem stand, der durch nichts und niemanden aus der Ruhe zu bringen war: Alle Angriffe perlten an seinem Mantel ab, ein Filz aus Ironie und Zynismus machte ihn unverwundbar, mit Haarspaltereien und Begriffsklaubereien drehte er Freund wie Feind das Wort im Mund um, und seine Angriffe kamen stets unerwartet (auch wenn sie stets kamen). Anderthalb Stunden seinem reißerischen Redefluss ausgesetzt, wusste das Publikum: Dieser Joyce gehörte zu jener Sorte Mensch, die mit Höchstgeschwindigkeit auf eine Kreuzung zuhalten und als einziges Mittel, das drohende Unglück abzuwenden, die Hoffnung in petto haben, die anderen Wagen mögen zuerst bremsen.

Margaret, die allenfalls von Mosley höchstpersönlich schon einmal derart in Bann geschlagen worden war, gelangte ebenfalls zu dieser Einschätzung, auch wenn (oder gerade weil) Joyces Auftritt zuweilen auch, ähm, ulkig und drollig gewirkt hatte, und zwar noch mehr, als es diese Wörter taten (die Margaret natürlich als ihre angelsächsischen Pendants dachte, ihr Deutsch steckte damals schließlich noch in Kinderschühchen). Es hatte während der Rede dauernd in ihren Ring- und Zeigefingern gezuckt, ständig war ihr danach gewesen, seine Äußerungen zwischen Schweinefüßchen zu zwängen, und doch war es eben nie so eindeutig gewesen, wie etwas gemeint gewesen war, so, so oder doch so. Verfluchte Ironie! Neunzig Minuten lang hatte sie sich in einer leicht frivolen Farce gewähnt, einer schlüpfrigen Parodie zum Nachteil des Redners selbst, neunzig Minuten hatte sie sich gefragt, ob das Ernst oder Jux, echt oder von einem mittelklassigen Romancier ausgedacht war, was sie da gerade erlebte. Die Zuhörer in einer derartigen Ungewissheit zurückzulassen, war widerlich, war degoutant, war eigentlich ganz und gar nicht auszuhalten, und genau diese Gemütsbewegung, die der Redner in Margaret hervorgerufen hatte, war nun der Grund, weshalb ihr Denken auch jetzt, nach der Veranstaltung, noch kein anderes Ziel gefunden hatte.

Fast hätte sie darob die unangenehme Begebenheit, das Missgeschick, das Vorkommnis vergessen, das sich noch vor Beginn der Rede zugetragen hatte. Das heißt, im Grunde hatte die Rede eben bereits angefangen, und erst daraus hatte sich die erwähnte Begebenheit überhaupt zu einer solchen ausgewachsen.

Margaret war aufgehalten worden, ein alter Bekannter hatte sie im Foyer angesprochen, und als sie endlich die schweren Türen des Saals aufgestoßen hatte, musste sie feststellen, dass die Veranstaltung bereits in vollem Gange war. Auf Zehenspitzen schleichend, hatte sie versucht, zu ihrem Platz zu gelangen, doch hielt der Redner, als er sie bemerkte, plötzlich inne und wartete, den bohrenden Blick gegen Margaret gerichtet, bis sie sich endlich gesetzt hatte. Erst dann fuhr er, anscheinend vollkommen unbeeindruckt von dem, was gerade geschehen war, mit seiner Rede fort.

Das Vorkommnis hatte ein gewisses Gefühl der Scham in Margaret hervorgerufen, doch nun, da sie im Kreise ihrer Begleiter stand, die in der Vorhalle bei kräftig gesalzenen Nüssen und ungewöhnlich stark prickelndem Bier (blubber blubber, rülps rülps) gewissermaßen antichambrierten, dachte sie nicht mehr daran. Man war, zweifellos unter dem Eindruck des vierten oder fünften Pints frisch Gezapftes, recht beschwingt, hin und wieder lobte einer die gehörte Rede, um seine Äußerung im einhelligen Nicken der anderen bestätigt zu finden, und ansonsten ließ man das Spektakel, dessen Nachglanz noch immer über der Menge knisterte, schweigend nachwirken.

Plötzlich allerdings kam Bewegung in die Truppe, auf einmal verfiel die Vorhalle in Aufregung. Eine Menschentraube hatte sich vom Saal hineingeschoben, ein zappliger Klüngel, der eine eisige Zugluft im Gefolge hatte. Oder doch nicht? Margaret jedenfalls fröstelte, als sie sich nach dem Pulk umgewandt und in seiner Mitte nachtschwarz den Redner ausgemacht hatte. Mit geschwollener Brust und erhobenem Kinn schritt er durch ein Meer von Glückwünschen, und wenn er zum Stehen gebracht wurde, schlug er die Hacken zusammen, dass es knallte.

Was für eine eigentümliche Erscheinung, fand sie, und noch ehe sie diesen Gedanken zu Ende gebracht hatte, spürte sie den eisigen Druck einer Hand auf ihrer Rechten, und im nächsten Moment erkannte sie William Joyce an ihrer Seite, der sich ihr nun als just dieser vorstellte.

Das sei ihr durchaus bekannt, erwiderte Margaret, die ihrerseits keinerlei Anstalten machte, sich ihm vorzustellen. Und er kenne sie im Übrigen ebenfalls.

Joyce hob eine Braue in die Höhe. Dass man ihn kannte, schien ihm nichts als selbstverständlich. Aber er sie? Unmöglich.

Margaret White, sagte sie und streckte ihm die Hand hin. Als er sie ergriff, meinte sie (oder war er es?) für einen Augenblick, ein nurmehr fleischloses, fein säuberlich abgenagtes Gerüst einer Hand in der ihren (oder seinen) zu halten, und es schauderte sie (oder ihn) darob ganz fürchterlich.

Joyce dachte eine Weile nach und schüttelte dann den Kopf.

Der *Brief*, sagte sie. Sie habe ihm einen Brief geschickt. Er hob das Kinn und runzelte die Stirn. Er hatte keine Ahnung, wovon sie sprach.

Sie habe an einer Diskussion teilnehmen wollen, in der Fabrik, in der sie arbeite. Der Sohn des Besitzers habe sie eingeladen, die Position der Faschisten darzulegen. So, sagte Joyce. Und was habe er geantwortet?

Margaret presste die Lippen aufeinander.

Er habe es ihr verboten.

Joyce lachte verschämt. Ach *sie* sei das gewesen, rief er, und entschuldigte sich. Der Stil des Briefes habe ihn in die Irre geführt, vor Augen gestanden habe ihm eher eine fünfzigjährige ... nun gut, amüsant, dann habe man also schon die Ehre gehabt, umso besser.

Ehre würde sie das nun eher nicht nennen, sagte Margaret.

Joyce zögerte einen Augenblick. Die Konversation stand nun, das war leicht einzusehen, an einem Scheideweg, doch dann beschloss Joyce, das Gespräch just an jenem Punkt wieder aufzugreifen, an dem es ins Stocken geraten war, und extemporierte flugs zum Ehrbegriff am Ende der Römischen Republik. Sicher, das schien nicht nur Margaret, sondern auch den Umstehenden reichlich weit hergeholt – manche rollten mit den Augen, andere gähnten ganz unverhohlen. Aber als er plötzlich zur Schlussfolgerung anhob, dass *jedes Staatssystem* einmal an einem Punkt anlange, an dem alle Macht im Staate *einem Mann* übertragen werden müsse, da spürte Margaret, dass das Gespräch sich nicht bloß *wieder* im rechten, das heißt für alle Anwesenden interessanten Fahrwasser befand, sondern dass es sich die längste Zeit schon dort befunden hatte, ohne dass sie und die Umstehenden es bemerkt hatten.

Genug, sie stellte Joyce im Folgenden ein paar Fragen dazu, woraus sich nach und nach eine angenehme, abendfüllende Plauderei ergab. Alles lief also auf eine Einladung nach London hinaus, die Joyce freilich erst am nächsten Abend aussprach, nach seiner Rede in Kirkcudbright, in jener Kleinstadt mit dem leider

völlig unaussprechbaren Namen, in welche Margaret zu ihrem eigenen Erstaunen nun ebenfalls gefahren war.
Sie müsse ihn einmal in Westminster besuchen, sagte er, und sie versprach es ihm.

London, im Jahr 1935

In London gab es unpraktischerweise gleich mehrere Straßen namens *Smith Street*, weshalb man jene unweit westlich der *Houses of Parliament* zwecks leichterer Unterscheidung (aber völlig zu Unrecht) mit dem Eigenschaftswort *great* apostrophiert hatte. Zu ihrem nördlichen Ende hin, genauer, in der Nummer 20, hatte sich vor nicht allzu langer Zeit die *British Fascist Union* einquartiert, und diese Lage in Westminster hatte durchaus etwas Symbolträchtiges. Endlich, nach Jahren lauter Straßenschlachten und obskurer Hinterhofversammlungen, war man, wie es hieß, in der politischen Mitte des Landes angelangt, wobei *Mitte* selbstredend nur im geographischen Sinne gemeint war.
Das Gebäude, ein zwölfachsiges Pasticcio in etwas gar zu sehr spätgotisch angehauchtem Tudorstil und falsch verstandenem Klassizismus, machte durchaus Eindruck auf Margaret, die heute nach London gefahren war, um ihr Versprechen gegenüber Joyce einzulösen. Mehr noch: Die enorme Größe, und das war durchaus beabsichtigt, wirkte einschüchternd auf sie, man musste in seinem Inneren Hunderte von Mitarbeitern erwarten, die im verworrenen Rauschen unzähli-

ger Stimmen, Schreibmaschinen und schrillenden Telephonen hitzig ihrer Arbeit nachgingen.

Gewiss waren Vorstellungen solcher Art nicht grundsätzlich falsch, und Margaret betrat ja auch keine Amtsstube, die über die Jahrhunderte Schimmel angesetzt hatte, sondern das Hauptquartier einer jungen, frischen, aufstrebenden Partei voller idealistischer Weltverbesserer (so zumindest stellte Margaret sich das vor), aber es war eben auch Freitagnachmittag, und das hatte sie vielleicht zu wenig bedacht. Endlose Flure, auf Hochglanz gewienert, breiteten sich vor ihr aus, einsame Treppenschächte führten ins Nirgendwo, mit offenen Türen gähnten halbverwaiste Büros auf leere Quergänge hinaus, und wie zum Spott ihrer Sinneswahrnehmung stellten sich die Geräusche fremder Schritte, die sie zu hören meinte, als der bloße Widerhall ihrer eigenen heraus.

Überrascht, verblüfft, erstaunt verließ Margaret die Zentrale, doch bald schon nahm eine andere Empfindung überhand in ihr, und zwar die Wut. Wenn sie schon einzig und allein für Joyce nach London fuhr, fand sie, dann hatte er auch gefälligst da zu sein. Wenn man einmal vom unbedeutenden Detail absah, dass sie ihn von ihrem bevorstehenden Besuch gar nicht in Kenntnis gesetzt hatte, dann musste man ihr hierin auch beipflichten.

Gut, aber so war es nun einmal, und dass dieser Joyce als ignoranter Trottel, als Windbeutel und als Taugenichts zu gelten hatte, war eine ausgemachte Sache. In dieser Überzeugung sah sie sich am nächsten Tag, als sie ihn zufällig auf einem Empfang traf, durch und

durch bestätigt, denn Joyce benahm sich zwar nicht gerade unhöflich, nein, das nicht, aber von Enthusiasmus, von Verve, vor allem aber von sprühender Begeisterung, sie zu sehen, war nichts zu spüren. Er wirkte nachdenklich und abwesend, und immer wieder unterbrach er das ohnehin schon schleppende Gespräch, um seine Aufmerksamkeit einem kleinen Gör zu schenken, das er ihr schließlich - oha! - als *seine Tochter* vorstellte, jawohl, und zwar als *die ältere von beiden*.
Margaret zwang sich zu einem Lächeln und schüttelte der Kleinen auch artig die Hand, aber fünfzehn Minuten später hatte sie sich bereits verabschiedet und saß in einem Taxi zum Bahnhof in der Liverpool Street.

Leeds, im Jahr 1936

Lord Wandsworth und Margaret waren am Rande einer Parteiversammlung miteinander bekanntgeworden, und auch wenn Wandsworth kein Mitglied der *Fascist Union* war (und darüber, es zu werden, auch keine Sekunde lang nachdachte), hatte sich Margaret doch nach und nach mit ihm angefreundet.
Wandsworth war in puncto politischer Gesinnung ein windiger Kerl, ein Luftikus, ein Springinsfeld. Zwar besaß er ein gewisses folkloristisches Interesse an umstürzlerischen Strömungen, fühlte sich im Faschismus, Kommunismus, Sozialismus gleichermaßen zuhause, und doch war er es nirgends richtig; politisches *windowshopping*, ideologisches *cherrypicking* hatte das einmal ein Miesepeter genannt, aber das war Wandsworth

im Grunde nur recht gewesen. Nicht nur seine Umgangsformen, sondern auch seine politischen Neigungen hatten die allerausgewähltesten zu sein.

Wandsworth besaß ein ziemlich knochiges Antlitz, das vielleicht etwas gar zu sehr an den darunterliegenden Schädel erinnerte, wie auch seine noble Blässe entschieden ins Ungesunde tendierte. Sein Körper indes war zwar hochgewachsen, aber eben auch spindeldürr, und diese Magerkeit wirkte sich ungünstig auf seine Proportionen aus. Alles in allem also ein etwas, nun, furchteinflößendes Äußeres, und doch – oder gerade ihm zum Trotz – war Wandsworth ein durch und durch lustiger Bursche. Seinen Humor hielt man überall für ausgesprochen distinguiert, pikant und lebendig, wobei gerade Letzteres einerseits ganz richtig, dann aber wieder entschieden der falsche Begriff war, spielten seine Witze und Bonmots doch entschieden ins Nekrotische hinein, waren schwarz, sinister, halbseiden, oder – um es mit seinen eigenen Worten zu sagen – *makaber*. Überhaupt war *makaber* sein liebster Ausdruck, mit dem er alles und jeden, ob gut oder schlecht, taxierte: Das englische Wetter? Makaber. Margarets rauchfarbenes Kleid? Makaber. Churchill? Sowieso makaber.

Diesen Lord Wandsworth nun hatte Margaret eines Sommerabends ganz unvermittelt am Telephon, und weil er sich für den nächsten Tag, an dem er zu einer Parteiversammlung der Faschisten in Leeds fahren wollte, so nett ihre Gesellschaft erbat (ein kleines bisschen vielleicht aber auch deshalb, weil er einen sargschwarzen Sportwagen mit zurückklappbarem Verdeck besaß), sagte sie zu.

Punkt zwölf rollten die beiden aus der Stadt, die Sonne brannte, und wie sie brannte! Es war heiß, es war die Stunde, in der sich die Hälfte der Briten ihre charakteristische Gesichtsröte zulegte, aber der Gegenwind, der jetzt dank Wandsworth' nicht eben zurückhaltender Fahrweise stetig zunahm, sorgte zur rechten Zeit für die nötige Abkühlung. Sie sprachen über dies und das, Wandsworth trieb wieder seine makabren Scherze, und hin und wieder zerplatzte zu ihrer Erheiterung ein schwarzer Käfer auf der Windschutzscheibe, um dort zu sinnlosen Mustern zu zerfließen. *Smashing Fascism*, sagte Wandsworth einmal grinsend, und nun war es an Margaret, den Kopf zu schütteln und zu sagen: *Makaber*.

In Leeds sprach William Joyce, und die beiden Ausflügler unterhielten sich prächtig, zumindest machte es allen Anschein. Margaret war ganz aufgekratzt, und auch ihr Begleiter schien des Lobes voll zu sein, als er beim Empfang im Foyer sagte, er habe Joyces Rede über Indien, die britische Volkswirtschaft und die Juden ganz und gar *makaber* gefunden. Makaber gut oder makaber schlecht, hatte sich Margaret zur Sicherheit erkundigt, und Wandsworth, der genau auf diese Frage (und auf ein Gläschen eisgekühlten Genever, den man ihm im selben Moment brachte) gewartet hatte, hob nun zu einer recht ausführlichen Exegese der gehörten Rede an, die im Wesentlichen dahin lautete, dass er es bewundernswert fand, wie Joyce geradezu von Zauberhand Zusammenhänge zwischen Dingen hergestellt habe, bei denen man *a prima vista* und bei nüchterner Betrachtung vielleicht gar keine solchen erwarten mochte.

Margaret staunte zwar darüber, wie Wandsworth es fertigbrachte, den Gedanken, dass Joyces Rede zwar glänzend gehalten, aber hinsichtlich ihres Inhalts völliger Mumpitz gewesen war, derart umständlich auszudrücken; doch gerade als sie ihrerseits hinzusetzen wollte, dass es wahrscheinlich vor allem Joyces Stil sei, der bewirke, dass man sich hinterher an seine Argumente *en détail* gar nicht mehr erinnern könne, dass stattdessen aber ein starkes *Gefühl* dafür bleibe, dass es die richtigen gewesen seien, hatte Wandsworth bereits wieder das Wort ergriffen. Im leichten Plauderton (und unter Zuhilfenahme einiger frittierter Zwiebelringe, die man im Foyer als Naschwerk gereicht hatte) berichtete er von einem *makabren* Schauspiel, dem er jüngst an der toskanischen Riviera, genauer, in Torre di Marte, beigewohnt habe. In einem Strandtheater, wie es eher der Einheimische zu besuchen pflege, so Wandsworth weiter, sei er Zeuge einer recht ähnlichen, schauderhaft-vergnüglichen, alle sechs (jawohl!) Sinne ansprechenden Darbietung geworden, die er nun in allen Einzelheiten vor Margaret ausbreitete. Wandsworth verlor sich immer stärker in seine Erinnerungen, lächelte verträumt und tauchte schließlich vollends in die pastellfarbenen Bilder jenes vergangenen Sommers ab. Als er einige Minuten später geendet hatte und zu einer neuen Anekdote ansetzen wollte, musste er feststellen, dass die Aufmerksamkeit seiner Zuhörerin längst von ihm abgeglitten war.

Tatsächlich hatten Margarets Gedanken, sicherlich auch befeuert vom nunmehr dritten Stout, ganz andere Bahnen gezogen. Täuschte sie sich, oder hatte Joyces

Blick während der Rede nicht hin und wieder auf ihr geruht? Aber hatte er sie, vom Scheinwerferrund angestrahlt, im Dunkel des Zuschauerraums überhaupt sehen können? Und auch: Erinnerte er sich denn noch an sie?

Eine Antwort auf diese Frage erhielt Margaret erst ganz zum Schluss, in jenem Moment, als Wandsworth und sie sich gerade zum Gehen wandten. Unversehens entschlüpfte einem größeren Grüppchen William Joyce, hielt geradewegs auf sie zu und begrüßte mit sichtlicher Freude erst Margaret und dann – bereits mit weit geringerer Begeisterung – ihren Begleiter, dessen leichenblasses Gesicht er aus irgendeinem Grund lange und zunehmend beunruhigt studierte, fast als erkennte er sich in Wandsworth' Zügen selbst; er verlor dabei kein Sterbenswörtchen.

Wandsworth indes hatte von langen Pausen noch nie allzu viel gehalten, er unterhielt sich in beiderlei Hinsicht gerne, und weil das Schweigen, das sich zwischen sie gesenkt hatte, noch dazu ein unangenehm drückendes war, begann er, dem Redner ein paar Komplimente zu machen. Gefalle ihm ganz prächtig, sehr sogar, vielleicht an dieser oder jener Stelle etwas mutig, überdreht, strapaziert, aber bitte sehr, das müsse wohl so, *c'est la vie*, sagte er, und weil ihn Joyce weiterhin wie erstarrt ansah, beschloss er, ihn mit einer Frage aus der Reserve zu locken. Lord Darlington habe ihm schon oft von seinen Reden erzählt, ob Joyce ihn, wie er annehmen dürfe, persönlich kenne? Aber ja, aber ja, Darlington, natürlich, sagte Joyce geistesabwesend, um sich dann räuspernd an Margaret zu wenden. Er wolle sie, sagte er, nach London einladen, in die Albert Hall, zu einer Parteiversammlung. Das werde ein Ereignis, fügte er hinzu, und weil sich Margaret weit weniger enthusiasmiert zeigte als erwartet, setzte er ihr in allen Einzelheiten auseinander, wer dort auftreten, wen sie kennenlernen und was man bei dieser Gelegenheit sonst noch unternehmen würde. Dann, als sei er sich plötzlich seines unhöflichen, ja recht eigentlich flegelhaften Benehmens bewusst geworden, wandte er sich doch noch einmal Wandsworth zu, um auch ihn in die Hauptstadt einzuladen; Joyce tat dies freilich auf eine Weise, die keinen Zweifel offen ließ, dass er ihn unter keinen Umständen dabeizuhaben wünschte. Er nehme an, sagte er, dass für Wandsworth ein Besuch von London nun wahrlich nichts Neues mehr darstellen werde, worin Wandsworth ihm beipflichtete: Aber nein, aber nein, er besitze dort ein Haus, das sogar seinen Namen trage.

Joyce nickte erleichtert und drehte sich nun wieder nach Margaret um. Wie es denn nun also stehe um ihren Besuch.

Vielleicht komme sie, sagte Margaret.

Vielleicht?

Sie müsse sich das noch überlegen.

Überlegen? Aber die Veranstaltung finde in vier Tagen statt.

Dann überlege sie eben deren drei.

London, im Jahr 1936

Von sich aus, will heißen *sua sponte*, wäre Margaret wohl kaum nach London gereist. Auf der Rückfahrt von Leeds hatte sich Wandsworth im labyrinthischen Geflecht der Feldwege, Trampelpfade und Viehtriften zwischen Ruddersfield und Rochdale heillos verfahren, und als wäre es damit, dass sich das Verdeck des Wagens partout nicht mehr schließen ließ, der Übel nicht genug gewesen, setzte zuletzt auch noch jener äußerst feine Nieselregen ein, für den England in der Welt genauso berühmt ist wie für warmes Bier: Anfangs kaum zu bemerken, spürt man ihn nach einer Weile allenfalls als ein winziges Kühles, so wie sich das Nässen einer Wunde unter dem Verband fühlbar macht; wer ihm aber eine Stunde ausgesetzt ist, dessen Kleider sind durchtränkt bis auf die Knochen.

Als Wandsworth Margaret in jener weit fortgeschrittenen, zähneklappernd kalten Nacht vor ihrer Wohnung in Manchester abgesetzt hatte, schwelten an den Rändern ihrer Lungen bereits die ersten Anzeichen jenes brennenden Unwohlseins, das sich tags darauf zu einer mittelschweren Lungenentzündung auswachsen sollte.

Margaret krankte also, sie war mitgenommen, fühlte sich angegriffen. Fiebrige Hitzewallungen und Schüttelfrost trugen einen unentschiedenen Kampf in ihr aus, und an eine Zugfahrt war überhaupt nicht zu denken. Doch präzis in jenen Tagen rief wieder einmal der Doktor an, der, so wollte es der Zufall, inzwischen in London studierte. Nachdem er Margarets Leiden ohne

größere Mühen durch den Hörer erraten hatte, redete
er so lange auf sie ein, bis er ihr das Zugeständnis abgerungen hatte, *gerade wegen* ihres hohen Fiebers an die
Themse zu reisen. Na gut, hatte sie sich gesagt, wenn
man in Manchester vor sich hin darben konnte, dann
konnte man das genauso gut in London tun. Und vielleicht stimmte es ja wirklich, dass der Doktor etwas für
sie tun konnte (wahrscheinlich aber eher nicht).

Die Nummer 20 der Londoner Great Smith Street war,
als Margaret sie am Samstagmorgen gegen zehn Uhr
zum zweiten Mal in ihrem Leben betrat, überhaupt
nicht mehr wiederzuerkennen. Ein nervöses Ein und
Aus, ein kakophonisches Wogen und Rauschen von
Stimmen herrschte da, und im Wettstreit rasselten
die Telephone. Am Empfang, nein, davor, in der Lobby,
wartete John Beckett auf sie, ein nicht mehr ganz junger Mann mit nikotinvergoldeten Schnurrbartspitzen
und schläfrigem Blick, der sich seiner Tätigkeit mit
vollster Inbrunst hingab: Ohne jede Selbstbeherrschung, als wäre sein schlaffer Leib aufs Geratewohl
dort hineingeworfen worden, flegelte er in den Polstern
eines morastbraunen Sessels und rauchte eine Zigarette nach der anderen, wobei seine Miene einen tiefsitzenden Weltenekel zum Ausdruck brachte.

Als er Margaret sah, machte er keinerlei Anstalten, ihr
entgegenzugehen. Sie müsse wohl *der Besuch aus Manchester* sein, tönte es halblaut aus dem Sessel, und erst
als sie nach einigem Zögern genickt hatte, erhob er sich
langsam, um dann mit sorgsam herausgekehrter Lustlosigkeit auf sie zuzuschlurfen. Doch anstatt Margaret
anständig zu begrüßen und sich ihr, wie es sich gehört,

vorzustellen, ging er an ihr vorbei und hieß sie mit einer unbestimmten Handbewegung folgen. Margaret, die gar nicht daran dachte, sich von dieser undurchsichtigen Gestalt umherscheuchen zu lassen, wollte wissen, was er vorhabe; doch Beckett war inzwischen so sehr beschäftigt, ständig neue Schwarzhemden hinter sich zu scharen, dass sie erst eine Antwort erhielt, als sie auf eine Bar in der Tothill Street zuhielten, die schon um diese Uhrzeit schwarz war vor Leuten.

Kaum hatten Margaret und Beckett die Tür durchschritten, eilte auch schon William Joyce herbei, in den Händen ein Tablett mit nachtdunklem Bier, das er spendierfreudig unter die Leute brachte. Dann pflanzte er sich vor Margaret auf, reichte ihr, gleichsam eine Parodie seiner selbst, mit pathetischem Getue die Hand, schlug die Hacken zusammen und hob das Kinn, um dann ohne Umschweife ins Gespräch einzusteigen.

In großen Blöcken brach von Margaret jene Besorgnis ab, die noch vom letzten Besuch in London herrührte. Joyce konversierte gewandt, sein in jeder Hinsicht schwarzer Humor verfing, und leichtfüßig hüpfte er von einem Thema zum nächsten, von den letzten Wahlen über die neuesten Entwicklungen in Deutschland bis hin zur Kulturgeschichte des Mittagessens. Sie unterhielt sich ganz vorzüglich.

Apropos Mittagessen, sagte er plötzlich, wie es denn, beispielsweise, heute damit aussehe.

Margaret verzog das Gesicht. Bedauerlicherweise sei sie verabredet.

So, sagte Joyce und dachte eine Weile nach. Dann

bleibe ihm ja gar keine andere Wahl, als sie zum Abendempfang nach Mayfair einzuladen.

Er hob sein Glas, Margaret hob es ebenfalls, und da offenbarte sich ihr auf der bauchigen Silhouette der Gläser ein Bild, das sie später, sehr viel später, noch in jeder Einzelheit erinnern sollte: Man sah dort das blasse Antlitz von William Joyce, das glänzte vor Schweiß (oder waren es die Kondenströpfchen?), und ebenda zeigte sich der Widerschein ihres eigenen, noch immer stark erhitzten Gesichtes, und wie bei einer zweifach belichteten Photographie zerflossen diese wachsbleichen und zugleich rötlich-schwarz schimmernden Gesichter, vom bauchigen Spiegelgrund ins Groteske verzerrt, zu einem grässlichen, janusköpfigen Gebilde.

London, im Jahr 1936

Der erquicklichste Augenblick des Mittagessens mit dem Doktor war ausgerechnet jener gewesen, in welchem es geendet hatte. Das gab Margaret nicht geringen Anlass zur Verwunderung, als sie zehn Minuten später in Covent Garden vor der St. Paul's Church stand, sich ganz unvernünftigerweise eine Zigarette ansteckte und über die vergangenen zwei Stunden nachsann.

Den gesamten Morgen über hatte sie sich darauf gefreut, den Doktor wiederzusehen, doch dann, als sie ihm plötzlich in der samtteppichgedämpften Stille eines mahagonidunklen Restaurants gegenübersaß, hatte sie plötzlich feststellen müssen, dass ihre Gedanken ihrerseits nach einem neuen Fluchtpunkt gesucht und einen solchen in Joyces Einladung zum Empfang in Mayfair gefunden hatten. Es waren aber auch die Schmerzen in ihren Lungen, kleine Rasiermesserchen, die mit bemerkenswerter Hartnäckigkeit an der Innenseite ihrer Bronchien entlangschabten, welche ihre Aufmerksamkeit geradezu mit Gewalt von ihrem Gegenüber weggerissen hatten.

Margaret war also, wie man so sagt, nicht bei der Sache gewesen, sie hatte mit tauber Zunge geredet, mit mechanischen Bissen gekaut, mit fremdem Hals geschluckt. Wen wundert's also, dass das Tischgespräch alle Augenblicke ins Stocken geraten war, dass das leise Klirren ihrer Teller immer wieder die Stille hatte ausfüllen müssen?

Der Doktor hatte zwar, am Anfang zumindest, dagegenzuhalten versucht, hatte ehrliche Anstrengungen unternommen, um die Konversation wieder anzufachen, aber zuletzt hatte er sich doch in die ernüchternde Erkenntnis gefügt, einer geistig abwesenden und vor allem heillos mundfaulen Margaret gegenüberzusitzen. Den Kellner mit der Rechnung hatte er wie einen Heilsbringer begrüßt.

London, im Jahr 1936

Im an viktorianischen Geschmacklosigkeiten auch sonst nicht gerade armen South Kensington stach die spaßeshalber im kreisförmigen Grundriss angelegte

Albert Hall wegen der abendroten Tönung ihrer Ziegel besonders heraus, und ob ihrer riesigen Kuppel und des bonbonbunten Zierwerks im Innern wurde sie gerne zu Vergleichen mit dem stadtrömischen Pantheon herangezogen (in denen sie freilich stets unterlag). Die Rotunde, in der die Versammlung stattfand, konnte Tausende Menschen aufnehmen, von bis zu sechsen war die Rede, aber weil der Saalschutz sein Hauptaugenmerk eher auf die Qualität (Bolschewistenvisage ja oder nein?) denn als auf die Quantität gelegt hatte, mochte an jenem Samstagnachmittag ein Gutteil mehr durch die zahlreichen Eingänge ins Innere geschlüpft sein; Margaret jedenfalls kam es, als sie sich inmitten der schwarzbehemdeten Masse wiederfand, so vor.

Von den Reden, die an diesem Tag zu Gehör gebracht wurden, nahm sie kaum Notiz; die schwüle Hitze machten ihr viel zu sehr zu schaffen, und ihre Aufmerksamkeit war längst nicht mehr auf einen Punkt, auf eine Sache gerichtet, irrlichterte vielmehr in der Halle umher, während die unterschiedlichsten Sinneswahrnehmungen in ihrem Kopf hausierten. Sie war in diesem Zustand besonders empfänglich für das große Ganze, sie sah die aus glimmender Zigarettenglut aufsteigenden Rauchsäulen, sah die schwarze Menge, die im Restlicht der Bühnenscheinwerfer zu einem uferlosen Schattenreich verschwommen war, sah, wie sich die wachsbleichen Gesichter der Zuhörer davon abhoben, die geisterhaft im Raum zu schweben schienen. Für einen winzigen Augenblick blitzte in einem schlecht beleuchteten Hinterzimmer ihres verwinkelten Gehirns die schauerliche Ahnung auf, dass sie hier geradewegs in die düstere Zukunft der Welt hineinsehe: Finsternis und Asche und Tod.

Nach Stunden in der stickigen Luft fühlte sie sich von den Anstrengungen des Tages, vom brennenden Schmerz in ihrer Brust, vom rauschenden Applaus, von den endlosen Reden vollkommen leergelöffelt, und als sie im Taxi zum Empfang saß, spürte sie deutlich: Sie gehörte sich nicht mehr richtig. Sie fragte sich mehrmals, weshalb sie nicht den nächsten Zug nach Manchester nahm, aber jedes Mal, wenn sie in sich ging, senkten sich ganz von selbst ihre Lider, und traumgleiche Visionen setzten ein. Wenn sie dann die Augen wieder öffnete, verstrichen etliche Sekunden, bis ihr Gehirn die einzelnen Eindrücke zu einer wackligen Wirklichkeit zusammengeflickt hatte.

Wie ein warmer Gruß tauchte das Haus aus der Nacht von Mayfair; riesige, bodentiefe Fenster gossen ihr warmes Licht über dem makellosen Grün des Rasens aus, und durch das säulengerahmte Portal wehte das mesmerisierende Klirren der Sektgläser und das dunkle Raunen der Gäste herüber. Im Innern glommen im Schein weitverzweigter Kerzenleuchter silberne Schalen mit erlesenen Häppchen und auf schwebenden Tabletts schwitzten ausgefallene Getränke. Als Margaret, kalte Schweißperlen auf der geröteten Stirn und einen sumpffarben funkelnden Whiskey in der Hand, durch die Räume wandelte, nahm sie alles unwirklich und gedämpft wahr; vor ihren Augen schien sich eine unwirkliche, da nahezu geräuschlose Szenerie abzuwickeln (tatsächlich verhielt es sich umgekehrt: Margaret bewegte sich, die Szenerie blieb stehen): Wie Fische

kauten dort stumm und mit ausdrucksloser Miene zwei Landadlige auf ihren Gurkensandwiches und sandten stumpfe Blicke aus ihren kugeligen Augen, gleich Strandgut trieben Dutzende Tabletts unter wortlose Entschuldigungen murmelnden Kellnern durch die Flure, und im gläsernen Gartensaal, auch das wie in einem riesigen Aquarium, wogten wie Wasserpflanzen einige Paare tanzend in der leichten Swingmusik. Sie kannte hier niemanden, fuhr es Margaret durch den Kopf, doch gerade als sie den niederschmetternden Gedanken zuließ, dass auch ihr zweiter Besuch in London ein ganz und gar nutzloser war, da glaubte sie plötzlich im Halblicht eine Narbe aufblitzen zu sehen, und in der Tat schälten sich Sekunden später aus einer Gruppe, die im Durchgang stand, William Joyce und ein nicht mehr allzu junger Mann, welcher sich ihr dann, großes Hallo, habe die Ehre, als Lord Darlington vorstellte.
Darlington und Joyce waren ganz offensichtlich in der allerbesten Laune, sie feixten miteinander, beglückwünschten sich gegenseitig zu ihren männerwitzigen Garstigkeiten, die sie nach hierhin und dorthin in den Raum warfen, und kniffen sich alle Augenblicke frère-und-cochon-halber in die Flanken. Margaret wandte sich beschämt ab; sie fühlte sich, als hätte man ihr ein Pint Bier ins Gesicht geschüttet.
Apropos Bier, sagte William Joyce, indem er auf ihr Glas hinunterschielte, was sie denn hier trinke.
Zögernd hob sie ihren Blick, und nachdem sie ihm für eine Weile ins Gesicht geschaut hatte, wurde sie plötzlich von der heftigsten Verwirrung erfasst. Fast als hätte er gar nie existiert, schlimmer noch: als hätte

ihn sich jemand bloß ausgedacht, war dieser Darlington, der eben noch neben ihr gestanden hatte, plötzlich verschwunden.

Er höre, sagte Joyce ungeduldig und legte sich eine Hand ans Ohr.

Sie? Whiskey.

Whiskey? Unsinn!

Er lachte auf, obwohl er das alles andere als vergnüglich fand, und fischte geistesgegenwärtig nach zwei Champagnergläsern, die in diesem Augenblick ein Kellner durch den Raum trug.

Sie habe sicherlich von seiner bevorstehenden Scheidung gehört, sagte er und holte Luft, um seine Verlegenheit wegzuräuspern.

Margaret wollte etwas sagen, wurde aber im selben Moment von einer bleiernen Müdigkeit überfallen; schwer senkten sich die Lider ihrer Augen, und es ist sogar möglich, dass ihr für den Bruchteil einer Sekunde der Kopf wegsackte, jedenfalls nahm Joyce das für ein Zeichen der Zustimmung. Nun, sagte er, *wenn das alles erledigt sei*, werde man sich hoffentlich häufiger sehen.

Natürlich würden sie das, dachte Margaret, warum auch nicht. War nicht schon, ähm, morgen die Parteiversammlung in Manchester, auf der er sprechen würde? Sie ließ den Blick auf ihr Champagnerglas sinken, von dem sie in winzigen Schlucken trank.

Nun, sagte er plötzlich, er habe sich gefragt, ob sie vielleicht in Betracht ziehen würde, ihn zu heiraten.

Margaret riss die Augen auf. Ungläubig musterte sie ihn, versuchte eine Spur des Spotts, einen Hauch Ironie in seinem Gesicht auszumachen, wartete auf das Lachen, das die Sache auflösen würde. Doch je länger es ausblieb, umso ernsthafter begann sie, über diese Frage nachzudenken. Wieder fielen ihr vor Erschöpfung die Augen zu, und sofort begann der Boden, auf dem sie stand, nach rechts zu kippen. Als sie die Lider nach einer Weile hob, hörte sie sich sagen, dass man es ja versuchen könne; wenn sich herausstellen sollte, dass sie sich nicht vertrugen, dann könnten sie es sich ja immer noch anders überlegen.

Joyce schaute ihr ungläubig in die Augen, aber nach und nach wich seine Verwunderung einer überschwänglichen Freude. Er reckte die Brust vor, hob das Kinn, und während es in Margarets Schläfen hämmerte, als hätte man ihr eine Schlinge um den Hals gelegt, klöpfelte er mit einer Gabel gegen das erhobene Glas, um der allmählich verstummenden und mehr und mehr auch verdutzten Menge ihre Verlobung bekanntzugeben.

London, im Jahr 1938

Es war ein recht gewöhnlicher Spätsommertag in South Kensington, und eine nichtssagende Sonne hing über den Onslow Gardens, als dort gegen zwölf Uhr in einer der oberen Etagen von Numero 83 William Joyce den Klassenraum seiner Sprachschule betrat, um eine seit längerem verloren geglaubte Liste jener Schüler zu suchen, die letztes Jahr einen seiner Kurse besucht hatten.

Er durchforstete Schränke, Schreibtische und Schubladen, alles ohne Erfolg; stattdessen fand er eine ganze Reihe anderer Dinge, die er seit langem vermisst hatte, und so war ihm ganz plötzlich sein Reisepass in die Hände geraten. Nachdem er ihn ohne besonderen Grund aufgeschlagen hatte, sah ihm von dort sein um fünf Jahre jüngeres Ich entgegen, worauf er sich unversehens in einen Mahlstrom wirrer Gedanken hinabgestoßen fand, die sämtlich den Gegenstand des Alterns umkreisten.

Vor zwei Jahren war er dreißig geworden, die dritte Dekade seines Daseins hatte sich geschlossen, der Stundenzeiger seines Lebens war wieder um eine Stelle vorgerückt. Er erinnerte sich, wie sein Geburtstag gebührend begangen worden war, er hatte wie jedes Jahr ein paar Bekannte zu sich in die Farquhar Road 41 geladen, und vielleicht hatte man sich gar das eine oder andere Glas Champagner mehr als sonst gegönnt. Und doch, wenn er jetzt daran dachte, war alles unmerklich vonstattengegangen, das mittlere Alter hatte leise Einzug gehalten in seinem Leben, und die Wochen vor seinem Dreißigsten hatten sich in keinerlei Hinsicht von jenen danach abgehoben. Nein, alles war weiterhin in den gewohnten Bahnen verlaufen, und dass er nach der landläufigen Meinung eine Schwelle überschritten und das junge Erwachsenenalter endgültig hinter sich gelassen habe, hatte ihm damals nicht recht einleuchten wollen. Es waren ihm die üblichen Schreibfehler unterlaufen, lange noch hatte er zuerst eine Zwei geschrieben, die er dann mühsam durchstreichen und mit einer Drei hatte ersetzen müssen, wenn auf einem

Formular nach seinem Alter gefragt wurde, und wenn die Sprache auf einen Bekannten gekommen war, der sich in seinen Dreißigern befand, war er ihm weiterhin ungehörig alt erschienen, obwohl er ja selbst nur ein paar Jahre jünger war.

So hatte er vor anderthalb, vor zwei Jahren empfunden. Jetzt aber, da er sich von der ersten Seite seines Reisepasses entgegenstierte, offenbarte sich ihm Schreckliches: Der Haaransatz war merklich zurückgewichen. Geheimratsecken hatten sich eingestellt. Falten waren in seine Stirn gegraben. Vom Winkel seiner Augen her fächerten sich Krähenfüße auf, die seinen Blick freundlicher machten. Seine Wangen hatten merklich rundere Formen angenommen, was einen Anschein zarter Gutmütigkeit in seine Züge legte. Das alles gab ihm sehr zu denken.

Was fing ein Mann in seinen Jahren mit dem restlichen Leben an? Das hatte ihn sein Freund Macnab an seinem dreißigsten Geburtstag gefragt. Er hatte irgendeinen Unsinn geantwortet, wie es unter Freunden so geschieht, und doch hatte er ernsthaft erwogen, endlich das Tanzen zu erlernen, den Führerschein zu erwerben oder mit dem Studium einer neuen Sprache zu beginnen, Spanisch interessierte ihn, oder Portugiesisch. Doch wenn er jetzt auf jene zwei Jahre zurückschaute, die seither vergangen waren, dann hatte er letztlich doch jenen Weg eingeschlagen, den er die meisten Menschen jenseits der Dreißig hatte gehen sehen: Statt sich auf neue Felder vorzuwagen und ihre Kenntnisse und Fähigkeiten zu erweitern, hatten sie das vertieft, worin sie ohnehin schon einige Begabung offenbart hatten.

Bei ihm waren das, sicher, die Politik, aber auch das Heiraten gewesen, und so hatte er sich nicht nur zum zweiten Mal vermählt, sondern auch eine neue Partei gegründet, um endlich jenem Gesellschaftsmodell den Boden zu bereiten, das ihm für Großbritannien und überhaupt für Europa am geeignetsten erschien: dem Nationalsozialismus. Gewiss, bisher hatte er noch keine großen Massen für seine Ideen begeistern können, noch überschritt die Mitgliederzahl seiner Partei ein paar Dutzend nicht; aber, pflegte er sich Mut einzureden, wirklich visionäre Ideen brauchten eben Zeit, um zu ihrer vollsten Entfaltung zu gelangen.

Er hatte den Reisepass wieder zugeklappt, musterte den Umschlag. Am 4. Juli 1933 hatte er den Antrag gestellt, vor nunmehr fünf Jahren, aber wozu eigentlich? Was war denn aus seinen Reiseplänen geworden? Fünf Jahre waren unmerklich verflossen, fünf weitere der inzwischen sechzehn, die er nun schon hier lebte, und noch nie hatte er seither die Insel verlassen. Seine Jugend war einfach so weggetrocknet, verdunstet, und nun schaute er auf eine wüste, wüste Leere zurück. In seinem Innersten fühlte es sich an, als wäre in all diesen Jahren, die immerhin die Hälfte seines bisherigen Lebens ausmachten, überhaupt nichts geschehen. Früher, in Galway, war jede Woche bedeutsam gewesen, mit jedem Monat hatten sich irgendwelche Veränderungen eingestellt; inzwischen aber spürte er, wie ihm die Zeit zwischen den Fingern zerrann, und plötzlich befiel ihn die düstere Ahnung, dass er England nie mehr verlassen und noch in fünfzehn Jahren hier, an derselben

Stelle, stehen würde, und die Aussicht auf eine solche Zukunft traf ihn mit voller Wucht.

London, im Jahr 1939

What! Berlin! That's a funny place to be going to! William Joyce fuhr zusammen, wurde erst blass und dann rot und vergrub, ohne es zu wollen, seinen Kopf in den Windungen seines Schals. Der Gepäckträger, der den Reisenden nun mit unverhohlener Neugier anglotzte, hatte es gerufen, und einen Augenblick lang war Joyce versucht, dem schmutzigen Boy den Zeigefinger auf die Lippen zu pressen. Aber er hielt inne, denn schon meinte er im Augenwinkel die dunklen Uniformen nahender Polizisten zu sehen, bereits hörte er das rhythmische Trommeln ihrer schweren Schuhe und diese Pfiffe, die scharf das Lärmgewoge der Bahnhofshalle durchschnitten – ja waren das nicht etwa ihre Trillerpfeifen?
Sir?
Joyce antwortete nicht; seine Augen waren auf den Boy gerichtet, aber der Blick ging durch ihn hindurch.
Sir?
Der Boy räusperte sich, und erst jetzt schreckte Joyce auf. Wie ein Erwachender, der nur sehr langsam seiner Traumwelt enttaucht, sandte er hastige Blicke nach allen Seiten aus. Und siehe da: keine Polizei, weit und breit, bloß das fortwährende Hin und Her der Reisenden und das gleichmäßige Rauschen ihrer Stimmen.
Das macht dann einen Schilling, Sir.

Er rang sich ein Lächeln ab und drückte dem Boy ein paar Münzen in die Hand; das Trinkgeld verfehlte seine Wirkung nicht. Sofort verschwand die freche Neugier aus seinem Gesicht, wich im Bruchteil einer Sekunde einer wohlanständigen Dienstmiene. Er griff nach den Koffern und wetzte nach dem Gepäckwagen des Zugs davon.

Margaret und Macnab warteten am äußersten Rand der Halle. Mit hastig umherhuschenden Augen suchten sie ihre Umgebung ab, und ihre Miene ließ keinen Zweifel daran, dass sie das, wonach sie Ausschau hielten, lieber nicht sehen wollten; sofort wurde Joyce, als er sich zu ihnen gesellte, von ihrem Schweigen angesteckt, und wieder fühlte er diese eigentümliche Angst in sich, obwohl er wusste, dass sie eigentlich nichts zu befürchten hatten: Niemand konnte sie an der Ausreise hindern, sie besaßen einen gültigen Reisepass, waren demnach unbescholtene und freie Bürger dieses Landes. Fragte sich freilich, wie lange noch.

Man hatte sie gewarnt. Ein anonymer Anruf, vorgestern Abend, nach dem Dinner. Er habe noch achtundvierzig Stunden, Samstagnacht beginne man mit den Verhaftungen, hatte eine Stimme verlauten lassen, dann war ein Knacken in der Leitung zu hören gewesen. Danke, hatte Joyce noch gesagt, obwohl am anderen Ende niemand mehr zuhörte, aber ihm war das eigentlich nur recht gewesen, zu sagen hätte es ohnehin nichts mehr gegeben.

Mit einer Entschlossenheit, die an Hysterie grenzte, leerten die beiden Schubladen und Schränke, und nachdem mehrere Stunden und einige Anrufe später die Wohnung geräumt, der Mietvertrag gekündigt und die Möbel bei der Vermieterin untergestellt waren, wollte es ihnen scheinen, als hätten sie das meiste bereits erledigt. Und doch gab es noch reichlich zu tun, der bei den Eltern zwischengelagerte Hausrat musste auf Brauchbares durchkämmt und die Koffer reisefertig gemacht werden, und dann gab es auch noch einige Dinge, die man besser im Ofen verbrannte oder im Garten vergrub.

Sie schliefen schlecht in dieser Nacht. Die Augusthitze hatte sich in ihrer Souterrainwohnung festgesetzt und wollte, wie zum Hohn der weitaufgerissenen Fenster, einfach nicht weichen; Margaret und William, die sich in ihren schweißnassen Laken hin- und herwanden, hielten sich gegenseitig wach. Nur langsam und erst zum grauenden Morgen hin wich die Mischung aus grenzenloser Erschöpfung und nervöser Aufgekratztheit einem unsteten Schlaf, und es war just in jener zwielichtigen Stunde, die weder Tag ist noch Nacht, dass William Joyce von einer Felseninsel träumte, die sich aus spiegelglatter, öliger See erhob, und in deren Mitte, wie ein dunkel loderndes Totenfeuer, ein Zypressenwäldchen sich in die Höhe fraß. Ein sargschwarzer Nachen glitt darauf zu, ein aufrechtstehender Priester (oder war es gar der Tod selbst?) im flammend weißen Gewand hielt die Arme zum Gebet ausgebreitet, und hinter ihm, kaum sichtbar, kauerte, in rußfarbene Lumpen gehüllt, der Steuermann über seinem Ruder und lenkte das Boot zur Anlegestelle hin. Über allem hing ein bleiern drückender Himmel.

Wenn nun diese Toteninsel, die William Joyce im

Traum an jenem Morgen des 26. August 1939 erschien, bis ins Detail mit Arnold Böcklins gleichnamigem Werk übereinstimmte, das in Basel (oder war es in Bern?) zu sehen war, dann mag das zwar eine erstaunliche Koinzidenz sein. Und doch ist das noch nichts im Vergleich zu jenem schier unglaublichen Zufall, der es wollte, dass Fritz Mahler just an diesem Tag (wenngleich erst nach dem Mittagessen) anlässlich eines Verwandtenbesuchs, für den er auf ein paar Tage ans Rhein- oder ans Aareknie gefahren war, präzis dieses Gemälde zu Gesicht bekommen hatte und längere Zeit andächtig vor ihm verweilt war. Joyce und Mahler kommentierten diese Sache ausgiebig, als sie ihr ein paar Jahre später bei einem Schnaps in der Rio-Rita-Bar auf die Spur kamen und gelangten unweigerlich zum Schluss (denn wie sollte man es sich sonst erklären?), dass im Untergrund von Zeit und Raum ein riesiges myzelisches Geflecht walte, von dem über unsichtbare Fäden weit auseinanderliegende Ereignisse, Lebensläufe und Objekte wechselseitig Einflüsse empfangen und aussenden.

Damals aber, an jenem Augustmorgen des Jahres 39, als Margaret und er in einem vollkommen überfüllten U-Bahnwaggon der Victoria Station entgegenholperten, wollte ihm zwar natürlicherweise einleuchten, dass es zwischen diesem Traum, der noch immer an ihm nagte, und seiner bevorstehenden Überfahrt nach Belgien einen Zusammenhang herzustellen galt, und er sah sogar ein, dass diese schauderhafte Insel mit England gleichzusetzen war und seinen Tod bedeutete. Zu einer weiteren, tiefgreifenderen Deutung aber fand er

sich, heillos übernächtigt und in der schwülen Enge des Wagens übermäßig schwitzend, nicht in der Lage.
Macnab hatte sie am Eingang der Halle in Empfang genommen. Nachdem Joyce die Fahrkarten gekauft und das Gepäck aufgegeben hatte, warteten die drei in einer seltsamen Mischung aus Wehmut und Ungeduld auf die Abfahrt des Zuges. Macnab versuchte, etwas Konversation zu treiben, und fand immer wieder aufmunternde Worte in sich. Um seinen Freunden den Abschied zu erleichtern, fragte er dieses und jenes, und als ihn für einen Augenblick der Abschiedsschmerz überkam, legte er sogar seinen Arm um Williams Schultern. Der freilich fand sich vollkommen außerstande, eine Unterhaltung, die ihrem Namen gerecht wurde, auch nur für eine Minute aufrechtzuerhalten; sein ganzes Tun beschränkte sich darauf, eine Zigarette nach der anderen anzuzünden, um gegen seine Nervosität anzurauchen.
Zum Glück rückte in raschen Schritten der Zeitpunkt heran, in dem es hieß, endgültig Lebewohl zu sagen. Macnab ließ es sich nicht nehmen, die beiden zum Zug zu bringen, und während Margaret und William sich in ihrem Abteil einrichteten, bildete er vor dem Fenster ein einsames Abschiedskomitee.
Dann war es endlich so weit. Ein scharfer Pfiff ertönte, ein Ruck ging durch die Wagen, der Zug setzte sich knarrend in Bewegung. Margaret und William standen am Fenster und winkten, bis Macnab zu einem winzigen Punkt zusammengeschmolzen war. Dann setzten sie sich und sahen hinaus, wo sich in immer schnellerer Folge die Straßen von Westlondon abrollten, und

bald schon war, ein dunkles Grollen über hohlem Grund, die Grosvenor Bridge erreicht, man sah in ihrer ganzen Absonderlichkeit die Albert Bridge, das altehrwürdige Royal Hospital von Chelsea und rechterhand, ja glitzerte da nicht sogar, ganz in der Ferne, golden der Uhrturm der Houses of Parliament in der Vormittagssonne? Doch doch, das musste er sein, und falls nicht, dann war es ihr inwendiges Auge, mit dessen Hilfe sie ein letztes Mal die neugotische Grandezza Londons andächtig schweigend bewunderten, jedenfalls fanden sie sich in diesem Augenblick von einer bleiernen Wehmut befallen, die erst am anderen Ufer, in Wandsworth, von ihnen wich, als ihnen das Kraftwerk von Battersea die Sicht auf den Fluss versperrte. William und Margaret atmeten auf, räusperten die Beklemmung von ihrer Brust und gaben sich dann, bis zum Hafen von Dover, einem nervösen Geplauder hin, an dessen Inhalt sie sich schon im Augenblick des Aussprechens nicht mehr entsinnen konnten.

Dover – Ostende, im Jahr 1939

In Dover dümpelte die SS Lethe am Pier und wartete so geduldig, wie es eine Fähre eben konnte, auf ihre Passagiere. Eine kräftige Sonne schien, es blies eine leichte Brise, im Hafen klickten die Masten der Segelyachten. Alles in allem also ein recht heiterer Augusttag, wären da nicht die dunklen Wolkenbänder gewesen, die sich nach Calais hin zu einer gräulichen Mauer aufschichteten und in Margaret die unbehagliche Ahnung aufkommen ließen, sie müssten nach dem Ablegen geradewegs in eine ewige, unheilvolle Nacht einfahren.

Vor dem Zoll wand sich eine beinah endlose Schlange aus Koffern, Taschen und Reisenden, und nur langsam rückte der kahle Beamtenschädel des Zöllners heran. Obgleich noch in weiter Ferne, trieb der Anblick des buckligen Mannes im schwarzen Gewand Margarets Herzschlag in die Höhe. Mit einem bloßen Wink entschied der Alte über das Schicksal der Reisenden – links, weiter zum Schiff, oder rechts, zur genaueren Überprüfung ins Büro. Würde man sie erkennen?, fragte sich Margaret. Oder auch: Würde man sie verhaften?

Nun, es sah ganz danach aus. Als die Reihe an ihnen war, winkte sie der knochige Zeigefinger des Beamten heran. William reichte ihm die Reisepässe, Margaret wünschte einen guten Tag. Das brauche sie nicht, der Tag sei bereits gut, sagte er mürrisch, und überprüfte wieder und wieder die Angaben ihrer Papiere. Ob etwas nicht in Ordnung sei, wollte Margaret nach einer Weile wissen, doch eine Antwort blieb der Zöllner schuldig. Da äußerte sich auch ihr Gatte mit einem Räuspern, und jetzt erst ließ der Bucklige ein Murmeln vernehmen. Joyce, Joyce, sagte er und sah zerstreut nach dem Meer hinaus, um dann ganz unvermittelt seinen Blick auf William zu heften. Er kenne ihn doch, sagte er, er habe die letzten Jahre einiges von ihm gelesen.

So, aha, sagte Joyce und fühlte sich gebauchpinselt, unweigerlich purzelten ihm die Titel seiner Schriften durch den Kopf, *A Note on the Mid Back Slack Unrounded Vowel [a] in the English of Today* (Review of English Studies 1928, Vol. IV), *Dictatorship* (London 1933), *Fascism and Jewry* (ebenda 1934), *Fascism and India* (auch da 1935), *National Socialism Now* (abermals da 1937), und dabei fragte er sich, ob er es hier gar mit einem Bruder im Geiste (oder mit einem verkappten Sprachwissenschaftler) zu tun habe. Gerade noch rechtzeitig aber hatte ihn die Vorsicht wieder.

Unmöglich, der Herr müsse jemand anderen meinen, stammelte er, und auch wenn ihm partout niemand einfallen wollte, mit dem man ihn hätte verwechseln können, legte er all seine Überzeugungskraft in diese Worte.

Ach was, erwiderte der Alte, und überzeugt, wie er war, *den richtigen* Joyce vor sich zu haben, fing er nun an, recht feinsinnige Anspielungen zu machen, die *der falsche* Joyce allesamt nicht verstand; die Erwähnung des Odysseus und die mit einem Augenzwinkern gestellte Frage, ob er auf dem Weg zurück nach Ithaka sei, ließen William vielmehr vermuten, der Alte sei geisteskrank oder wolle auf recht ungeschickte Art und Weise andeuten, man möge ihm doch einen Obolus in die Hand drücken.

Im Bestreben, die Sache so schnell als möglich hinter sich zu bringen, kramte Joyce in seinen Manteltaschen nach Geld, derweil bei Margaret die würgende Überzeugung überhandnahm, dass sie nun verloren waren. Plötzlich bahnte sich ein schwellendes Fließen den Weg aus ihrer Stirn und brach als dunkler Blutschwall aus ihrer Nase. Der Zöllner wich erschrocken zurück, fand aber dennoch so viel Geistesgegenwart in sich, um Margaret, bitte sehr, sein Schnupftuch zu reichen.

Er sprach ein paar aufmunternde Worte, na na, Mädchen, so schlimm wird's nicht sein, gab Joyce die Pässe zurück und komplimentierte sie rasch zur Seite.

Eine halbe Stunde später, als die Fähre endlich ausgelaufen war, schien das alles bereits fern und unwirklich wie ein Traum. Die Hüfte gegen die Reling gelehnt, standen sie auf dem Achterdeck und schauten wehmütig aufs Wasser; Möwen, die von links und rechts das Heck umkreisten, stimmten ihr Klagelied an, und die weißen Klippen von Dover lagen gleißend im Nachmittagslicht. Unter ihnen, wo dumpf die Maschinen brummten, brachen riesige Luftblasen aus der Tiefe und zerplatzten zischend zu Schaum, woraus sich langsam ein kunstvoller Teppich mit komplizierten Mustern wob, den die SS Lethe gleich einer ins Übermenschliche erhöhten Brautschleppe meilenweit über die Leere des Ozeans hinter sich herzog. Es war dieses Bild, das William Joyce vor Augen hatte, als er nach einer halben Stunde, die sie schweigend nebeneinander zugebracht hatten, den betrüblichen Gedanken äußerte, dass dies nun also das letzte lose Band sei, das sie noch an England knüpfe, und dass ein einziger Windstoß ausreiche, um es zu zerreißen.

Margaret schwieg. Sie hustete, räusperte sich, hustete erneut, zog die Nase hoch. Dann holte sie das blutgetränkte Schnupftuch hervor, das sie noch immer bei sich trug, und faltete es mit einer solchen Feierlichkeit, dass es William Joyce scheinen wollte, als hisste sie die Flagge eines unbekannten Reiches, das sie nun betraten. Doch dann schneuzte sie sich ausgiebig, betrachtete angewidert ihren blutigen Ausfluss, der sich darin verfangen hatte, und ließ es in die Tiefe fallen, von wo es eine Bö noch einmal emporschleuderte, bis es endgültig ins Wasser fiel und in den Fluten versank.

Basel – Berlin, im Jahr 1941

Dutzende Kilometer sich nach unten hin verdichtender Luftmasse. Eine Wolkendecke unbestimmter Ausmaße. Ein paar Millimeter segmentbogenförmigen Stahls. Eine Handbreit hölzerner Deckenverkleidung. Und – nicht zu vergessen – zwei mittelgroße Reisekoffer auf der Gepäck- sowie ein teerglänzender Regenschirm auf der Hutablage: All diese Dinge wusste er über sich, während der Zug, in dem er saß, mit ziemlich genau 118 Kilometern pro Stunde seinem Ziel entgegenraste, und schwer wie eine Grabplatte fühlte er sie auf sich lasten. Nicht schwer genug allerdings, wie ihm schien, denn er hätte sich gewünscht, dass sie ihn unwiederbringlich zu Tode gequetscht hätten.
Fritz Mahler, der Eigner dieser düsteren Gedanken, reiste in einem Reichsbahnwaggon erster Klasse, der in diesen Stunden die Weiten der Mark Brandenburg durchmaß. Kerzengerade saß er in seinem Samtsessel, und während sich die Finger seiner Hände immer tiefer in die gepolsterten Armlehnen vergruben, dass seine Knöchel weiß davon wurden, stierte er hartnäckig in die Nacht hinaus und hielt vergeblich Ausschau nach den Anzeichen einer nahenden Stadt, in der er aussteigen und die Rückreise antreten konnte.

Fritz Mahler hatte einen Fehler gemacht, und die Klarheit dieses Gedankens nagte an ihm. Sein Vater hatte ihn gewarnt, immer wieder in den letzten Wochen hatte er Fritz von seinem obskuren Vorhaben abzubringen versucht, hatte mehrmals bei ihm angerufen und hatte sich sogar, weil dieser kein einziges Mal den Hörer von der Gabel genommen hatte, zu seiner Mansardenwohnung aufgemacht, um ihm diese Flausen persönlich auszureden. Gestern Abend schließlich, kurz vor der Abfahrt des Schnellzuges nach Basel, war er, ganz zu Fritzens Erstaunen, plötzlich am Bahnhof aufgetaucht und hatte einen letzten Versuch unternommen, ihn umzustimmen.

Mit der halben Welt liege der Nachbar im Krieg, hatte der Vater gesagt, und unüberhörbar wehe von überallher die Todessymphonie herüber, zu der im Gleichschritt die Deutschen in ihr Verderben tanzten. Von einem derart untergangssehnsüchtigen Volk könne er doch unmöglich das Sprachrohr sein wollen, er dürfe sich doch nicht zum Steigbügelhalter dieser Bande machen. Und außerdem, hatte er schließlich gesagt, als er einsah, dass es auch eines Einwandes bedurfte, der stärker auf Fritzens persönliche Lage zugeschnitten war, sei ein derart kometenhafter Aufstieg, wie er ihm nun *drohte*, ohnehin ungesund, allzu rascher Erfolg verwöhne nur, stumpfe ab; er solle sich, wenn er denn unbedingt bei der Schriftstellerei bleiben müsse, langsam etwas aufbauen, sich zuerst in Zürich und dann vielleicht in der Schweiz einen Namen machen, um es dann, gefestigt und mit einem gewissen Ruf ausgestattet, in der Welt zu versuchen.

Solche Bedenken hatte Vater Mahler seinem Sohn einzupflanzen versucht, das waren die Argumente, die er am Bahnhof ein letztes Mal vorgebracht hatte. Gefruchtet hatten sie allesamt nichts, und zwar gerade weil sie Fritz durchaus räsonabel erschienen waren. Mit dem Gefühl, dass ihm jetzt, da er die wohlgemeinten Ratschläge seines Vaters in den Wind geschlagen, dessen Wünschen endlich einmal nicht entsprochen, sich seinen Befehlen vielleicht zum ersten Mal in seinem Leben widersetzt hatte, so etwas wie Genugtuung widerfahre, hatte er den Zug bestiegen und war frohgemut seine Reise angetreten, und mit jedem zusätzlichen Kilometer, den er zwischen sich und seinem Vater wusste, war seine Freude größer geworden, bis er sich schließlich von einer grenzenlosen Euphorie in Beschlag genommen fühlte.

Wann aber war seine Stimmung umgeschwungen, fragte er sich jetzt, während er unablässig an seinem zerzausten Oberlippenbart knabbernd in die brandenburgische Nacht hinausstarrte, wann hatten seine Zweifel überhandgenommen? Sicher, es war ein betrüblicher Moment gewesen, als er die Gastlichkeit seines Basler Hotels gegen die brutale Wirklichkeit von Grenzkontrollen, Gepäckdurchsuchungen und Zollformularen getauscht hatte, doch dann, nachdem er sich in seinem Abteil etwas heimisch gemacht und der Zug endlich Fahrt aufgenommen hatte, während um ihn her Vogesen und Schwarzwald langsam zurückgewichen waren und sich zur Ebene geweitet hatten, waren Zuversicht und Erleichterung des vorangegangenen Tages wiederhergestellt. Endlich hatte Mahler die

Engnis seiner Heimat, das Bedrückende ihrer hohen Berge und schmalen Täler von sich abfallen gespürt, endlich war er all dem entflohen. Er gratulierte sich zu seinem Entschluss, beglückwünschte sich zu seiner Unbeirrbarkeit, bewunderte seine eigene Hartnäckigkeit. Hätte er am Abend zuvor nachgegeben, das stand ihm an diesem Morgen deutlich vor Augen, wäre er den Fängen seines Vaters und den Zwängen seiner Heimat niemals mehr entkommen, wäre ihnen ausgeliefert gewesen bis an sein Lebensende. Aber nun, da ihm gelungen war, was er selbst nicht für möglich gehalten hatte, fand er sich zum Spott bemüßigt, mokierte sich über die warnenden Worte seines Vaters und verlachte ihn ob seiner Dünkel, die er gegen das *Proletarische* hegte, gerade sein Vater, der ihn stets am Boden gehalten hatte wie einen elenden Wurm.

Doch dann, über Frankfurt, hatten sich plötzlich erste Wolken ans Firmament geschoben, die sich über Thüringen nach und nach zu einer schweren, tiefhängenden Decke verdichtet hatten, und während um ihn herum eine regennasse Dämmerung einsetzte, begannen auch die Samen jener Zweifel, die ihm der Vater keine vierundzwanzig Stunden zuvor eingepflanzt hatte, bedrohlich aufzuquellen. Plötzlich waren sämtliche Bedenken des Vaters wieder da, gingen im genauen Wortlaut durch seinen Kopf und schließlich in sein Fleisch über, wurden zu seinen eigenen Bedenken, wurden zu ihm selbst, und bereits hörte er sie von seiner eigenen, leicht belegten Stimme vorgetragen.

In dieser Verfassung also befand sich Fritz Mahler, während er verzweifelt in die Nacht hinausspähte, als plötzlich, nachdem er die Hoffnung bereits aufgegeben hatte, der Zug mit einem kräftigen Ruck zum Stehen kam. Geistesgegenwärtig (oder eben gerade nicht) riss Mahler seine Reisekoffer von der Ablage, rannte den Korridor hinunter, sprang in einem Satz auf den Bahnsteig und mit einem zweiten auf die jenseits liegenden Gleise, um dann, in taumelnden Schritten über den knirschenden Schotter stolpernd, auf einen zunächst erstaunten, mehr und mehr aber erzürnten Beamten zuzuhalten, den Fritz Mahler richtigerweise für den Bahnhofsvorsteher hielt. Indem er mit dem Fahrschein, den er aus irgendeinem Grund hervorgeholt hatte, etwas gar nah vor dessen Gesicht herumfuchtelte, trug er ihm im breitesten Schweizer Hochdeutsch sein Anliegen vor: Er wolle mit dem nächsten Zug zurück nach Süden, in seine Heimat, nach Hause.

Mürrisch schweigend sah der Beamte Mahler ins verschwitzte Gesicht, um ihn dann, als dieser eine Antwort gar nicht mehr erwartete, unter fehlerloser Rezitation einer ganzen Reihe von Paragraphen und Bußgeldandrohungen gehörig anzuschnauzen. Dann verstummte der Vorsteher plötzlich, setzte eine seltsam wohlwollende Miene auf, und zündete sich eine Pfeife an. Nachdem er ein paar Züge gepafft und ein wenig nachgedacht hatte, machte er sich daran, in weitschweifenden Überlegungen Mahlers Problem auseinanderzusetzen, das sich im Wesentlichen darin erschöpfte, dass der einzige Zug, der in dieser Nacht noch vom dortigen Bahnhof abging, just jener war, mit dem Mahler eingetroffen war. Der Schweizer indes hörte gar nicht mehr recht hin; in jenem Augenblick, da die Flammen des Feuerzeugs das Antlitz seines Gegenübers erleuchtet hatten, war ihm – wenn auch vollkommen zu Unrecht – eine gewisse Ähnlichkeit zwischen dem Vorsteher und seinem Vater aufgefallen, und diese Entdeckung hatte ihn zutiefst erschüttert. Ohne ein weiteres Wort zu verlieren, packte er seine Koffer, rannte, als ein heller Pfiff das Rauschen des wiedereinsetzenden Regens durchschnitt, zum Bahnsteig und sprang im allerletzten Moment auf den Zug auf, der sich bereits in Bewegung gesetzt hatte.

Zweiter Teil

*Every great man nowadays has his disciples,
and it is always Judas who writes the biography.*

Oscar Wilde

Berlin, im Jahr 1941

Gut gut, Berlin also. Die Stadt, die niemals schläft. Immer senkt sich irgendwo die künstliche Dämmerung über den Saal eines Lichtspielhauses herab, fortwährend spielt in diesem oder jenem Etablissement ein Orchester auf. Keinen Tag lässt man zu Ende gehen, ohne ihn mit einem knallenden Champagnerkorken gebührend verabschiedet zu haben, keine Nacht bricht hier ohne das feine Klirren kelchiger Cognacgläser an. Diese hektische Unruhe wird von ihren Bewohnern gerne mit Tatendrang und Einfallsreichtum verwechselt.

Als der D-Zug 43 hier anlangt – am Anhalter Bahnhof, um präzis zu sein, und zwar wie vom Fahrplan vorausgesagt auf die Minute genau um 21.59 Uhr –, da befindet sich Mahler in alles andere als passender Verfassung für derlei Zerstreuungen. Ruhe, denkt er, als er endlich wieder festen Boden unter seinen Ledersohlen spürt, Ruhe und ein Bett, das ist alles, was ich mir jetzt wünsche. Und schon spürt er bretthart gestärkte Laken auf seiner Haut wohlig kratzen, für einen Augenblick gar meint er seinen Kopf sanft in seidenbezogene Daunenkissen sinken, bestickt mit den verschlungenen Goldlettern, die zusammen den Namen des Hotels Kaiserhof ergeben.

Nichts da, werden diese Pläne von einer näselnden Stimme durchkreuzt, die jählings in seine Gedanken einbricht, als hätte sie diese erraten – oder hatte Mahler sie etwa in einem Anflug von Selbstvergessenheit verlautlicht? Sich darüber zu wundern jedenfalls bleibt keine Zeit: Im selben Augenblick nämlich sieht er sich auf geradezu rätselhafte Weise seiner beiden Koffer entledigt, die er durch fremde Hände auf einen Gepäckwagen spediert und eins, zwei durch die Halle davonhuschen sieht. Halt, piepst er müde, will dem Treiben mit erhobenem Arm Einhalt gebieten, doch sowohl den einen als auch den anderen findet er bereits untergehakt bei – ja bei wem denn eigentlich? Mahler sieht sich um, oder vielmehr: Er sieht herab, rechterhand auf eine Frau, deren Erscheinung sich eigentlich in die Unbeschreibbarkeit entzieht, aber er versucht es trotzdem: Rothaarig ist sie, schmale Brauen, das fällt einem immerhin auf, auch der Mund ist schmal, überhaupt alles, das Gesicht, der Hals, die Fesseln. Linkerhand indes ein Mann im mittleren Alter, kräftiger Kiefer, entschlossener Blick, hartnäckiges Grinsen, wie mit dem Messer ins Antlitz geschnitten. Auch sonst allerorten viel Schneid, Schnitt, Schnelligkeit: streng gezogen der Scheitel, schmiegsam der Mantel, entschlossen der Schritt, schnell das Sprechen. Seinem scharfen Atem nach zu urteilen, hat der Mann bereits einen Schnaps getrunken, und wenn Mahler seiner Vorahnung trauen darf, dann dürfte das heute auch nicht der letzte gewesen sein.

Man sei eigentlich, sagt dieser nun, Mahlers Gedanken aufs Neue erratend, auf eine längere Verspätung eingerichtet gewesen und habe sich deshalb bereits am Buffet gütlich getan. Ob Mahler vorweg auch schon einen Schluck ... nein? ... umso besser, dann könne man das gleich in Ruhe nachholen.

Und ehe Mahler etwas dagegen einzuwenden vermag, findet er sich von den beiden Gestalten, in denen er, auch wenn sie sich ihm nicht förmlich vorgestellt haben, natürlich längst das Ehepaar Joyce erkannt hat, durch die Halle gezogen und ruckzuck in ein davor auf Kundschaft lauerndes Taxi bugsiert. Doch Mahler sperrt sich, einfach so, ohne weiteres, mir nichts, dir nichts, einzusteigen.

Wo seine Koffer seien, will er wissen.

Reise- und Handgepäck, alles auf dem Weg in den Kaiserhof.

Und wir nicht?

Iwo.

Aber ...

Na na.

Wohin denn dann?

Dat möcht ick och jerne ma wissen, schnoddert voller Ungeduld der Fahrer, der sich mit dem Namen Krenek ansprechen lässt. Und Recht hat er: Noch immer hat sich der Wagen vom Anhalter Bahnhof kein Stück weit entfernt.

Where exactly do we want him to go, erklingt zu Mahlers Rechten in reizendem Manchesterenglisch Mrs. Joyces Stimme.

Rankestraße, sagt mit retroflexivem R ihr Mann halb zu ihr und halb zu Krenek, der ob so viel Angelsachsentum langsam aber sicher misstrauisch wird:

Seid ihr Spione oder so?
Mit einer raschen Handbewegung hält ihm der Gefragte einen Zettel unter die Nase, der ob all der Hakenkreuzstempel einen recht offiziellen Eindruck macht.
Krenek reißt die Augen auf und zieht eine Schnute.
Gut, keine Spione.
Er lässt den Motor an, drückt das Pedal gleich gehörig herunter, prescht los. Und ehe man sich's versieht, hat sich der Wagen in eine Lücke gezwängt, die streng genommen so noch gar nicht existierte, und eidechselt durch den immer spärlicheren Verkehr davon.
Froehlich indes, ganz in seiner Rolle des Amphitryon aufgehend, dreht sich mit dem Oberkörper nach hinten und versucht, der inzwischen erloschenen Konversation neue Nahrung zu geben.
Wissen Sie eigentlich, fragt er Mahler, warum am Bahnhof, an dem Sie angekommen sind, sämtliche Züge anhalten?
Vielleicht weil es ein Kopfbahnhof ist?, versetzt dieser scharfsinnig.
Weil er *Anhalter* Bahnhof heißt.
Froehlich brüllt los, seine Frau lupft kichernd eine Braue, und Krenek, nachdem er eine Weile nachgedacht hat, tut es ebenfalls.
Das also ist der vielgerühmte britische Humor, denkt Mahler, derweil sich ihm vom Beifahrersitz eine Hand entgegenstreckt.
Ich bin Frochlich, übrigens.
Das ist mir nicht entgangen.
Nein nein, ich heiße so.
Ich dachte, ich sei mit einem William Joyce verabredet.

Aber aber. Das bin doch ich. Joyce heißt *fröhlich*. Joyce – joyeux – Froehlich, verstehen Sie?
Klar, sagt Mahler, und denkt: Ich bin doch nicht blöd. Und das ist meine Frau, die, wenn sie Lust dazu hat, auf den Namen Margaret hört.
Sie streckt ihm die Hand hin.
Enchanté.
Kaum hat Krenek seinen ölglänzenden Opel, Kennung IA 36320, in der Charlottenburger Rankestraße zum Stehen gebracht, angelt seine Rechte aus dem Dunkel des Fußraums eine Flasche oberschlesischen Schnapses, und fast im selben Augenblick füllen sich daraus vier Gläschen, die mit einem Mal auf dem Handteller seiner Linken erscheinen. Ahs und Ohs, die Männer langen aus den Weiten der Kabine nach dem wärmenden Wasser, nur Margaret hebt abwehrend die Hände: Danke, ich bestelle drinnen erst einen Martini. Immer wenn ich Schnaps auf leeren Magen trinke, wird mir ganz schwindlig.
Krenek nimmt's achselzuckend hin und kippt sich kurzerhand den überzähligen Schnaps in den Schlund, wo die Wärme des ersten noch gar nicht verglüht ist.
Nun aber auf! Froehlich, der seinem Namen immer größere Ehre macht, lässt ein paar Scheine hervorwandern, die er Krenek mit einem saufbrüderlichen Schulterklopfen darreicht, und schon hat ihn die Nacht wieder. Auch die anderen steigen aus, und in funkelnder Laune strebt man zu vieren der Ciro Bar zu. Vier? Ja, denn Krenek hat sich, wie Mahler mit einiger Verwunderung feststellen muss, kurzerhand angeschlossen, kaum dass er den Namen der Bar spitzgekriegt hatte,

obschon der allenfalls ein Raunen aus des Angelsachsen Mund gewesen war.

Froehlichs Faust klopft kräftig gegen die Tür, und bald klackt darin eine Klappe auf; ein Lichtstrahl schnellt hinaus, sprengt grell in unsere Gruppe: Beine werden der Dunkelheit entrissen, blank polierte Schuhe blitzen auf. Aus dem Sehschlitz verteilt ein weißes Augenpaar rasche Blicke, und schon springt mit einem metallischen Seufzer die Tür auf, die bis obenhin ausgefüllt ist von einem grimmig glotzenden Türsteher, dessen einsilbige Körpersprache sich zu einer einzigen Frage zu verdichten scheint: Was wollt ihr hier? Allein der Schein trügt: Herzlich vergräbt er den kleinen Iren in seinen kräftigen Armen, und unter einem Platzregen von Grußworten bittet er die Truppe herein.

Schnell sind die Schultern der Mäntel und Jacken entledigt, die dienstbeflissen ein herbeigehuschter Kellner davonträgt. Und schon finden sich die vier von einem düsteren Durchgang empfangen, an dessen Ende unter zwei vierarmigen Kerzenleuchtern die Theke glimmt. Sofort wird bestellt, die Dame kriegt ihren Martini, das Trio lässt sich fürs Erste was gegen den Durst geben, denn ja: Die Luft fühlt sich zäh und klebrig an wie Grenadinesirup, und ob des trockenen Zigarrenrauchs fällt einem das Atmen schwer. Schnell also das Glas gekippt, los los. Tshaaaa, macht Krenek, und auch Mahler, der sich mit dem Ärmel den Schaum vom Mund abwischt, fühlt die Lebensgeister in sich geweckt. Er wendet sich ab von der Theke, um den Saal auf sich wirken zu lassen, doch kaum sind die ersten Schlucke genommen, kaum hat die Kehle sich ob dem kalten

Kindl etwas gekühlt, macht sich Froehlich erbötig, seinen Gast etwas herumzuführen. Gemach, gemach, sagt der, ob man denn keine Zeit habe. Alle der Welt, versetzt Froehlich mit saturnischer Geste und klopft dem Schweizer begütigend auf die Schulter. Dieser atmet erleichtert auf: endlich ein paar Minuten Ruhe.
Doch nichts da. Wo Mahler noch eben eine schwarze Wand geglaubt hat, stechen plötzlich Lichtstäbe von der Decke herab, eine Bühne schnellt aus der Dunkelheit, während alles, was eben noch im diesigen Dämmerlicht lag, der totalen Düsternis anheimfällt. Mahler kneift die Augen zu Schlitzen zusammen, Krenek verschattet sich mit der Hand sein Gesicht, langsam nur gewöhnen sich die Pupillen ans gleißende Licht. Nach und nach aber materialisiert sich ein verwaistes Schlagzeug auf der Bühne, und gegen den schwellenden Samtvorhang sticht in dezentem Honigbraun ein Pianoforte ab. Neugier knistert in der Luft, man horcht nach der Bühne, und in der Tat werden aus dieser Richtung vereinzelte Seufzer einer Klarinette vernehmlich, eine Trompete juchzt probeweise, heiser heult irgendwo eine Posaune – alles Vorzeichen einer allgemeinen Betriebsamkeit, eines nervösen Kommens und Gehens, einer geschäftigen Unruhe, die sich im abschwellenden Lärmgewoge immer dringlicher ausnimmt, sich – siehe da! – bereits in ungeordneten Erschütterungen des Vorhangs sichtbarlich äußert, so dass das Publikum spürt, fühlt, weiß: Gleich geht hier Großes vonstatten. Und wirklich, Froehlich wendet den Kopf und bedenkt Mahler mit einem bedeutsamen Blick, und wie auf dieses Zeichen hin reißt der Vorhang entzwei, und dar-

aus hervor quillt eine bunte Truppe, Saxophon, Klarinette, Trompete und Bass im Anschlag, und schreitet vielköpfig in den aufbrausenden Applaus hinein. Das Publikum indes, man merkt's, hält einen Aufschub nicht mehr aus, die Spannung ist, wie man so sagt, mit Fingern greifbar, erste Zwischenrufe zerschneiden die brüchige Stille, anfangen, endlich anfangen! Die Truppe lässt sich nicht lange bitten, der Schlagzeuger reißt den Takt an, eins zwei, eins zwei, und behende setzt das erste Saxophon ein. Ein zweites gesellt sich rasch dazu, und auch der Bass lässt nicht auf sich warten. Pii-pii, nörgelt die Klarinette, bereits ist girrend eine zweite zur Stelle, es schmettert die Trompete, und dumpf dröhnend antwortet die Posaune. Bewegung kommt nun auch in die Menge, ein Ruck durchfährt sie, so manch einer lässt seine Finger zu einem Schnipsen gegeneinanderschnellen, und wirklich, auf diesen selbstgegebenen Startschuss hin finden flüchtige Tanzschritte aufs Parkett, flugs reißt der Rhythmus Köpfe, Arme, Beine mit, alles wippt, hüpft und zuckt durcheinander, Schatten tanzen in alle Richtungen, gleich wahnwitzig gewordenen Glühwürmchen wogt irrlichternd die Glut der Zigaretten.

Selbst unser ungelenker Mahler findet sich zu seiner eigenen Verwunderung von dem eigentümlichen und geradezu körperlich empfundenen Wunsch durchfahren, sich der alles durchdringenden Kraft des Rhythmus' zu überlassen, der niemanden, wirklich niemanden, unberührt lässt. Und dabei ist es die Macht der Musik allein nicht, die diesen Wunsch in ihm wachsen lässt, auch der Druck fremder Körper, die sich in der

Bewegung gegen den seinen reiben, tragen ihr Scherflein bei zu seiner Empfindung. Überhaupt, diese Körper, die immer wieder von allen Seiten her den seinen angehen: Nach und nach entwickelt er ein Gefühl – ein Bild im Geiste wäre bereits zu viel gesagt – für ihre Beschaffenheit. Und dennoch, auch wenn es sich einzig aus den Wahrnehmungen seines Tastsinns speist und seine Ausprägung aufs Höchlichste vom Zufall bestimmt wird, nach welchem das eine Glied eines Körpers gegen den seinen gepresst wird und das andere nicht, so glaubt er doch nach und nach einzelne Personen wiederzuerkennen, sie aus der dunklen Masse herauslesen zu können. Mehr noch: Es ist ihm, als könnte er sie *sehen*.

Mahler ist erstaunt ob dieser Erkenntnis, wer hätte gedacht, denkt er, dass auf diese Weise, ganz ohne Worte, ganz ohne Mimik, nur mit Hilfe der Sprache der Körper, sich doch eine Art Vertrautheit zwischen den Menschen einzustellen vermag? Natürlich tut sie das nicht überall gleichermaßen, fährt er zu denken fort, auch in diesem Feld gibt es Zu- und Abneigung, der eine Körper weiß mit seiner weichen Haut, einem nach dem Goldenen Schnitt proportionierten Gesäß zu gefallen, ein anderer wiederum, mager, sehnig, rauh wie Leder, stößt uns ab.

Das ist nun alles sehr generell gedacht von Mahler, hier wird mit einem Allgemeinplatz kurzerhand zur Stammtischphilosophie erhoben, was sehr viel konkretere Ursachen hat. Mahler nämlich erkennt vor allen Dingen *einen* Körper wieder, einen buttrig süß nach sautierten Garnelen riechenden, der sich von rechts her immer wieder an den seinen schmiegt, und er erkennt die Vielzahl aller anderen Körper, die das viel seltener und jedenfalls ohne erkennbaren Vorsatz tun. Und gerade, als Mahler weitere Überlegungen anstrengt, die allesamt in die Frage münden, woran er eigentlich festmachen zu dürfen glaubt, dass jene anderen Körper ohne jeden Vorsatz, dieser eine, zweifellos weibliche, hingegen *mit* einem solchen handle, da stiehlt sich ihm die Antwort auf diese Frage unversehens in seine Rechte, und zwar in Form einer schlanken, sehnigen und gerade deswegen in ihrer Feingliedrigkeit besonders eindringlich zu ertastenden Hand.

Kein Zweifel: Mahler fühlt sich augenblicklich von den heftigsten Zuständen betreten. Er findet keine Entschlusskraft in sich, er lässt die fremde Hand in der seinen gewähren, und je länger er im Nichtstun verharrt, umso mehr fühlt er sich darin bestärkt. Nicht nur, dass diese Hand keinerlei Anstalten macht, sich wieder von ihm zu lösen, auch der Umstand, dass ihre Besitzerin nun nach der von Mahler abgewandten Seite mit jemandem – offensichtlich ihrer Begleitung – zu sprechen anfängt, ohne deswegen von Mahler abzulassen, festigt ihn in der Überzeugung, dass er keineswegs zufälliges Ziel dieser Berührung geworden ist. Hätte sie ihm nicht, wenn alles nur ein Versehen gewesen wäre, die Hand spätestens jetzt entzogen, um sie stattdessen ihrem Begleiter hinzustrecken? Doch doch, das hätte sie, ganz recht, aber offensichtlich wollte sie das nicht, denkt Mahler, der aus dieser durchaus richtigen Annahme den seltsamen Umkehrschluss ziehen zu können glaubt, sie habe deshalb just nach *seiner* Hand gesucht.

Wortwörtlich Licht in die Sache kommt erst, als mit einem Mal die Instrumente verstummen und über der Theke die elektrische Dämmerung einsetzt. Eignerin besagter Hand nämlich ist niemand anderes als die nun irgendetwas von einer Verwechslung stammelnde Margaret, die ihre Linke sogleich wieder an sich reißt. Die Wangen gerötet, den Kopf gesenkt, steht sie wortlos da, und weil es weiterhin nichts zu sagen gibt und auch nichts zu tun, führt sie sich wie selbstvergessen die Hand unter die Augen, als wollte sie ihre Fingernägel einer genaueren Prüfung unterziehen. Und doch entlarvt Mahler dies rasch als Geste der Verlegenheit, denn wie er die Szenerie weiterhin aufmerksam beobachtet, bemerkt er rasch, dass Margarets Blick keineswegs ihren Fingern gilt, deren Kuppen er allenfalls beiläufig streift. Nein, in Tat und Wahrheit huschen ihre Augen hastig in den Höhlen umher, und es steht außer Frage, dass sie die Umgebung absuchen, den Kranz der Umstehenden auf Zeugen dieser *Verwechslung* hin prüfen, mit Erfolg, wie es scheint. Margaret nämlich zuckt zusammen, und als Mahler der Richtung ihres Blickes folgt, sieht er an dessen Ende den stumm starrenden Gatten, dessen geisterhaft ausdrucksloses Gesicht keinerlei Schlüsse zulässt über seine Verfassung. Froehlich schweigt nur, er schweigt und starrt, den Raum zwischen Margaret und Mahler fest im Auge, als hätte er da etwas entdeckt, als wären da noch Reste dieser Berührung auszumachen, die dort vor Sekunden noch stattgehabt haben. Und so schweigen sich die beiden für eine Weile an, doch handelt dieses Schweigen ganz und gar von dieser Verwechslung.

Oder doch nicht? Doch: Plötzlich entlädt sich Froehlichs Wut, was Margaret denn einfalle, fährt er sie an. Ihr Unterkiefer beginnt zu zittern, sie stiert auf ihr leeres Martiniglas herunter, als wäre sie ganz eingenommen von etwas, das ihr auf seinem Grund aufgefallen ist, und auch Mahler würde einen Schritt zurück tun, wäre da nicht die Theke in seinem Rücken. Das sei doch nicht zu glauben, brüllt Froehlich, nach welchem sich bereits die ersten Köpfe umdrehen, und als sich nun alle Welt auf eine wüste Szene gefasst macht, hebt er seinen Arm und zeigt auf Mahlers leeres Bierglas. Man könne einen Gast doch nicht auf dem Trockenen sitzen lassen, sagt er kopfschüttelnd, was denn das für eine Gattung mache. Er meldet beim Mann an der Theke, dessen alleiniger Aufmerksamkeit er sich bereits versichert hat, eine Runde Schnaps an, husch husch, und dann gleich noch was zum Spülen hinterher. Und hält Margaret dazu an, sich gut um den Gast zu kümmern, derweil er ein paar Leute herhole, die Mahler, an den er sich nun wendet, unbedingt kennenlernen müsse.

Gerne, immer gerne, piepst in hysterischer Ausgelassenheit der von einem Gefühlsbad ins andere geworfene Mahler. Gerne, immer gerne, wiederholt er erleichtert, und meldet, weil auch ein anderer, wesentlich delikaterer Teil seiner selbst nach Erleichterung suche, ein Bedürfnis an, und verzieht sich, ohne eine Antwort abzuwarten, nach der Toilette.

Berlin, im Jahr 1941

Nachdem der berühmte Jazzbassist Paul Henkel für eine Weile vor sich hingedämmert habe, seien all seine Träume *auf einen Schlag* in Erfüllung gegangen. Nacht für Nacht nämlich habe ihm geträumt, ein von der Schlafzimmerdecke niedergehender Kronleuchter würde ihn in seinem Bett erdrücken, und tatsächlich sei seine Wohnung bei einem nächtlichen Luftangriff von einer Sprengbombe und er selbst von besagtem Leuchter an Schulter und Hals getroffen worden. Den hiervon glücklicherweise nur leicht verletzten Henkel habe man auf eine Bahre verladen und in einem herbeigerufenen Unfallwagen versorgt. Auf dem Weg zum nächstgelegenen Hospital dann sei dieser mit einem anderen, nach demselben Ziel eilenden Krankenwagen zusammengestoßen. Aus dem hieraus entstandenen Blechknäuel habe man den bis zur Unkenntlichkeit zerdrückten Henkel nur noch tot bergen können.

In etwa so lautet die Episode, die breitbeinig vor einem gurgelnden Urinal stehenden Mahler zu Ohren kommt – sich auf Details festzulegen vermag er freilich nicht, denn er ist schon reichlich angesäuselt. Und doch scheint ihm die Sache auf irgendeine Art bedeutsam; ist das der Beginn von etwas Großem, fragt sich Mahler, wird diese Episode womöglich der Anfang sein von seinem Roman? (Sie wird es, wie sich später herausstellen wird, auch wenn sie nicht an dessen Anfang stehen wird.) Enthusiasmiert von diesem Gedanken, schaut er hastig an sich herunter, und wie von selbst suchen seine Augen immer wieder die Brusttasche seines Jacketts, wo jedes Mal aufs Neue ein schwarzer Füllfederhalter – fehlt! Nunmehr noch hastiger macht er eine Hand frei – die andere bleibt unabkömmlich – und tastet all seine Taschen ab: nichts. Er grämt sich, er grübelt, und während er darüber nachdenkt, wo er möglichst schnell einen Stift herbekomme, bemerkt er bereits, wie seine Erinnerung an das Gehörte erodiert, der Eindruck an Frische verliert. In einem Zwischenzustand, an dem Angst und Ärger gleichen Anteil haben, stürzt Mahler, *nota bene* ohne sich die Hände zu waschen, aus den Toiletten, um sich ellbögelnd einen Weg zur Bar zu bahnen und, ebendort angelangt, einen *Füller* zu ordern, aber *subito*.

Tja, da gibt es so viele Sorten, versetzt in glänzender Samtweste und ebensolcher Stimmung der Mann hinter dem Tresen, der zur Verdeutlichung des Gesagten seinen Arm in einer Abwärtsbewegung über das gesamte Sortiment hinter ihm schweifen lässt.

Einen Stift, aber ein bisschen plötzlich, brüllt ein zum Scherzen wenig aufgelegter Mahler.

Einen ...

Ja, ganz recht.

Ich ...

Her damit.

Der Barmann, dem schon seit langem kein so missgelaunter Gast untergekommen ist, reicht widerwillig einen Stift, und weil er sich vor weiteren Wutausbrüchen dieses Österreichers – oder ist er ein Bayer? – verwahren will, schiebt er gleich noch ein Paulaner im großen Glas hinterher.

Mahler nimmt davon keinerlei Notiz. Wie von Sinnen

schreibt er nieder, woran er sich noch erinnern kann – und das ist, wie sich bald schon herausstellt, reichlich wenig. Er schaut umher, sucht die Gegend ab, doch nirgends findet er Hilfe: Stumm bleiben die Nadelstreifenanzüge, es schweigen die blankpolierten Uniformknöpfe, nichtssagend sind die huschenden Schatten, und auch das herzerweichende Lächeln von Margaret ist seiner Erinnerung alles andere als ein Krückstock. Er macht ein verdrießliches Gesicht, wie vor Schmerzen krümmt er sich wieder übers Papier, doch nichts – alles weg.

Wie also weiter? Dreh dich um, würden wir ihm gerne zurufen, da liegt sie doch auf dem Tresen, die Lösung des Problems! Ja natürlich, das vor Kälte mit feinen Tröpfchen beschlagene Bierglas hinter ihm, genauer gesagt ein Humpen, den Mahler so schmählich vernachlässigt, ja böte er denn der Gedankenstützen nicht genug? Doch doch, alles ist da: das Weizenbier, das im Licht der beiden vierarmigen *Leuchter* verlockend funkelt, der *Henkel*, dessen Form zu allem Überdruss an ein *Ohr* erinnert, sogar *Paul*aner steht da geschrieben. Aber Mahler hört uns nicht, kann uns nicht hören. Das ist das bedauerliche Los des Erzählers: Wie sehr es ihn auch schmerzt, er kann doch nicht anders, als seinen Figuren tatenlos zuzuschauen, von ihren Irrungen und Wirrungen zu berichten, auf dass ihre Fehler mahnendes Beispiel für die Nachwelt seien, der wir ja inzwischen selbst angehören.

Zurück aber zu Mahler, der nun schon eine ganze Weile dasteht, schreibend, sich den Kopf zermarternd, als plötzlich Froehlich herannaht, in seinem Kielwasser nicht weniger als eins, zwei, drei, vier befrackte Musikanten, die einer nach dem anderen aus der Menge schlüpfen und nun vor Mahler ihren Auftritt machen. Ah, sehr vorbildlich, sagt der Ire halb zu diesem und halb in die Runde, der erste Tag, und schon lege er los, ihrer aller Chronist.

Wie immer, wenn Froehlich etwas sagt, spricht er mit näselnder Stimme, und weil eine solche ohnehin immer im Verdacht steht, uneigentlich Gemeintes zum Ausdruck zu bringen, hätte man hier vielleicht eine leichte Spitze gegen den Schweizer heraushören mögen, aber weit gefehlt. Das Gesagte nötigt allem Anschein nach nicht nur dem Sprecher selbst, sondern auch den Umstehenden, die sich inzwischen der Größe nach aufgestellt haben, ein Nicken der Anerkennung ab.

Mahler, verlegen lächelnd und beschämt zu Boden stierend, greift gedankenverloren nach hinten und hat mit einem Mal sein Glas in der Hand. Er nippt daran und verzieht augenblicklich das Gesicht: Das Bier hat inzwischen den Zustand von frischgezapftem Kölsch erreicht, ein Gedanke, den er nun freiheraus und mit sichtlichem Ekel äußert. Augenblicklich hat der Schriftsteller die Sympathie der beiden Düsseldorfer in der Runde, Lutz Templin und Willy Berking, jedenfalls ist von dieser Seite her großes Gelächter auszumachen, und dann gratuliert man dem Schweizer zu diesem Scherz und sich gegenseitig zu einem solchen Gast. Und kaum hat sich die Aufregung gelegt – dem Italiener Balbo musste erst einmal auseinandergesetzt werden, woher sie rührte –, ergreifen die beiden die Parole, der Lutz stellt den Willy als Willy vor und der Willy den

Lutz als Lutz. Die beiden Kleinsten in der Runde sind, das fällt Mahler augenblicklich auf, ganz offenbar seit langem nicht nur durch die Abneigung gegen alles Kölsche, sondern ebensosehr durch ihre rheinische Frohnatur und überhaupt eine tiefe Freundschaft verbunden. Berking, das sei der Posaunist, erklärt ihm nun Froehlich, weil mit Scherzen allein doch noch nicht viel gesagt ist über die beiden, und Lutz Templin, übrigens ein ganz flotter Kerl, sei der *Arrangeur* der Band.

Aha, sagt Mahler, der nicht so recht weiß, was das sein soll, ein Arrangeur, das klingt irgendwie nach Güterbahnhof, leise zirpen ihm Schienen im Gehör, Weichen, die rattern, Puffer, die sich dumpf beschweren – aber es interessiert ihn doch nicht so sehr, um ernsthaft auf eine Klärung der Sache bedacht zu sein. Stattdessen steht er stumm da und nippt mit exquisit angewiderter Miene an seinem schalen Weizen.

Ja ja, und das – Froehlich zeigt auf den kleinen Italiener mit den viel zu weit geschnittenen Hosen – sei Mario Balbo, der Saxophon spiele wie kein Zweiter.

Der Gemeinte macht, als er seinen Namen hört, einen Knicks und reicht dann Mahler die Hand, der sie zögerlich und im Unwissen, was er damit soll, betrachtet und erst dann entgegennimmt. Doch der Italiener, offenbar immun gegen neurotisches Literatengehabe, lässt sich nichts anmerken. Mit geradezu formvollendeten Manieren betreibt er ein bisschen *Small Talk*, wie ihn ansonsten in der Runde nur Froehlich beherrscht. Doch dann, als des Schweizers Aufmerksamkeit merklich auf den Vierten in der Runde übergesprungen ist, wendet er sich mit geradezu überheblicher Anmut ab und lässt den Blick durch den Saal schweifen, als wäre er auf der Suche nach jemandem, den er seiner Gegenwart für würdiger befindet.

Davon bemerkt Mahler freilich nichts mehr, so eingenommen ist er von dem, der bisher geschwiegen hat. Als Fritz Brocksieper stellt sich der nun vor, ein Mann mit glänzend schwarzen Augen und ebensolchem Haar. Aus Templins Bemerkung, dass Brocksieper der beste Schlagzeuger weit und breit sei, scheint der sich überhaupt nichts zu machen, ganz im Gegenteil. Er scheint darüberzustehen, wie er überhaupt über allem zu stehen scheint: Der Schlagzeuger ist mit Abstand der Größte in der Runde. Und doch ist das Mahler gar nicht aufgefallen vorhin und fast wäre es ihm auch jetzt entgangen, denn dieser Brocksieper steht und geht auf Schritt und Tritt gebeugt, fast als wäre ihm daran gelegen, die anderen nicht zu erniedrigen.

Keine Frage, diese Bescheidenheit weckt auf Anhieb die Sympathie des Schweizers, und so ist es denn auch Brocksieper, an den der Schriftsteller nun das Wort richtet, als er sagt, dass er wirklich beeindruckt sei, zutiefst beeindruckt. So wilden Jazz habe er zu seinen Lebzeiten noch nicht gehört, Ehrenwort.

Ja, wie denn, in der Schweiz gebe es doch diese Grand Hotels, da habe er nämlich einmal, und Mahler komme also von, die Schweiz, na na, von so weit, er sei, ach herrje, entzückt. Nun, ja und also, dass Mahler in seiner helvetischen Heimat noch nie, das könne er sich nun wirklich nicht, aber danke, ehrlichen, will sagen, aufrichtigen Dank, wenn auch nicht verdient, keineswegs. Und doch, man sei erfreut über, Mahler möchte ihn bitte nicht falsch, aber – bei Gott! – es gehe noch weitaus besser.

Und wie um den Beweis anzutreten, sammelt der Brocksieper auf ein Handzeichen seine Kumpels ein, und steuert, nachdem er sich mit einer Verbeugung empfohlen hat, wildlederweichen Ganges der Bühne zu, und keine Minute später flitzen seine flinken Hände über das Schlagzeug. Und während Froehlich seinem Schützling nun auf die Schultern klopft, um dann die nächste Runde zu ordern, fühlt sich Mahler von einem seltsamen Gefühl überkommen, das die Alten ἀναγνώρισις nannten, Wiedererkennen. Wirklich, dieser Brocksieper, irgendwo hatte er ihn doch schon, aber wo? Eine Platte vielleicht? Aber der singt ja gar nicht. Na? Ja sapperlot! Diese hastige, überdrehte, sich selbst überschlagende Sprache, zerzaust und zerpflückt von Interjektionen, die unfertigen Sätze, das hatte er doch alles vorhin schon gehört, in den Toiletten! Heureka! Freudig nimmt er von Froehlich den Schnaps entgegen, und fragt ihn, ob man diesen Brocksieper vielleicht noch einmal wiedersehen könne, er habe ...

Aber selbstverständlich, ruft Froehlich aus, gleich morgen, wenn er wolle, vielleicht aber doch besser übermorgen, haha, je nachdem, wie und vor allem wann Mahler morgen aus den Federn komme. Und gerade als dieser seiner Verwirrung über das Gesagte Ausdruck verleihen will, wird ihm das Gemeinte in Form des volltrunkenen Krenek, des längst für vermisst geltenden Taxifahrers, verbildlicht: Der nämlich baut sich plötzlich neben Mahler auf, um Sekunden später zusammenzusacken und sich lauthals röhrend neben ihm zu übergeben.

Berlin, im Jahr 1941

Das Hotel Kaiserhof, gelegen zwischen Wilhelmplatz und Mauerstraße, hat seinen Haupteingang zwar nach dem schmalen Zietenplatz hinaus, ist im amtlichen Fernsprechbuch aber unter der Adresse Mohrenstraße 1–5 zu finden. Wer wie Fritz Mahler eines der Zimmer an der Nordwestecke des tortenschachtelförmigen Baus bezieht, kann bei günstigen Lichtverhältnissen den Beamten im schräg gegenüberliegenden Ministerium für Volksaufklärung und Propaganda bei der Arbeit zuschauen.

Nun mag der Kaiserhof seit der Eröffnung des nicht allzu weit entfernten Adlon nicht mehr als allererste Adresse der Stadt gelten, und vielleicht ist auch das stilpluralistische Gesamtgefüge, das irgendwo zwischen *Stile Umberto*, *Viktorianisch* und *Second Empire* anzusiedeln ist, mittlerweile etwas aus der Mode geraten; und doch bietet es nebst der unmittelbaren Nähe zu Ministerien und der vorzüglichen Verkehrsanbindung immer noch allerlei Annehmlichkeiten wie pneumatische Aufzüge, ein Wiener Café und einen glasüberdachten Innenhof, wo man sich unter wahrhaft gigantischen Topfpalmen an einem Kaffee zu 75 Pfennig (exkl. 10 % Getränkesteuer) gütlich tun kann. Und schließlich sind – auch das keine Selbstverständlichkeit – die meisten der 250 Zimmer mit einem Telephon ausgestattet.

Schon an Mahlers erstem Tag erweist sich just dieser Anschluss ans örtliche Fernmeldenetz als erheblicher Nachteil. Es hat noch nicht zehn Uhr geschlagen, als

bereits Froehlich anruft, um eine ganze Menge Details zu Mahlers Auftrag in den Hörer zu näseln, die da lauten: 30.000 Reichsmark Vorschuss, zahlbar je zur Hälfte bei Arbeitsaufnahme und bei Manuskriptabgabe, Übernahme von Kost, Logis und Fahrtkosten (Belege aufbewahren!), Ermächtigung, wo immer möglich auf Personalakten und Dienstpläne zuzugreifen (über deren Inhalt der Autor, also Mahler, strengstes Stillschweigen zu bewahren habe), ungehinderter Zutritt zu den Ton- und Aufnahmestudios im Haus des Rundfunks und dessen Dependancen, soweit dies für die Verfertigung des Manuskripts erforderlich sei; der Autor trete alleine die exklusiven Nutzungsrechte für Haupt- und Nebenauflagen bei Beteiligung von 10 % an einen noch zu bestimmenden Verlag ab, die Urheberrechte blieben naturgemäß beim Autor (wir sind ja nicht in einer Bananenrepublik), Umschlag und Titel würden vom Ministerium bestimmt.
Froehlich holt tief Luft.
Noch Fragen?
Wie denn dieser Titel laute.
Was?
Der Titel seines Romans. Wie der laute.
Ach so. *Mr. Goebbels's Jazz Band.*
Mr. Goebbels ...?
Genau. Ob er sich das auch recht aufgeschrieben habe.
Ja, sagt Mahler zögerlich, um dann seine Notiz langsam in den Hörer zu raunen: *Mr. Goebbels Jazz Band.*
Bestens. Noch was?
Mahler überlegt.
Eigentlich ziemlich vieles.

Froehlich zögert. Mahler sieht ihn vor dem inneren Auge auf seine Armbanduhr hinunterschielen.

Also, sagt Mahler, ob er, Froehlich, ihm denn in wenigen Worten erklären könne, wer oder was dieses Jazzorchester genau sei, warum es das gebe, warum es einen so ... nun ...

... albernen Namen hat?, hilft Froehlich.

Ganz genau, und dann frage er sich auch, was er, Froehlich, mit diesem erwähnten Sender zu tun ...

Alles mit der Zeit, unterbricht ihn dieser und verspricht, die nächsten Tage wieder anzurufen. Und dann habe er, sagt er schließlich, hier in seinem Büro auch noch ein Dossier mit allerlei Dokumenten liegen, das er *noch heute* zur Post bringen lasse, dann bekomme Mahler das schon zusammen.

Und tatsächlich, nach mehreren Ferngesprächen, einem längeren Mittagessen im Restaurant *Funkeck* und der Lektüre erster Aktenstücke ergibt sich ihm folgendes Bild: Der Brite, der sich auf die Frequenz des Reichssenders Hamburg (Station Bremen) eindrehe, werde hier den offiziellen englischsprachigen Kanal Deutschlands finden, der sozusagen das wichtigste *Fernkampfgeschütz* im ätherischen Krieg gegen England darstelle. Seinen Namen nehme er von der eingangs jeder Sendung dreifach wiederholten Losung *Germany calling!* (die aus Froehlichs Mund freilich eher wie *Jairmany calling* klingt), nach welcher man all das erfahre, was das britische *Desinformationsministerium* und die ihm unterstehende BBC zensierten: Welches Schiff jüngst versenkt, wie viele Flugzeuge abgeschossen, welche Regimenter zur Aufgabe gezwungen und welche Solda-

ten (mit Namen) gefangen worden seien. Dann erhalte man, natürlich, auch eine *kritische Einordnung* all dieser Details ins Weltgeschehen, es gebe Hintergrundanalysen, Talks und Features von der Front, und manchmal werden auch satirische Kommentare, gewürzt mit Jazz, und kleinere Sketches gesendet, in denen alliierte Größen so gezeigt werden, wie sie *wirklich* seien: orientierungslos, eigennützig, dummschwätzerisch.
Eine *Informationssendung* also, aber weil das gesprochene Wort alleine auf die Dauer ermüde und den ihm ausgesetzten Menschen abstumpfen lasse, werde zwischen den gesprochenen Programmen auch Musik eingespielt, und zwar eine, die ganz auf den Geschmack des breiten Publikums ausgerichtet sei (der zwar, *offen gesagt*, ein zweifelhafter sei, aber bitte schön).
Und hier nun komme *Charlie and His Orchestra* ins Spiel, dieses vom Propagandaministerium ins Leben gerufene Jazzorchester, für das man die besten Musiker Europas *zusammengetrommelt* (kleiner Scherz am Rande) habe, und zwar, bitte zu berücksichtigen, ungeachtet ihrer Herkunft und was heutzutage sonst noch zähle. Unter der Leitung von Arrangeur Lutz Templin (und nicht etwa, wie man es aufgrund des Namens meinen könnte, von Sänger Charlie Schwedler) nehme es jeden Tag neue Lieder auf. Meistens seien das Neuinterpretationen amerikanischer, zuweilen aber auch britischer Jazzhits, denen man, gewissermaßen als kleine Dreingabe, manchmal ein oder zwei eigene Ströphchen beifüge.
So weit also die Fakten. Nun geht es freilich darum, einen Roman zu schreiben, ein *allgemein lesbares Werk*,

wie es in der Weisung heißt, die Mahler zwar nie zu Gesicht bekommen, aus der ihm Froehlich aber so oft vorgelesen hat, dass Mahler sie inzwischen lückenlos aufsagen könnte.

In Ordnung. Nur: Wie stellt sich das Ministerium das vor? Und auch: Wie stellt sich Mahler das selbst vor? Wie erzählt man die Geschichte von fünfzehn vollkommen verschiedenen Künstlern, deren einzige Gemeinsamkeit die Liebe zu ihrer Musik und ein perfekt geschnittener Smoking zu sein scheint?

Berlin, im Jahr 1941

Bereits nach wenigen Tagen herrscht in Mahlers Zimmer ein heilloses Durcheinander. Überall, in konzentrischen Kreisen sich vom Schreibtisch entfernend, stapeln sich Akten, überall finden sich Exzerpte, Listen und Notizpapiere angeheftet, nicht wenige von ihnen bis zur Unleserlichkeit gescheckt mit Kaffeeflecken. Auch Bücher sind allerorten ausgelegt, von denen, wer auch immer das Zimmer betritt, wie zufällig den Wilhelm Meister, den Grünen Heinrich und Stifters Nachsommer zu sehen bekommt. Einzig in der Mitte, sozusagen im Auge des Sturms, ist jene winzige Fläche freigeblieben, über welche Mahler sich zu beugen pflegt, vor ihm eine Tasse frisch gebrühten Bohnenkaffees und zur Linken einen defekten Schädel, mit dem er seinem Zimmer ein gelehrtes Ansehen zu geben versucht; er hat diesen Totenkopf aus der Heimat mitgebracht, und zwar gegen die Widerstände seiner Mutter, die ihm die Besorgnis einpflanzte, hierbei etwas Verbotenes zu tun. Das stellte sich freilich schon an der Grenze als vollkommen unbegründet heraus: Tote Köpfe, hat man ihm dort gesagt, nachdem man das gräuliche Möbel zwischen Mahlers Seidenhemden entdeckt hatte, seien vollkommen unbedenklich; Probleme würden derzeit eher die lebenden bereiten.

So also sieht es auf Mahlers Zimmer im Kaiserhof aus, und auf den ersten Blick mag hierbei nichts Ungewöhnliches festzustellen sein. Bei genauerem Hinsehen aber will einem doch dies und jenes ein wenig übertrieben erscheinen, überall ist ein leichtes Zuviel auszumachen, von dem ein jedes für sich noch keinen Verdacht erregen würde, das in seiner Masse und ständigen Wiederkehr aber doch gewisse Fragen aufwirft, ganz zuvorderst jene, ob hier wirklich einer unter dem Eindruck seiner ausufernden Forschungstätigkeit sein Zimmer derart verunstaltet habe oder ob letztlich nicht viel eher gegen außen hin ein solcher *Anschein* erweckt werden solle; diese Frage erhält auch dadurch zusätzliche Dringlichkeit, dass Mahler jedes Mal, wenn der Etagenkellner hereinlinst, in weltentrückter Pose auf seinem Bett liegt und Löcher in die Luft starrt.

Mahler bleibt tagelang von früh bis spät in seinem Zimmer und gibt sich, wenn auch für die Außenwelt nicht recht sichtbar, dem eintönigen Aktenstudium hin. Manchmal, in einer kurzen Pause, treibt er einen makabren Scherz mit dem Schädel, der ihn zwar mit großen, finsteren Augen ansieht, aber doch stets zum Lachen aufgelegt ist, was Mahler wiederum ein Schmunzeln abringt; sonst aber gönnt er sich kaum

Zerstreuung im grauen Einerlei dieser Beschäftigung, und da sich seine Fenster nach Norden öffnen, sieht er noch nicht einmal die Sonne auf- und untergehen. Halt gibt ihm einzig das Klingeln des Etagenkellners zu Frühstück, Zehnuhrpause, Mittagessen, Vieruhrpause und Abendessen; dieses Gebimmel ist gewissermaßen das Rückgrat seiner Tage.
Mahler folgt bei seiner Recherche keinem vorgegebenen System, was angesichts der täglich wachsenden Zahl von Akten und Dokumenten gewiss ratsam wäre. Vielmehr wirft er, gleich einem, der bloß aus Muße fischt, seine Netze dort aus, wo er es gerade lustig ist, und doch gehen ihm immer wieder prächtige Fundstücke ins Netz, die er in Listen und auf Karteikarten verzeichnet. Hierbei verspürt er stets dann eine besondere Freude, wenn er ganz konkrete Angaben, genaue Daten und präzise Kennzahlen entdeckt, die ihre unmittelbare Entsprechung in der Wirklichkeit haben:
- Ein Mitglied von *Charlie and His Orchestra* erhält in der Regel sechzehn Reichsmark je Aufzeichnung.
- Die Platten des Orchesters werden durch die Deutsche Grammophon AG vertrieben.
- Proben und Aufnahmen finden morgens von neun bis zwölf Uhr statt.
Besonders letztere Information hält Mahler für besonders leicht verwertbar, und kurzerhand entschließt er sich, dem Kapitel, in dem er seine Recherchearbeit beschreiben wird, möglichst bald eines folgen zu lassen, dass seinen Besuch bei einer Probe zum Gegenstand haben würde. Und damit noch etwas Schmiss in die Sache käme, würde sein fiktives Alter Ego, anstatt mit

der U-Bahn zum Messedamm zu fahren, die Dienste eines dubiosen Taxifahrers in Anspruch nehmen und natürlich prompt zu spät kommen.

Während der windigere Teil seines Kopfes sich bereits daran macht, dieses Aufeinandertreffen mit der Jazzkapelle zu ersinnen, entspinnt sich in jenem Bereich, in dem die nackte Vernunft angesiedelt ist, eine Art Selbstgespräch, welches ungefähr des Gegenstandes ist, dass jene Details, die ihn so sehr in Euphorie versetzen, nüchtern betrachtet nicht allzu viel über das Sujet seines entstehenden Werkes aussagen. Hand aufs Herz: Welche Information entnimmt man denn der Tatsache, dass das Tageshonorar sechzehn Reichsmark beträgt und nicht, sagen wir, fünfzehn? Gut, mag man einwenden, es wird zu erkennen sein, dass die Artisten gut, sehr gut bezahlt sind, aber das könnte man, vorausgesetzt, diese Information besäße für sich gesehen überhaupt irgendeine Relevanz, auch anders ausdrücken, etwa indem man sagte, dass die Musiker gut entlohnt werden. Selbiges Spiel beim Zeitpunkt der Aufnahmen: Was würde sich denn ändern, wenn das Orchester erst um zehn und, beispielsweise, bis zwei Uhr nachmittags proben würde, oder um zwei Uhr beginnen, dafür bis um sechs Uhr abends durchspielen würde? Eben.

Müsste Mahler die ganze Sache also nicht noch einmal überdenken, sich in seiner Freude bändigen, diese Details nicht einfach linkerhand liegen lassen? Oh nein, bringt sich nun eine andere Stimme seines Inneren ein, denn wer die Frage so stelle, stelle sie falsch. Natürlich gehe es bei diesen Details nicht um den

Informationsgehalt an sich, natürlich könne der spätere Leser mit diesen Adressen, Uhrzeiten, Lohnkennzahlen, Mitgliedsnummern oder mit dem Wetter, das zu einem gewissen Zeitpunkt geherrscht habe, überhaupt nichts anfangen, und wenn er, Mahler, einzelne Angaben gar verändere, zu seinen Gunsten zurechtbiege, gewisse Dinge auch einfach hinzu- oder hinfortdichte, dann werde das ohnehin niemand bemerken, eben weil sich für die Handlung keine Relevanz ergäbe. Aber, und jetzt kommt dieses große Aber, all diese Details, all diese minutiös recherchierten und vielleicht nicht ganz so minutiös wiedergegebenen Einzelheiten würden, denkt es in Mahler weiter, die Illusion des Wahren erwecken, einen Echtheitsanspruch zementieren, der eben nicht gleicher Art gegeben wäre, wenn statt von *neun bis zwölf Uhr* einfach vom *Morgen* die Rede wäre oder statt von sechzehn Reichsmark bloß von *viel Geld*. Es sind also, sagt er sich, just diese Fakten, welche, gerade indem sie unscheinbar immer wieder in den Text eingeflochten würden, jenen teuren Rahmen bildeten, der das unentwirrbare Gemälde aus Wahr und Falsch zu einem glaubwürdigen, *stimmigen* Bild zusammenfassen würde. In diesem Gedanken fühlt er das Wesen der Propaganda und der literarischen Fiktion aufs Eigenartigste kurzgeschlossen.

Berlin, im Jahr 1941

Betrachtet jemand nach dem vierten Glas Wermut eine Straßenkarte des Berliner Westens, wird er dort dank seiner in Schwingung versetzten Einbildungskraft mühelos ein tanzendes Männlein ausmachen. Der Savignyplatz der Kopf, Nolli und Tiergartendreieck die Füße, erstreckt es sich von Westen nach Osten: Ku'damm und Hardenbergstraße machen die emporgereckten Arme aus, und die Taille liegt zwischen Budapester Straße und dem Knick Ku'damm/Tauentzienstraße.

Wer sich nun die Mühe macht, im Amtlichen Fernsprechbuch nachzuschlagen, wird feststellen, dass ein Großteil der darin zu findenden Likörbars, Bierstuben und Weinschänken dieser Figur einverleibt sind; sinnigerweise sitzen die kostspieligsten Lokale wie das Carlton oder die Ciro Bar genau da, wo man die Brieftasche der imaginären Gestalt vermuten würde, und einem vom Wermut berauschten Betrachter will es sicherlich nicht als bloßer Zufall erscheinen, dass sich an der Stelle des Herzens das pulsierende Delphi befindet, das mit seinen Tischtelephonen, dem künstlichen Sternenhimmel über dem Parkett und nicht zuletzt dem Auftritt berühmter Jazzartisten so manch Gelangweiltem aus der Patsche geholfen hat.

Es ist leicht einzusehen, dass ein Gang durch diesen Teil Berlins den Herzschlag eines vergnügungssüchtigen Trunkenbolds in die Höhe treibt. An jeder beliebigen Straßenecke findet sich eine Schänke, und auf den hundert Metern dazwischen mindestens noch einmal deren vier. Hier, südlich des Zoologischen Gartens, herrscht der demonstrative Alltag; die Entbehrungen, Mühen und Strapazen des Krieges kennt hier kaum jemand – und wenn doch, ist genau das der Ort, um sie möglichst rasch zu vergessen. Vielleicht nicht von ungefähr erhebt sich just in der Mitte dieses Stadtteils gleich einem mahnenden Finger die Gedächtniskirche.

Auch die Musiker von Charlies Orchester halten sich nach Feierabend vornehmlich hier auf, und so wird es nicht weiter erstaunen, dass wir ihnen heute auf der Joachimstaler Straße begegnen, genauer: fünf von ihnen. Es ist ein ungewöhnlich lauer Abend für diese Jahreszeit, es riecht noch nach jenem Frühlingsregen, der bis vor einer halben Stunde über der Stadt niedergegangen ist, und leise plätschernd versickern letzte Rinnsale in den Straßenschächten. Inzwischen hat es merklich aufgeklart, ein leicht angeknabberter Mond hängt käsig über den Dächern, und wie eine silberne Nadel liegt der feuchte Fahrdamm im kalten Licht.

Auf der Straße herrscht ein ständiges Kommen und Gehen. Aus den Türen im Erdgeschoss brechen zerzauste Melodien, Lachsalven schießen heraus und zerplatzen auf dem Pflaster. Vor den Eingängen der Bars nimmt das Durcheinander kein Ende, auf dem Gehsteig und bis hinaus auf die Straße stellen sich immer neue Vergnügungssuchende an. Weil sich der Verkehr hupend staut, müssen die Polizisten ständig Leute wegschicken, die sich murrend von der Nacht schlucken lassen, nur um sich dann anderen Schlangen anzuschließen. Kurzum: Spätestens nach dem fünften oder sechsten Schnaps meint man, von George Grosz in eines seiner chaotischen Wimmelbilder hineingemalt worden zu sein, auch wenn die Leuchtreklamen und überhaupt die Straßenbeleuchtung natürlich der Verdunkelung zum Opfer gefallen sind.

So viel haben Angeli, Brocksieper, Templin, Tevelian und van Venetië freilich noch nicht intus. Der Abend ist jung, man hat in der Dschungel-Bar erst zwei Kurze geschnappt, und zwar, um sich den Weg zum Olivaer Platz etwas zu verkürzen – vielleicht hatte der eine oder andere aber auch gehofft, dass sich die Anspannung etwas lösen würde, unter der sie während der letzten Tage gelitten haben, aber vergebens: Auch jetzt, da sie in die Lietzenburger Straße einbiegen, spürt jeder Einzelne ein Reißen und ein Ziehen in seiner Brust. Sie passieren eine erblindete Straßenlaterne nach der anderen, und hin und wieder meint einer, wenn er zu seinem Nachbarn hinüberhorcht, ein kurzes Einatmen zu vernehmen, wie es den Anfang des Sprechens kennzeichnet. Doch dann geschieht nichts, es herrscht weiterhin gedrücktes Schweigen, und in einigem Abstand zueinander setzen sie den Gang durch die Finsternis fort, ein jeder gefangen in seinem stummen Schmerz. Wäre da nicht das kalte Trommeln ihrer Absätze auf dem Pflaster, müsste jeder von ihnen glauben, er schreite ganz alleine durch die Dunkelheit.

Endlich, mag man denken, naht Arndts Bier Bar. Doch auch die Aussicht auf ein Frischgezapftes und Robert Arndts herzliches Hallo, das ihnen durch den dichten Zigarettenrauch entgegenschlägt, vermögen nicht an ihrer Stimmung zu rütteln. Stumm bahnen sie sich ihren Weg durch die johlende Menge, schweigend lässt sich einer nach dem anderen in die speckigen Polster einer Sitzecke fallen, still sitzen sie schließlich da und starren zur Decke, auf den Boden, zur Theke.

Während der Tage nach Mahlers Ankunft hat es gegärt

im Orchester, es fand sich ein Wort eingebrannt in den Köpfen der Anwesenden, und gleich einem Lauffeuer hat es sich von dort verbreitet: Vierundzwanzig Stunden später waren bereits sämtliche Mitglieder Beute einer fürchterlichen Angst geworden, und allen schwebte das ungeheuerliche Wort, schwebten die sieben Buchstaben beständig vor dem inneren Auge.
Immerhin hatte man sich bei der Arbeit etwas ablenken können, manchmal hatte sie ein Gespräch über Tonfolgen, ein bestimmtes Tremolo oder den Rhythmus des Schlagzeugs kurzzeitig von ihren Sorgen losgerissen. Jetzt aber, da man nach längerer Zeit zum ersten Mal außerhalb von Proberäumen und Aufnahmestudios zu einer größeren Gruppe zusammengefunden hat, gelingt es plötzlich nicht mehr, das Wort länger zu verdrängen: Man sitzt gemeinsam in einer Runde, ist gewissermaßen zum Umgang miteinander verdammt. Und hier nun werden die eigenen Ängste einem jeden offenbar, weil sie sich deutlich im Angesicht des anderen gespiegelt finden, und bald schon beginnen sie, wie durch ein unsichtbares Metronom in Übereinstimmung gebracht, im Gleichtakt in den Köpfen zu pulsieren. Noch aber findet sich niemand zum Sprechen bereit, erst muss eine Bresche geschlagen werden in die Mauer dieses Schweigens, und das geht bekanntlich am leichtesten, wenn deren Fundament morsch und unterspült ist.
Niemandem steht das so deutlich vor Augen wie Hansdampf in allen Gassen Arndt, der als Wirt ebenso gut weiß, was seine Gäste nötig haben, wie er als Jazztrompeter spürt, dass bei seinen Kollegen, die ein himmel-

schreiend klägliches Bild abgeben, etwas ganz und gar im Argen liegt. Aber Arndt ist noch nie einer gewesen, der sich den Spaß hat verderben lassen. (Überhaupt tut er eigentlich nichts außer aus Spaß: Die Bar, das Trompetespielen, auf nichts ist er wirklich angewiesen, aber was will man machen mit so viel Kapital in der Hinterhand, man ist ja sonst zum Nichtstun verdammt.) Er fackelt nicht lange und fischt unter dem Schanktresen nach einer Flasche Cointreau, und nachdem seine Linke flink sechs Mokkatässchen auf einem Tablett hat erscheinen lassen, bedenkt er ein jedes mit einem großzügigen Schwenk aus der Flasche, nur um dann den Rest – viel ist es freilich nicht mehr – mit siedend heißem Bohnenkaffee aufzufüllen, den genau im richtigen Moment der Gehilfe hergebracht hat. Dann scheucht er mit einem nervösen Fingerschnipsen den *Judenbengel* Schumann und ein paar andere Musikanten, die unschlüssig am Tresen herumstehen, auf die Bühne, bedeutet ihnen, etwas von der flotteren Sorte zu spielen, und müht sich schließlich, das Tablett auf der Linken und die Rechte zu dessen Schutz vorgehalten, durch die eben erst wieder in Schwung geratene Menge.

Was denn los sei, will er von Bob van Venetië wissen, entweder weil der ihm am miesepetrigsten von allen erscheint oder weil der sich geradezu für seinen nächsten Spruch anbietet, der ihm ganz leicht von den Lippen kommt: Machst ja 'n Gesicht, als hättet ihr den Krieg verloren.

Der Holländer ist normalerweise für solche Späßchen durchaus zu haben, weil er aber bloß nervös auf seiner

wulstigen Unterlippe herumkaut und es hartnäckig unterlässt, in Arndts gespielt verschämtes Kichern einzustimmen, räuspert sich dieser hörbar, um dann seine Aufmerksamkeit der gesamten Runde zu schenken.
Ein Cointreauchen, die Herrschaften, lässt er gönnerisch verlauten, und stellt das Tablett mit dem augenzwinkernden Hinweis ab, dass, wie man von Sedan her wisse, *nichts so schnell die Stimmung verändere wie ein Franzose.*
Sechs, fragt Brocksieper gedankenverloren den grinsenden Arndt, dessen Glauben an den eigenen Humor ganz offenbar unverwüstlich ist. Flink antwortet er: *Strategische Reserve.*
Und tatsächlich, die dampfenden Tässchen haben noch gar nicht in ihre Hände gefunden, da steht, die riesigen Ohren wie zum Gruß ausgebreitet, mit einem Mal der Saxophonist Eugen Henkel im Windfang und verteilt triefäugige Blicke im Raum. Hinter den Gläsern seiner Nickelbrille schieben sich seine winzigen grünen Augen hin und her, zwei Oliven, die im Martini schwimmen, denkt Angeli unweigerlich, und hebt (entweder um seinem Freund zu Hilfe zu kommen oder aber doch, um sein Lieblingsgetränk zu bestellen) unbestimmt die Hand. Endlich erblickt Henkel seine Kollegen, und nachdem er sich am Eingang einen Stuhl geangelt hat, kommt er damit durch die Menge getänzelt und fädelt sich umständlich in die Runde ein. Henkel schaut nach links, grüßt, schaut nach rechts, grüßt wieder, schaut wieder nach links, grüßt erneut, doch mehr als ein verhaltenes Nicken lässt sich niemandem entlocken; überall nur Missstimmung, von der er sich sofort angesteckt findet. Obwohl Henkel

schon reichlich angesäuselt ist, begreift er sehr schnell, wovon in diesem Kreis geschwiegen wird.
Immerhin, nach der ersten Runde, der Arndt unaufgefordert eine zweite und eine dritte folgen lässt, liegen die Zungen etwas lockerer zwischen den Kiefern. Allmählich entspinnt sich ein harmloses Geplauder, und irgendwann hebt sogar Brocksieper, der von allen am hartnäckigsten geschwiegen hat, zu sprechen an. Doch es ist schwierig, ihm zu folgen: Er spricht stoßweise, als wären Sprache und Idee noch nicht sattsam verknüpft, als erlitte der Motor seiner Gedanken immer wieder Fehlzündungen.
Trotzdem wissen alle, worauf Brocksiepers Reden hinausläuft, und sie registrieren es mit einer Mischung aus Nervosität und Unbehagen: Tevelian bindet sich nun schon zum dritten Mal die Fliege neu, Templin fährt sich mit dem Bügel seiner Brille zwischen den Lippen umher, Angelis Hände, als suchte er an sich selbst Halt, fahren fortwährend über sein schwarzglänzendes Sakko, van Venetië knetet sich die Habsburgerlippe, Henkel trommelt mit seiner Rechten einen nervösen Achtachtel-Takt auf die Tischplatte.
Dann endlich fällt das Wort. Es ist hart, und es richtet sich in seiner ganzen Brutalität gegen Mahler. Aber was soll man tun, das Wort ist gefallen, und nun gilt es, der Wahrheit die Stirn zu bieten: Mahler ist ein Spitzel. Ein Strohmann. Ein Maulwurf. Ja, das ist er, da sind sich alle einig, jeder pflichtet dem anderen bei, alle außer Angeli, der überhaupt nichts versteht. Mahler ein *talpa*? Ein *uomo di paglia*? Das leuchtet ihm nicht ein. Man erklärt's ihm. Dann nickt auch er.

Ein Spitzel also. Es ist furchtbar, aber zugleich ist es befreiend. Endlich hat es jemand gesagt, endlich hat jemand das Terrain bereitet für die Fragen, die sich ein jeder stellt: Für wen schnüffelt Mahler? Wer ist sein Auftraggeber?

Als erstes fällt der Verdacht auf die Gestapo, natürlich. Juden, Schwule, Ausländer: All das gebe es genug in ihrer Truppe, sagt Brocksieper, und dass sie diese verjazzte Musik spielten, mache die Sache bestimmt nicht besser.

Phu, seufzt der Armenier Tevelian, und van Venetië tut es auch. Aber Angeli, der dritte Ausländer im Bunde, schürzt die Lippen und verschränkt die Arme vor der Brust: Tja. Wenn sie ihn nicht mehr wollten, dann gehe er halt einfach.

Brocksieper schaut etwas verdutzt, Templin auch, und dann sagt Tevelian, er wünschte, er könnte auch einfach gehen.

Aber wohin, sagt van Venetië.

Ja, aber wohin, sagt Tevelian.

Jetzt räuspert sich Henkel. Er denke da an etwas anderes, sagt er.

So, sagt Brocksieper.

An die Gestapo glaube er jedenfalls nicht.

Aha, sagt Brocksieper.

Das sage er *als Jude*, schiebt Henkel rasch nach, als erklärte das irgendetwas.

Als Halbjude, korrigiert ihn Brocksieper.

Trotzdem, sagt Henkel.

Dass *gerade er nicht* an die Gestapo denke, sei auch nicht weiter verwunderlich, sagt Brocksieper.

Was er damit meine, fragt Henkel.
Das wolle er ihm gerne sagen, verkündet Brocksieper.
Er höre, sagt Henkel trotzig.
Meine Herren, versucht Templin zu schlichten, aber weit kommt er nicht.
Bitte schön, sagt Henkel, er höre immer noch.
Brocksieper wartet einen Moment, es ist, als holte er Anlauf. Dann sagt er, worauf die Runde mit Spannung wartet:
Mit *solchen* Kontakten, wie Henkel sie habe, brauche sich auch ein Jude nicht zu fürchten.
Er schleudert Henkel die Worte mit Heftigkeit entgegen, und tatsächlich taumelt dieser für einen Moment. Und während er nun nach passenden Worten sucht, ergreift Angeli flink das Wort und fragt, was denn das für *Kontakte* seien.
Goebbels, sagt Brocksieper bedeutungsvoll, und dann setzt er gleich noch einen obendrauf: SS.
Angeli macht große Augen.
Ob er Goebbels persönlich kenne, will er von Henkel wissen.
Nicht direkt, piepst der kleinlaut.
Aber indirekt?, fragt Angeli, der abzuschätzen versucht, ob das nun gut ist für sie oder eher nicht.
Henkel macht bloß eine unverbindliche Geste mit der Hand.
Und die SS?
Das sei jetzt wirklich nicht weiter wichtig, fährt endlich Templin dazwischen, und auch wenn Angeli und Brocksieper entschieden anderer Meinung sind, lässt er sich das Wort kein zweites Mal entreißen. Warum

er denn glaube, dass Mahler für die Wehrmacht schnüffle, will er von Henkel wissen und bringt damit das Gespräch wieder geschickt ins alte Fahrwasser zurück.

Nun ja, meint der Gefragte, das müsse doch irgendwann Verdacht erregen, dass in ihrem Orchester nahezu jeder Gestellungsbefehl ins Leere laufe. Zumal der Bedarf an *Kanonenfutter* in letzter Zeit erheblich gestiegen sei.

Großes Räuspern, hier und da schnellt eine Braue in die Höhe, irgendwo kräuselt sich eine Stirn.

Wehrmacht? Kanonenfutter? Angeli schaut erst Henkel an, dann Templin. Der Italiener ist hin- und hergerissen, man sieht es ihm an: Für die Wehrmacht kann Mahler nämlich so lange herumspionieren, wie er will, das geht ihn überhaupt nichts an. Gerne würde er durchatmen, aber er traut sich nicht, denn: Ist das überhaupt glaubhaft?

Nein, das sei es nicht, sagt Templin geradeheraus, und Angeli lässt augenblicklich die Schultern sinken. Seiner Einschätzung zufolge bestehe Mahlers Aufgabe vielmehr darin, das Orchester als Ganzes auszuhorchen. Dass Goebbels und seinem Propagandaprojekt inzwischen eine breite Gegnerschaft erwachsen sei, sei schließlich hinlänglich bekannt.

So, gegen Goebbels also? Das nun ist wieder eine neue Sichtweise, und sie verwirrt die Runde noch mehr. Ein chaotisches Gespräch entsteht, das sich noch dadurch verkompliziert, dass in ihrem Augenwinkel Schumann ein wirklich hörbares Gitarrensolo auf die Bühne zwirbelt: Meg Tevelian hat sich sowieso nach den ersten

Akkorden aus dem Gespräch verabschiedet, dann gerät auch Henkel aus dem Häuschen, und Templin, der gespannt die Ohren gespitzt hält (Könnte der was fürs Orchester sein?), wird zusätzlich von Margaret Joyce abgelenkt, deren erhitztes Gesicht plötzlich dem dichten Zigarettenrauch enttaucht. Er winkt sie herüber, doch Margaret grüßt nur flüchtig, um dann rasch in einer Lücke zu verschwinden, die ein – nanu! – Offizier der Wehrmacht für sie vorgespurt hat.

Als Schumann ausgespielt hat, versucht Templin die Aufmerksamkeit seiner Leute wieder an sich zu reißen, aber plötzlich steht Robert Arndt am Tisch, um die nächste Runde Cointreau zu verteilen. Weil ihm bei dieser Gelegenheit niemand zu seinem *goldenen Händchen* gratuliert, das er mit diesem Schumann bewiesen hat, übernimmt er das einfach selbst. Arndt ist ordentlich aufgekratzt, und der Verdacht, dass er jede servierte Runde hinter der Bar heimlich mitgetrunken hat, erhärtet sich, als er sich eine Minute später ebendort wieder einfindet: Bevor er sich wieder seinen Gästen zuwendet, kippt er sich ruckzuck ein Mokkatässchen, das für ihn bereitsteht, in den Hals.

In der Sitzecke indes hebt Templin seinen Zeigefinger. Irgendwie müsse *mit der Sache umgegangen werden*, wirft er ein. Er sagt nicht *Gefahr*, aber alle spüren, dass dieses Wort im Beben seiner Stimme mitschwingt. Auf die eine oder andere Weise müsse man sich zu Mahler jedenfalls verhalten, setzt er hinzu, denn aus dem Weg gehen könne man ihm ja wohl nicht.

Warum nicht, fragt es von irgendwoher aus der Runde. Ja, warum eigentlich nicht, fragt es von anderswo.

Nun, weil man sich dann wohl auf andere *Maßnahmen* einstellen müsse.
Auf andere, sagt van Venetië.
Auf härtere, sagt Templin.
Man hört die Runde seufzen, Brocksieper tut es am lautesten.
Also, sagt Angeli.
Also müsse man, sagt Templin, Mahler zuerst ein kleines bisschen einseifen, um mehr über seine Auftraggeber und seine Motive zu erfahren. Wenn man dann mehr über ihn wisse und sich in sein Vertrauen geschlichen habe, sei es sicherlich ein Leichtes, ihn auf diese oder jene Art zu kompromittieren.

Berlin, im Jahr 1941

Gut. Mahler ist also um Punkt neun Uhr im Haus des Rundfunks verabredet, und deshalb reißt um halb sieben das nervöse Geprassel des Reiseweckers den schweren Vorhang seines Schlafes entzwei. Er wirft die Decke von sich, reibt sich die Augen, sperrt die Kiefer zu einem langen Gähnen auf, taumelt zum Badezimmer hinüber, stellt sich vors Waschbecken und schielt, während er den Rasierschaum anrührt, in dieses blasse Gesicht mit den bläulichen Schatten in den Höhlen, das sich ihm im Spiegel zeigt. Es dünkt ihn, er habe sich in den letzten Wochen immer mehr seinem gräulichen Gesellen auf dem Schreibtisch angeglichen.
Zwei Stunden später, denn so viel Zeit hat Mahler, der deswegen sogar das Frühstück auslässt, mit dem

Ankleiden vertrödelt, schreitet er missvergnügt durch die Empfangshalle und vertraut sich, kaum ist er an die frische Luft getreten, einem vor dem Hotel wartenden Taxi an, obschon der U-Bahnhof gewissermaßen in Spuckweite liegt und der Zug ihn in Null Komma gar nichts – und damit wesentlich schneller als die in betrügerischer Absicht Tausend Umwege fahrenden Taxis – zur Masurenallee gebracht hätte. Doch so ehrlich, ihm dies zu sagen, ist der Fahrer, ein schmieriger Kerl mit Berliner Schnauze, bei weitem nicht, ganz im Gegenteil: Der Taxameter läuft schon seit geraumer Zeit, als Mahler sich auf die Rückbank schiebt, und darauf angesprochen, meint der Fahrer, offenbar ein ganz gewiefter, dass Warten ja auch Arbeitszeit sei und die auch bezahlt werden müsse, und da er, der Fahrer, wie sich ja nun herausgestellt habe, offenbar auf ihn, also Mahler, gewartet habe, sei es nur recht und billig, dass er diese Wartezeit nun auch berappe.

Mahler, in einem Anflug von Duckmäuserei, nickt bloß, um dann den Fahrer anzuhalten, wenigstens ein kleines bisschen auf die Tube zu drücken, wozu dieser sich nicht zweimal bitten lässt. Er drückt den Stempel zünftig durch, und sofort girrt der alte Opel los, nimmt mit quietschenden Reifen die Kurve nach der Wilhelmstraße, rast, kleine Staubwölkchen hinter sich aufwirbelnd, an der Reichskanzlei und am Justizministerium vorbei und stiebt in Richtung Brandenburger Tor davon.

Bald schon ist der Tiergarten durchfahren, der Landwehrkanal überquert, und auch wenn jetzt noch unnötigerweise ein kleiner Schlenker über den Savignyplatz und gar an der Gedächtniskirche vorbei gemacht wird, so rückt doch irgendwann der S-Bahn-Ring heran, und plötzlich sind vor bewölktem Himmel die stählernen Umrisse des Funkturms auszumachen, auf den immer wieder vereinzelte Sonnenstrahlen niederstechen, die sich irgendwo zwischen den Wolken hindurchgestohlen haben. Mahler wird ganz schwindlig von diesem nervösen An und Aus der Himmelslampe, und es durchfährt ihn ein Schauer, als er schließlich die blutwurstfarbene Silhouette des Rundfunkgebäudes erspäht, welches in diesem Durcheinander von Licht und Schatten funkelt wie eine düstere Zukunftsvision.

Viel Zeit, diese Erscheinung einer gründlicheren Betrachtung zu unterziehen, bleibt nun aber nicht. Das Taxi verlangsamt seine Fahrt, und noch ehe es gänzlich zum Stehen gekommen ist, wird im Fond bereits die Tür aufgerissen, und Mahler streckt sich eine Hand entgegen, die magere, knochige, leicht flaumige Hand von – ja von wem denn eigentlich?

Karl »Charlie« Schwedler, verkündet jemand im ministerialen Ton, und wie zum Beweis steckt der Sprecher nun seine Stirnglatze und die obere Hälfte des mit seinen Initialen bestickten Seidenhemds ins Taxi, so dass Mahler sogleich erkennt: Hier wird einem geradeheraus die Wahrheit gesagt.

Man kenne sich leider noch nicht, sagt Schwedler fast entschuldigend, während Mahler seine Hand schüttelt, und dann sagt er noch etwas, aber Mahler hört nicht mehr hin, denkt vielmehr das, was an dieser Stelle zu denken ist, nämlich dass das nur zur Hälfte stimmt;

er mag Mahler vielleicht noch nicht kennen, Mahler dagegen, wie es sich für jemanden geziemt, der in naher Zukunft sozusagen als allwissender Erzähler obwalten wird, weiß natürlich ganz genau, mit wem er es hier zu tun hat, nämlich mit Schwedler, Karl Emil Heinrich, geboren am dreizehnten August neunzehn null zwo in Duisburg als Sohn eines Klempners, aufgewachsen in Köln (Umzug neunzehndreißig nach Düsseldorf), seit neununddreißig tätig für das Auswärtige Amt und inzwischen einer der Liedschreiber und vor allem Sänger des nach ihm benannten Jazzorchesters.

Schwedler, sichtlich bemüht, die Distanz zwischen ihnen möglichst rasch zu überwinden, besteht darauf, dass Mahler ihn *Charlie* nennt, *von Künstler zu Künstler*, wie er sagt. Überhaupt fällt das Offizielle, das den Rheinländern ohnehin noch nie gut angestanden hat, sehr rasch von ihm ab; er legt Mahler den Arm um die Schulter, und während er dieserart noch ein paar verspätete Grußworte an den Mann bringt, führt er den Gast durch ein kompliziertes Gewirr aus Gängen immer tiefer ins Gebäude hinein, um dann plötzlich und ganz unvermittelt wieder ins Freie zu treten und auf eine unansehnliche Zweckarchitektur zuzusteuern, die sich nach der Soorstraße hin erhebt.

Hier, aus dem Dunkel des Eingangs heraus, stiefelt mit Lutz Templin bereits das nächste Mitglied des Orchesters auf ihn zu. Hereinspaziert, hereinspaziert, lässt Lutz mit langem Zäpfchen-R verlauten, um dann, als Mahler nähertritt, unvermittelt in den gräulichen Himmel zu spähen, und seinem gekünstelt miesepetrigen Ausdruck nach zu urteilen, ist das, was er da sieht,

so gar nicht nach seinem Geschmack. Aber wer möchte ihm denn wirklich auf den Leim gehen, dieses Mienenspiel ist natürlich nur aufgesetzt und soll nichts anderes als das Terrain vorbereiten für die Pointe (*Schlechtes Wetter bringt einen guten Gast*), die, wie der Schriftsteller findet, vielleicht ein etwas gar dürftiges Resultat von so viel Aufwand ist. Gleichwohl verfehlt sie ihre Wirkung nicht: Mahler fühlt sich herzlich empfangen.
Drinnen, auf Holzstühlen, hat bereits das Orchester Aufstellung genommen. In zwei Reihen sitzen sie da, ein gutes Dutzend Männer im Anzug, jeder einen klobigen Notenständer vor sich, vorne die Saxophonbläser, hinten Trompeter, Posaunisten und linkerhand der Kontrabass. Einzig das Standmikrophon ist noch verwaist, denn ja, Charlie, der mit einem nervösen Augenzwinkern auf die verblüffende Ähnlichkeit des Mikrophons mit einer Stielhandgranate (Modell 39) hinweist, steht eben mit Templin und Mahler noch am Eingang, und eigentlich möchte er den Schwenk vom Mikrophon über die Granate noch ein wenig weiter in die Richtung eines bildlichen Vergleiches von ungefähr jenem Inhalt treiben, dass sein Gesang eben *Sprengkraft* oder Ähnliches besitze; zum Glück wendet sich Mahler gerade in diesem Moment von ihm ab und fragt zu Templin hinüber, was denn diese meterhoch aufgeschichteten Matten an der Rückwand zu schaffen hätten, das sei doch, um Himmels willen, nicht etwa irgendeine seltsame Vorkehrung gegen Luftangriffe.
Ach was, das seien Matratzen.
Das sehe er.
Gelagert.

Mhm.

Nun ja, hebt Templin jetzt zu einem etwas befriedigenderen Versuch an, man habe bloß Platz zum Proben gebraucht, denn das Haus des Rundfunks sei in letzter Zeit heillos überbelegt; und etwas Näheres als dieses Lager gebe es im Moment einfach nicht.

Nebenher gebe das aber auch einfach einen ganz trockenen Sound, fällt ihnen plötzlich Brocksieper ins Wort; er hat sich, was bei seiner Körpergröße umso erstaunlicher ist, von seinem Platz ganz hinten am Schlagzeug weggeschlichen und ist unbemerkt nach vorne gelangt, wo er nun, die Schlägel noch immer in der Hand, Templin, Schwedler und auch einem ziemlich verdutzten Mahler auf Ärmel und Schultern trommelt, so dass man augenblicklich sieht: Dem jungen Herrn juckt's ganz gewaltig in den Fingern.

Na dann wolle er mal sehen, was ihre Blasmusikkapelle so zu bieten habe, sagt Mahler, der damit sozusagen einen versöhnlichen Abschluss finden und den Musikern die Bühne überlassen will. Doch bei dem Wort *Blasmusikkapelle* zucken Schwedler, Templin und Brocksieper unweigerlich zusammen.

Unsicher, ob dahinter bloße Unwissenheit oder böser Willen stecke, entscheidet Templin sich, sozusagen *in dubio* für den *reus*, für Ersteres.

Mahler verstehe, wenn er sich die Frage erlauben dürfe, nicht allzu viel von Jazz, oder?

Überhaupt nichts, eigentlich, gibt der Gefragte zu, und sein Geständnis wirkt auf ihn wie eine Befreiung.

Templins Gesicht hellt sich schlagartig auf, und auch Schwedler und Brocksieper wirken erleichtert. Na, dann höre er mal gut zu, sagen sie und nehmen flugs ihre Plätze ein.

Und dann legen sie also los. Lutz Templin nickt zum Zeichen, der Takt wird angeschlagen, ein girrendes Klarinettengequengel schleicht sich in die Melodie, und schon jetzt ist es Mahler, als hätte er das irgendwo schon, ja ist das nicht, aber das klingt doch wie, ha! Doch! Benny Goodman, der damals, im Olympiajahr, eine Swingversion herausbrachte, *Goody Goody* hieß doch das Lied, das seinerzeit in jedem anständigen Club von St. Moritz bis Gstaad rauf- und runtergespielt wurde, und jetzt gibt es keinen Zweifel mehr, so you met someone who set you back on your heels, goody goody, ja genau, und innerlich trällert Mahler bereits mit, so you met someone and now know how it feels, goody goody, und er erinnert sich an den enttäuschten Liebhaber, der hier aus den Zeilen spricht, so you gave him your heart too, just as I gave mine to you, ja, und jetzt kommt's, and he broke it into little pieces – now, how do you dooooo? Mahler erinnert sich an seine erste und einzige Liebe, oder vielmehr entsinnt er sich, wie er sich vor fünf Jahren an seine erste und einzige Liebe erinnerte, als er diese Melodie spielen hörte, so you lie awake just singing the blues all night, goody goody, ja, das hätte er sich damals gewünscht, dass seine Schmerzen irgendwo, in irgendeiner schlaflosen Nacht, eine Entsprechung, ein Gegenstück, gefunden hätten, so you think that love's a barrel of dynamite, hooray and hallelujah, ja genau, auch wenn Schadenfreude nicht sein äußerster Beweggrund gewesen war, you had it coming to ya, goody goody for him, goody

goody for me, and I hope you're satisfied, you rascal, youuuuu, und nun setzt das Getöse der Blechinstrumente ein, törööö, trariiii, törööö, Trompetenfanfaren, die Spannung ist da, und diese nimmt Charlie Schwedler nun auf, indem er ganz zu Recht fragt, who is eigentlich dieser Bursche who set you back on your heels, und alles fährt nun zurück, während Schwedler im Sprechgesang fortfährt, nur noch das Klavier klimpert leise im Hintergrund, hier und dort ein geschwinder Dreiklang, der wie Sektbläschen prickelt und zwischen den Wortzwischenräumen zerplatzt, ja, wer ist es denn nun? Ah! Winnie Churchill! Who never fought in France and doesn't know how it feels? Winnie Churchill! kein einziges Wort he said came true, he is always teasing you, er bricht the Empire into little pieces, what are you going to do? So, und jetzt gleich die zweite Strophe, ja wer liegt denn da im Bett, just dreaming of revenge all night? Na, wer ist es denn? Winnie Churchill natürlich! He would like to put the whole world on a barrel of dynamite, hooray and hallelujah! Winnie, you had it coming to ya! You have diesen Krieg declared and you will be licked like never before! Tja, I hope you're satisfied, you rascal youuuuu! Sofort setzen wieder die Bläser ein, es entwickelt sich ein nervöses Wechselspiel zwischen Trompetenfanfaren und Saxophonsolos, die Rhythmusgruppe bricht nur hier und da durch, und in diesem Wippen schwingt alles einem Ende zu.

So, und nun wird die ganze Sache noch einmal geprobt, Templin will dort hinten bei den Italienern an der Trompete ein Zögern und bei Tevelian an der Gitarre

ein Abrutschen im Mittelteil gehört haben, so geht das nicht, zusammenreißen, die Herrschaften, alles noch einmal von vorne, volle Konzentration jetzt bitte.
Und so wird also erneut aufgespielt, ein zweites und ein drittes Mal, bis der *capo*, wie er bei den Italienern heißt, endlich zufrieden ist, und dann ist das nächste Lied dran, *Alone* von Nacio Herb Brown und Arthur Freed, eine Melodie, leicht wie ein Luftzug, ein melancholischer Text, allein, allein, with a sky of romance above, alone alone, on a night that was meant for love. There must be someone waiting, who feels the way I do! Whoever you are, are you, are you alone? Natürlich ist Mahler, der inzwischen begriffen hat, wie die Chose läuft, reichlich gespannt darauf, wie nun Schwedlers Interpretation lautet, welche Verbindung mit dem Krieg er dieses Mal anstrebt, auf welche Ereignisse diesmal angespielt wird, ob Churchill wieder, pardon, sein Fett wegkriegt. This song was sung during German air-raids over Greece, verkündet Schwedler nun, und Mahler meint sich jetzt in die Köpfe der Briten, der Griechen, der Neuseeländer versetzt, sieht aber seltsamerweise zuerst eine hitzeflimmernde Postkartenlandschaft (majestätische Felstürme, weiß gekalkte Häuschen, das saugende Aquamarin der Ägäis) und erst dann das Stukageschwader, das plötzlich mit grässlichem Heulen aus dem Himmel herniedersticht, jetzt meint er tatsächlich zu hören, sehen, fühlen, was die versprengten Truppen am Kanal von Korinth, in Kalamata, auf Kreta fühlen, sehen, hören und denkt alone, alone, with the sky black with planes in flight, alone alone for the sake of the Jews we fight! Why listen

to old Churchill (Aha! Da ist er wieder!) who never hold a gun. He'd rather sit back, or run, or run! Alone, alone, we are left but he does not care, alone alone with our heads caught within his snare. We should have known much better, so now we cannot moan, alone, alone, with a sky black with planes, aloooone!

Auch das wird wiederholt, eins ums andere Mal, bis jeder Takt, jeder Ton richtig sitzt, und weil Mahler nun nicht mehr auf den Text zu achten braucht, der sich ihm bereits eingebrannt hat, lässt er seinen Blick weiterschweifen, mustert lange dieses schweißgebadete Orchester, dieses riesenhafte, vielgliedrige Tier, das dampft und keucht, sich bewegt und im Gleichtakt rührt, und während Mahler sich immer wieder aufs Neue von dieser Melodie umfangen findet, die gleich einer kühlen Meeresbrise in den Raum sickert, während er den traurig schluchzenden Saxophonen lauscht, dem wehmütigen Schnurren des Kontrabasses, dem Klimpern des Klaviers, nimmt er hier und dort in einem Augenpaar jenen dunstfarbenen Schimmer der Abwesenheit wahr, den einzig die Musik oder der Tod den ihnen Verfallenen zu verleihen vermögen. Mahler ist von einem seltsamen Gewühl in seinem Innern ergriffen, er fühlt sich weggetragen von Musik und Gedanken, verfällt in einen geistigen Schwebezustand, und wie in einem Blitzlichtgewitter erscheint ihm das flackernde Bild seines Vaters, der mit erhobenem Mahnfinger bedrohlich zu ihm schweigt.

Diese Visionen finden erst zu einem Ende, als Lutz Templin in die Hände klatscht und zur Pause ruft, und blinzelnd wie ein aus schweißtreibenden Albträu-

men Erwachender findet Mahler langsam wieder in die Wirklichkeit hinein.
Und, will Templin von ihm wissen.
Schön, sagt er und räuspert sich.
Schön?
Ja, schön.
Aber was.
Aber er habe sich das etwas anders vorgestellt.
Anders?
Na ja, er habe quirligen, zähnefletschenden Jazz erwartet, vielleicht auch ein dunkles, verrauchtes, nach abgestandenem Bier stinkendes Loch, eine chaotische, verluderte, durcheinanderwirbelnde Truppe, eine Combo, bei der jeder komme und gehe, wann er wolle, spiele, wonach ihm gerade der Sinn stehe, er habe sich eine Schnapsflasche vorgestellt, die ständig unter den Schweigenden kreise, wenn einer sich in einem Solo ergehe ...
Interessant, meint Brocksieper, der aufs Neue vollkommen unbemerkt herangeschlichen ist und nun mitten unter ihnen steht, gerade eben noch habe man über ihn, Mahler, gesprochen und gemutmaßt, wie so ein Schriftsteller wohl sei, und erstaunlicherweise seien ziemlich genau dieselben Vorstellungen über ihn geäußert worden.
Wie er das wohl verstehen müsse, fragt Mahler.
Die Leute, die am Abend seiner Ankunft nicht das Vergnügen mit ihm gehabt hätten – und damit sei nun klar, dass er lediglich die Meinung anderer wiedergebe, und allenfalls in Teilen seine eigene – also diese anderen nun hätten sich gefragt, ob ein Schriftsteller so

früh am Tag und ohne im Vollbesitz eines Rausches zu sein überhaupt arbeiten könne, und darüber hinaus stelle man sich immer so einen gutaussehenden, exzentrischen Dandy mit gewachstem Schnurrbart und gelangweiltem Blick vor oder so einen halbnackten Sokrates mit Vollbart und verfaulten Zähnen, aber.
Aber was.
Aber Mahler sehe im Grunde eher unscheinbar und recht eigentlich profan aus.
Profan, knurrt Mahler.
Professionell, verbessert sich Brocksieper geschwind.
So, sagt Mahler und kneift die Augen zusammen.
Na ja, bei einem guten Dutzend Leuten brauche es halt etwas Ordnung, greift Templin beschwichtigend ein, und weil man hier bloß probe, gebe es natürlich auch Noten, sicher sei sicher. Ferner, fährt er mit Verweis auf die Stühle weiter, könne auch keiner drei Stunden am Stück stehen.
Apropos sitzen, versucht sich Mahler in einer ungelenken Überleitung, er wolle, wenn das erlaubt sei, sich einmal unter die dort hinten Sitzenden mischen und – Mahler zeigt auf seinen Notizblock – ein paar Impressionen einfangen.
Bitte, bitte, sagt Templin und macht eine entsprechende Geste, doch Mahler, der bereits davongestiefelt ist, nimmt sie gar nicht mehr wahr.
Tja, und nun schleicht sich Mahler also an die übrigen Musiker heran, die in losen Grüppchen zusammensitzen, zückt sofort seinen Bleistift, wenn er einen Satzfetzen aufschnappt, der ihm vielversprechend zu sein scheint, aber jedes Mal, wenn ihn die Reden-

den bemerkt haben, verebbt nahezu gleichzeitig das Gespräch.

Sie sollten sich nicht gestört fühlen, so tun, als wäre er gar nicht da, sagt er, aber er stößt auf eine Wand betretenen Schweigens. Weitersprechen, los, los, ruft er ihnen zu, aber mehr als ein *Wir waren ohnehin gerade fertig* oder ein *Es war im Grunde nicht so wichtig* bekommt er nicht aus ihnen heraus.

Enttäuscht begibt er sich zu seinem Platz zurück und fragt Templin betont locker, ob er vielleicht nach der Probe zwei bis drei *Nasen interviewen* könne.

Nach der Probe sei Mittagessen, sagt Templin.

Gut, und danach?

Danach sei die nächste Probe.

Er dachte, sagt Mahler verwundert, das Orchester übe nur von neun bis zwölf.

Unter diesem Namen, ja.

Und danach probe es unter einem anderen?

Ganz richtig.

Das verstehe er nicht.

Das müsse er auch nicht, sagt Templin und verspricht, es ihm bei Gelegenheit zu erklären.

Berlin, im Jahr 1941

Mahler bemerkt recht bald, dass man ihm gegenüber eine gewisse, nun, Zurückhaltung an den Tag legt. Zwar wird er stets empfangen, wie es sich gebührt, aber just das ist es, was den Argwohn in ihm weckt: In all diesen euphorischen Begrüßungen, in sämtlichen flot-

ten Sprüchen und kecken Bemerkungen ihm gegenüber ist ein entschiedenes Zuviel spürbar, ein überdrehtes, ein überspitztes – er möchte fast sagen: *ein eingeübtes* – Etwas, das ihn stutzen lässt. Ja, Mahler wird den Eindruck nicht los, er habe bisher gar nicht mit den echten Musikern von Goebbels' Jazzorchester zu tun gehabt, es ist ihm, als hätte jeder Einzelne von ihnen immer nur sich selbst gespielt, und jedes Mal, wenn er einen Versuch unternimmt, hinter diesen Vorhang zu blicken, weicht man ihm aus, gibt fahrige Antworten, vertröstet ihn auf später. Zu persönlichen Treffen ist es gar nicht erst gekommen.
So kann man natürlich nicht arbeiten. Mahler überlegt sich, ob er sich in dieser Sache an Froehlich, an Dietze oder gar an Winkelnkemper wenden soll, aber irgendetwas lässt ihn ahnen, dass das der falsche Weg wäre. Viel eher, denkt er, muss er die Musiker für sich gewinnen.
Wie wir wissen, findet just dieser Plan bei Charlies Orchester seine spiegelbildliche Entsprechung. Man bestimmt Primo Angeli, um ihn ins Werk zu setzen, und macht ihm die Richtigkeit dieser Wahl mit recht obskuren Argumenten begreiflich – dass Mahler und Angeli beide *Südländer* seien, gehört noch zu den nachvollziehbareren. In Wirklichkeit ist man einfach der Meinung, Primo Angeli sei der, für den am wenigsten auf dem Spiel stehe, während umgekehrt Orchester und Ministerium mit seinem Weggang am meisten zu verlieren hätten.
Primo Angeli. Primo, das heißt *der Erste*, und wen man auch fragt: Er ist es wirklich. Teddy Kleindin mag der

beste Klarinettist, Mario Balbo der fähigste Trompeter *des Orchesters* sein, aber wenn man sich erkundigt, wen die Leute ganz grundsätzlich und überhaupt für den Begabtesten von allen halten, fällt immer derselbe Name: Primo Angeli. Angeli vermag dem Klavier wortwörtlich engelsgleiche Melodien zu entlocken (auch wenn das in den verjazzten Stücken, nach denen es ihn am meisten verlangt, nicht immer zum Ausdruck kommt), und vielleicht gilt das noch viel mehr für das Orgelspiel, das er genauso virtuos beherrscht.
Mahler empfindet gegen den Mailänder eine Sympathie, die er sich nicht erklären kann. Es erstaunt ihn deshalb nicht allzu sehr, dass es gerade Angeli ist, der sich als Erster bereiterklärt, sich seinen Fragen zu stellen, und als er Mahler ganz nebenher eine Kneipe (einen Club?) als Treffpunkt vorschlägt, nimmt der Schweizer es präzis so auf: als nebenher gesagt. Als er Angeli am Telephon um genauere Angaben bittet, wird dieser allerdings mit jedem Mal ausweichender. Da begreift Mahler, in was für eine Sorte Etablissement er gerade eingeladen wurde.
Tja. Will er das denn wirklich? Und ob er das will! Mahler spricht sein Ja geradeheraus in den Hörer, und zwar so schnell, dass es Angeli nun wieder verdächtig erscheint. Nach dem Auflegen ist dem Italiener die Sache nicht mehr ganz geheuer, und ebenso fragt sich am anderen Ende der Leitung Mahler, ob es wirklich so klug war, diese Einladung anzunehmen.
Das spielt aber keine Rolle mehr. Einmal getroffene Verabredungen werden eingehalten – das ist es, was das gesellschaftliche *Comme-il-faut* uns diktiert, und die

beiden gehorchen ihm geflissentlich. Und so tritt Mahler ein paar Tage später aus der Tür des Kaiserhofs, und wie abgemacht wartet dort bereits Angeli auf ihn; sein nebelfarbenes Gesicht leuchtet im Fond eines Taxis, welches mit zu Schlitzen verengten Scheinwerfern in der Einfahrt gleichsam auf der Lauer zu liegen scheint. Mahler setzt sich hinein, und nachdem man sich gegenseitig einen guten Abend geboten und auch die darauf folgenden Begrüßungsformalitäten hinter sich gebracht hat, wären sie eigentlich zur Abfahrt bereit. Doch gerade als Angeli sich erkundigen will, auf was man denn warte, beschwert sich ächzend das Lederpolster des Vordersitzes unter einer Drehung, die jetzt der Oberkörper des Fahrers vollzieht.

Hallihallo, flötet dieser und schaut Mahler eindringlich an. Wir beide kennen uns doch, sagt er dann, und das Glimmen einer Zigarette wirft dunkle Schatten über sein Gesicht.

Ja, entgegnet Mahler, der sich freilich nicht mehr an Kreneks Namen erinnern kann. Ob er nicht der sei, der ihm letztes Mal vor die Füße gespeichelt habe.

Davon wisse er nichts, piepst der, nun plötzlich kleinlaut geworden, und fährt eilig los. Als Mahler ihn fragt, wie er heiße, besteht er aus irgendeinem Grund auf den Namen Tschitschikoff.

Angeli schluckt leer. Hatte er bis eben noch geglaubt, *irgendeinen* Taxifahrer angeheuert zu haben, sieht er sich nun plötzlich der unbequemen Tatsache gegenüber, dass dieser Fahrer ausgerechnet Mahler ganz genau zu kennen scheint. Doch auch dem Schweizer kommt dieser mehr als erstaunliche Zufall unheimlich vor, und deswegen ist auch er der Meinung, dass etwas faul an der Sache sei. Angesichts des Umstands, dass diese Fahrt mit seinen Auftraggebern nicht abgesprochen ist, empfindet er das Beißen seines Gewissens umso stechender.

Erst als er mit Angeli durch die Tür einer obskuren Spelunke tritt, löst sich sein dunkles Unbehagen in Luft auf – wobei *Luft* selbstverständlich der falsche Begriff ist für den stickig-feuchten Brodem, in den sich immer wieder der scharfe Geruch abbrennender Zigarren mischt. Aber nicht nur ihretwegen ist es Mahler, als wehte ihm hier ein Stück Karibik entgegen: Auch der rumplige Rhythmus, in dem dampfende, keuchende und schwitzende Körper ihre gewagten Tanzschritte auf die schmutzigen Dielen wirbeln, trägt sein Scherflein bei zu dieser Empfindung, und das Funkeln und Blitzen der Messinginstrumente, die im Halbdunkel vor nahezu unsichtbaren Künstlern einen unwirklichen Tanz vollführen, stochert ihm schmerzhaft in den Augen umher wie die Strahlen einer subtropischen Sonne.

Mahler fühlt sich bedrängt, umzingelt, eingenommen von all den Eindrücken, die sich ihm alle gleichzeitig ins Bewusstsein drängen: Klägliche und jammernde Weisen, die sich mit tiefer, tiefer Verzweiflung den Saxophonen entreißen, dass er meint, sie müssten jeden Augenblick bersten; das samtpfotene Einschleichen einer Posaune, der ein Schwitzender mit weit aufgerissenen Augen mühsam einzelne Noten entlockt, fast als wären sie glitschige Fischchen, die es mit bloßen Händen zu greifen gälte; die zarte Frauen-

stimme, die in schmerzhaft schönem Glissando die
Tonleiter hinunterschwebt; der Mann am Tresen, der
sich im Halbschatten seiner schwarzen Melone betont
unbeeindruckt gibt und mit kleinen Zaubertricklein
ausgefuchste Getränke zusammenmischt (der Zitro-
nenschnitz jedenfalls findet stets von hinter seinem
Ohr ins Glas); und mittendrin wie auch an den Rändern dieses Getümmels sieht man den halben Staatsapparat. Gut, *der halbe Staatsapparat* ist jetzt vielleicht
etwas viel gesagt, korrigiert er sich, während er Angeli
zum Tresen folgt, aber immerhin erkennt er dort hinten einen Beamten des Propagandaministeriums, und
dort auch, und da drüben wieder. Und hat er nicht
auch den da kürzlich in seiner spekulatiusfarbenen
Uniform durch den Speisesaal im Kaiserhof stolzieren
sehen? Doch doch, das hat er. Nun, dann kann dieses
Etablissement so schlimm nicht sein, denkt Mahler,
und dieser Gedanke übt eine ungemein beruhigende
Wirkung auf ihn aus. Er greift nach dem Martini, den
Angeli ihm hinstreckt, stürzt ihn in einem Zug runter,
um sogleich noch einen zu bestellen.

Vielleicht ist es der bittersüße Likör, der seine Wirkung
nicht verfehlt, womöglich ist es aber auch die Gesamt-
heit aller auf Mahler einprasselnden Eindrücke, die
dafür sorgen, dass an dieser Stelle nicht nur seine
Erinnerung, sondern auch das Zeitengefüge unserer
Erzählung in einige Unordnung geraten ist – so genau
können wir es uns auch nicht erklären. Tatsache ist:
Wie bei einem Kleinbildprojektor, in den versehentlich
ein Diapositiv aus der falschen Kiste eingefädelt wurde,
wie bei einer gerissenen Filmrolle, in die irrtümlicher-

weise Teile einer anderen eingesetzt wurden, haben sich hier oder etwas später – sozusagen als anachronistisches Trompe-l'Œil, als erzählerische Falltür, als diegetisches Mise en abyme – Geschehnisse, Szenen, Dialoge in die Erzählung eingeschlichen, die hier gar nicht hingehören.

Das ist ärgerlich, aber nicht zu verhindern, und bevor uns das narrative Szepter nun vollends abhandenkommt, wollen wir uns wieder unseren Figuren zuwenden. Diese finden wir, da die Erzählung inzwischen weitergelaufen ist, am Rande der Tanzfläche wieder: Angeli und Mahler sind gerade in ein Gespräch vertieft, der Gegenstand ist wohl nicht so wichtig, aber Mahler ist bester Laune, und als ihm plötzlich auch noch Brocksieper seine Aufwartung macht, beschließt er, vollends enthusiastisch zu werden. Er prostet – mit leerem Glas, wohlgemerkt – dem Ankömmling zu, und macht sich gleich daran, ihm und Angeli gegenüber den Verständnisvollen zu geben: Er verstehe, dass ihre *allgemeine Situation nicht ganz angenehm* sei, und deshalb könne er es gut nachvollziehen, wenn der eine oder andere *eine gewisse Zurückhaltung* an den Tag lege. Nun müsse man aber Klartext reden, *sozusagen Tacheles* (er zwinkert dabei Brocksieper zu): Es gebe nämlich *überhaupt keinen Grund* für eine wie auch immer geartete Hemmnis ihm gegenüber. Er stehe ganz hinter ihnen, sei ganz auf ihrer Seite, eine Hand wasche die andere, den eigenen Rücken könne man sich selbst nicht kratzen und so weiter.

So schwadroniert Mahler für eine Weile weiter, und weil er dann vollends auf das Gleis des Verbrüde-

rungskitschs gerät, verzichten wir – auch zu seinen Gunsten – auf eine genaue Wiedergabe seiner Worte und beschränken uns stattdessen auf das Wichtigste: Endlich ergibt sich eine Unterhaltung, endlich fangen Mahlers Figuren zu sprechen an, und diese Gelegenheit nutzt er, um ihnen flugs die Frage zu stellen, die ihn am meisten umtreibt, nämlich die nach ihren Motiven. Oder einfach: Warum tut ihr das alles.
Ah, gute Frage, lobt Brocksieper, und legt sofort los. Er zum Beispiel, wie Mahler sicher wisse, sei in Konstantinopel geboren. Als Kind habe er mit seinen Eltern die Militärparaden besucht, und der Rhythmus der Trommeln sei ihm sozusagen mit der Muttermilch eingeflößt worden.
Interessant, sagt Mahler, nur ...
Ja, oder Teddy Kleindin. *Das* müsse Mahler aufschreiben, sagt Brocksieper und schaut ihn so lange an, bis der tatsächlich einen Stift hervorgeholt hat. Die Familie Kleindin sei schon immer ausgesprochen musikalisch gewesen, die Mutter Cellistin in Karlsbad und so weiter. Teddy habe ebenfalls mit Cello begonnen, aber dann habe er sich das Handgelenk gebrochen, und nur weil es danach zu schwach für ein Saiteninstrument gewesen sei, habe er überhaupt zur Klarinette gewechselt.
Das sei sehr erhellend, aber ..., hebt Mahler an, doch weiter kommt er nicht.
Oder Dobschinski, der ...
Dobschinski?
Ja, der vom Tanz- und Unterhaltungsorchester. Eigentlich habe der mit Klavier angefangen, aber als er begrif-

fen habe, dass man in den vorderen Reihen des Orchesters eine viel bessere Sicht *auf die Mädels im Publikum* genieße, habe er flugs mit der Posaune angefangen.
Brocksieper grinst und zwinkert Mahler zu, aber dieser findet sich davon keineswegs angesteckt. Vielmehr räuspert er sich ein paar Mal, um dann einen neuen Anlauf zu nehmen: Danke, aber warum einer mit seinem Instrument angefangen habe, interessiere ihn im Grunde weniger.
Aha, sagt Brocksieper.
Mahler nickt.
Er wolle vielmehr wissen, warum sie gerade in *diesem* Orchester spielten.
Nun ja, warum nicht, gibt Brocksieper richtigerweise zurück.
Mahler räuspert sich abermals; Angeli, offenbar besorgt, die Kehle des Schweizers könnte ausgetrocknet sein, drückt ihm ein frischgezapftes Pils in die Hand und schlägt ihm kumpanenhaft auf die Schulter.
Wenn er, Mahler, es richtig verstanden habe (hat er), sei das Propagandaministerium dem Swing nicht allzu wohlgesonnen.
Im Grundsatz sei das richtig, pflichtet ihm Brocksieper bei.
Im Grundsatz.
Sie (er zeigt auf sich und auf Angeli) lasse man aber spielen, mehr noch: Man bezahle sie sogar dafür, und das nicht zu knapp.
Das ändere aber nichts am Prinzip, gibt Mahler zu bedenken.
Da habe er wohl Recht.

Mahler lächelt zufrieden und setzt gleich nach: Also, warum?
Ob er das wirklich hier und heute wissen müsse.
Mahler nickt eifrig.
Wie es denn, ähm, mit einem anderen Mal wäre, sagt Brocksieper und schielt in Vorbereitung dessen, was gleich kommen wird, auf seine Uhr.
Ungern, erwidert Mahler.
Doch doch, er für seinen Teil habe noch ein, tja, *Tête-à-Tête* und müsse deswegen – er schaut noch einmal auf die Uhr – *genau jetzt* gehen.
Mahler verdreht die Augen. Und Angeli, fragt er.
Der leider auch, erwidert Brocksieper entschuldigend und packt den Italiener, der nicht weiß, wie ihm geschieht, beim Arm.
Das könnte interessant für ihn sein, sagt Mahler, ob er mitkommen dürfe.
Leider nein, sagt kurzangebunden Brocksieper und macht sich dann, nach einem flüchtigen Gruß in Mahlers Richtung und mit seinem Kollegen im Schlepptau, eiligst davon.
Mahler fühlt sich düpiert, die Situation ist für ihn eine durch und durch ärgerliche, aber gerade deshalb lässt sich an ihm umso leichter die Wirkung guter Musik beobachten, die auf einen unausgeglichenen Geist trifft. Nachdem er nämlich missmutig zum Tresen geschlurft ist und sich aus purem Überdruss einen weiteren Martini bestellt hat, findet er sich, während er nichts anderes zu tun hat als in regelmäßigen Abständen an seinem Glas zu nippen, ganz und gar der Swingmelodie ausgesetzt, die von der Bühne zu ihm herüber-

geschlängelt kommt, und augenblicklich fühlt er sich vollständig von ihr in Beschlag genommen. Sicher, es ist auch das launische Quäken der Klarinetten, das ihn stark an Froehlichs Radioansprachen erinnert, und das zimperliche Zieren der Gitarre buhlt ebenfalls um seine Aufmerksamkeit; vor allem aber werden seine Sinne vom gläsern zerbrechlichen Gesang berauscht, der ihm durch die Gehörgänge zäh und bittersüß ins Innere einsickert – für einen Augenblick ist es ihm, als könnte er seinen italienischen Kräuterlikör *hören*.
Mahler – man kann es gar nicht anders sagen – ist aus dem Häuschen. Er bestellt aufs Neue einen Martini, und während er auf sein Glas wartet, weben seine synästhetisch veranlagten Sinne weiter an einem ganzheitlichen Bild dieser Sängerin, in deren schmalen Brauen und zart gelockten Haaren er die Feinheit ihrer Stimme wiederzuerkennen meint; in ihren dunklen Augen und den vollen Lippen dagegen glaubt er die finsteren Gefilde gespiegelt, in welche ihre Stimme von Saxophon und Klarinette immer wieder hinabgelockt wird. Mahler verspürt das tiefe Bedürfnis in sich, mit jemandem über seine Empfindungen zu reden, und mindestens ebenso sehr begehrt er, mehr zu erfahren über den Gegenstand seiner Begeisterung. Als er sich im Halblicht nach jemandem umsieht, an den er sich wenden könnte, stellt sich seinem Blick ein Mann in den besten Jahren entgegen, tadellos gebürstete Budapester, ausladende Hosen, keck geschnittenes Sakko. Als er Mahlers Blick bemerkt, scheint er aus einer tiefen Verzauberung aufzuwachen, und tatsächlich reibt er sich die Augen, bevor er sie auf den Schweizer richtet.

Ob es denn nicht wunderbar sei, wie diese Dame gesungen habe, sagt Mahler ganz unverbindlich, und findet seine Einschätzung sofort im heftigen Nicken seines Gegenübers bestätigt. Ermutigt von so viel Enthusiasmus fragt Mahler, wer diese Sängerin denn sei, und erhält zu seiner Verwunderung die allergenauesten Auskünfte: Friedländer, Margot Erika Hertha, geboren den 12. März 1917 in Berlin, Vater *Volljude*, Mutter Deutsche (*nach Adam Riese*: *Halbjüdin*). Gesangstalent schon in der Kindheit entdeckt, frühes Mitwirken in Chor und Opern, die wahre Berufung liege aber *ganz offensichtlich* im Swing.

Mahler nickt, worauf der Mann mit sichtlichem Bedauern hinzusetzt: Im Februar 1940 habe man Friedländer leider aus der Reichsmusikkammer ausgeschlossen, *was beim besten Willen nicht zu verhindern gewesen sei.*

Mahler, von der Missstimmung seines Gegenübers sofort angesteckt, presst die Lippen zusammen.

Ja, aber es werde an einer *Lösung* gearbeitet, beschwichtigt der andere dann und lächelt vielsagend. Mahler wundert sich, wie seine neue Bekanntschaft derart viele Details über eine Einzelperson kennen kann, als ihm diese die Hand hinstreckt und nicht ohne Stolz sagt: Gestatten, Graf von Helldorf, Abgeordneter des Reichstags, Polizeipräsident von Berlin, Obergruppenführer der SS.

Berlin, im Jahr 1941

So finster, wie Mahler die Sache in jenem halbseidenen Jazzclub hat sehen wollen, ist es dann doch nicht, denn Gelegenheit zu Gesprächen mit Musikern des Orchesters gibt es im Laufe der nächsten Wochen trotzdem noch. Zwar muss er sich ein kleines bisschen in Geduld üben, aber das gelingt ihm vorzüglich, und zwar deshalb, weil er die Wartezeit gar nicht bemerkt. Er ist ganz und gar eingenommen von dieser Sängerin, deren Stimme in seiner Erinnerung jeden Tag an Schönheit gewinnt; Friedländer, denkt er immer wieder, was für ein lieblicher, glückverheißender Name, aber auch: was für ein unpassender in diesem waffenstarrenden Land, das dieser Tage ins dritte Kriegsjahr eintritt.
Einen beachtlichen Teil seiner Zeit verbringt Mahler mit Recherchen zu ihrer Person. Er versucht, an Akten, Nachrichten, Informationen zu gelangen, doch so leicht ist das nicht. Margot Friedländer singt zwar durchaus hin und wieder für *Charlie and His Orchestra,* aber sie gehört nicht zur Stammbesetzung, ist vielmehr jener Vielzahl von Künstlern zuzurechnen, die *im Bedarfsfall* das Orchester ergänzen, und hier ist man mit der Herausgabe von Akten weitaus zurückhaltender. Mahler bleibt also nichts anderes übrig, als seine Kontakte auszuhorchen, und so lebt er einige Tage und Wochen von Gerüchten und vom Hörensagen. Viel bringt er nicht in Erfahrung, aber dann wird ihm zugetragen, dass die Friedländer wieder in die Reichsmusikkammer aufgenommen wurde und dass man sie inzwischen zur Truppenbetreuung in den Osten geschickt hat.

Das nun ist ernüchternd, aber immerhin ist Mahler dank seiner häufigen Besuche im Westberliner Vergnügungsviertel mit den Künstlern von Charlies Orchester zunehmend vertraut geworden, ihr Argwohn, meint er, hat sich in der Zwischenzeit etwas abgemildert, vielleicht ist hier und dort sogar ein Quäntchen Vertrauen zu spüren, auch wenn von einer Freundschaft beileibe noch nicht die Rede sein kann.

Das erste Gespräch ergibt sich mit Brocksieper, und zwar ohne dass Mahler es über einen längeren Zeitraum hin anleiern muss. Nachdem er bereits im Kolibri vorbeigeschaut hat, findet er sich schließlich auf einen kleinen Schlummertrunk in der Rosita Bar am Bayerischen Platz ein, und siehe da: Während im Hintergrund ein überdrehter Jungspund mit Verve seine Gitarre bearbeitet, sitzt Brocksieper müde, aber zufrieden am Tresen hinter seinem Bier. Als er den Schweizer durch die Tür treten sieht, winkt er ihn sofort heran.

Mahler freut sich sehr, freut sich sogar doppelt. Brocksieper, das ist ein wichtiger Mann, er spielt das Schlagzeug, von ihm geht der Takt aus, auf dem alles baut. Von Anfang an hat Templin auf ihn gesetzt und ist seither nicht mehr von seiner Wahl abgewichen. Es ist eine große Verantwortung, die da auf Brocksiepers Schultern lastet, und vielleicht, denkt Mahler, sitzt er deshalb leicht vornübergebeugt auf seinem Hocker.

Die beiden tauschen ein paar Höflichkeiten aus und verfallen dann in eine lockere Plauderei. Bald spürt Mahler, dass der Moment gekommen ist, um Brocksieper erneut auf seine Arbeit für das Propagandaministerium anzusprechen. Als er ihm also noch ein

Bier bestellt und ihn dann geradeheraus fragt, wie sich die Arbeit dort so ausnehme, wird Brocksieper plötzlich ernst.

Die Arbeit für das Ministerium sei halt auch eine *Existenzfrage*, sagt er bedeutungsvoll.

Existenz als Künstler?

Iwo. Existenz *per se*.

Er hätte auch anderswo Arbeit bekommen können, sagt Mahler.

Er spreche nicht vom Geld, sagt Brocksieper.

Mahler überlegt eine Weile. Er schweigt.

Vom Orchestergraben in den Schützengraben sei es kein weiter Weg, sagt Brocksieper.

So, murmelt Mahler, in dessen Gesicht es zu arbeiten beginnt.

Es werde doch aber wohl keiner von ihnen einberufen werden, fragt er.

O doch, o doch.

Aber?

Aber solange man fürs Propagandaministerium arbeite, sei man als kriegswichtig eingestuft und – bis auf weiteres – freigestellt.

Ob er denn jemand kenne, der bereits Gestellungsbefehle von der Wehrmacht erhalten habe.

Aber ja.

Wen denn?

Er sitze höchstpersönlich vor ihm.

Mahler reißt die Augen auf.

Er als ...

Jude, ja.

Nein.

Doch. Zu wenig Jude, um von der Wehrpflicht befreit zu sein, aber zu viel, um als Deutscher durchzugehen. Mahler sucht nach einer Antwort, aber da er keine findet, nimmt er einen kräftigen Schluck.

Das heißt, hakt nun Mahler nach, wenn er mit der Arbeit in Charlies Orchester aufhöre ...

... dann müsse er an die Front, sagt Brocksieper.

Ja, da kann einem durchaus mulmig werden, denkt Mahler, das ist schließlich ganz etwas anderes als bei ihm, für den überhaupt nichts auf dem Spiel steht, zumindest glaubt er das, bis ihm Brocksieper die Frage stellt, was denn eigentlich geschehe, wenn er seinen Roman *nicht* abliefere.

Er werde ihn natürlich abliefern, sagt Mahler empört. Aber wenn nicht.

Nun, dann ... geschehe im Grunde gar nichts.

Wirklich? Dann sei ja gut.

Eben, sagt Mahler, stürzt das Bier in einem Zug herunter und ruft: Zahlen bitte!

Berlin, im Jahr 1941

Wir sind schon weit vorgeprescht und hatten dabei einzig und allein Augen für Charlie und Konsorte, wir haben sozusagen der Gleichzeitigkeit mehrerer Handlungen ein Schnippchen geschlagen, indem wir alles andere ausgeblendet, indem wir Wilhelm Froehlich und seine Margaret, die allseits bekannten *Lord* und *Lady Haw-Haw*, haben links liegen lassen, und nun gibt es einiges nachzuholen.

Wir drehen also die Uhr zurück, ziehen ihr Werk noch einmal auf, damit auch dieser Erzählstrang zu seiner Ehre kommt und die Geschehnisse ihrer Reihenfolge entsprechend abgespult werden können, was nur gerecht ist, denn es ist ja auch Froehlich in der Zwischenzeit nicht untätig geblieben. Natürlich, möchte man sagen, der Afrikafeldzug und dann auch die Zuspitzung der Jugoslawienkrise, da hat es mit Sicherheit reichlich zu berichten gegeben, zumal die Briten in dieser Sache ganz ordentlich mitmischen, und tatsächlich ist Froehlich von diesen nahezu stündlich hereintröpfelnden Neuigkeiten ganz und gar eingenommen. Des Nachts findet er kaum mehr aus dem Büro heraus, er vernachlässigt vieles gar zu sehr, das Essen, die Gesundheit, sein Privatleben. Und doch kann die Schuld an dieser Überbelastung nicht allein dem Zuviel an Neuigkeiten zugeschoben werden, das den Moderator zur Verdichtung zwingt, denn die Propaganda ist ja jene Waffengattung im Kriege, die als einzige niemals ruht, und so sind jene Wochen, in denen sich an der Front oder in den Hinterzimmern der Politik kaum etwas regt, auch nicht gerade dankbar, denn dann muss man aus dem Nichts oder jedenfalls aus einem Zuwenig an Informationen eine ganze Sendung aufbauschen. Diese Erfahrung ist verdrießlich, sie hat aber Froehlich immerhin zu einem gewissen Einfühlungsvermögen verholfen, was das schriftstellerische Schaffen seines Schweizer Gastes betrifft.
Um Froehlichs Routine geht es nun aber nicht, es geht vielmehr um Namen, wenn auch nicht um echte, bürgerliche, die bei *Germany Calling* ohnehin der Ge-

heimhaltungspflicht unterliegen. Niemand, keiner der Moderatoren, verwendet seinen eigenen Namen, jeder verwendet kryptische Phantasiegebilde, geheime Losungen und recht eigentliche Schattenbezeichnungen, und bei *Wilhelm Froehlich* – eben – war das nicht anders. Das war sein Deckname, so hat er sich anfangs genannt, aber dann hat man ihm erst von britischer und dann auch noch von deutscher Seite her diesen Namen übergestülpt, *Lord Haw-Haw*, und nun gilt es also, in diese Figur, die man sich in Großbritannien mit dünkelhaft gerunzelter Stirn und ins Auge geschraubtem Monocle vorstellt, hineinzuwachsen, aber genau daran nimmt er immer mehr Anstoß. Wäre es ein Künstlername, ein selbstgewähltes Pseudonym, wie Mahler (der ja auch nicht wirklich so heißt) es gewählt hat, könnte Froehlich damit leben. Aber ein von außen an ihn herangetragener, ursprünglich noch nicht einmal auf ihn gemünzter Name, das geht ihm mächtig gegen den Strich, und wenn man es recht besieht, verhält es sich mit dieser ganzen Geheimhaltung genau gleich. Dass sich in den klandestinen Sendern, bei denen er inzwischen auch gehörig mittut, keiner zu erkennen geben kann, weil diese beim britischen Publikum den Anschein erwecken sollen, dass sie von einer englischen oder schottischen oder irischen Opposition gesendet werden, das mag einleuchten. Aber zu *Germany Calling*, welches offen und ganz offiziell von Deutschland her gegen England gerichtet ist, muss einer doch stehen können. Warum darf dann aber nicht alle Welt wissen, wer er ist?

Berlin, im Jahr 1941

»Die Made des *Rhinoestrus purpureus*, gemeinhin bekannt als Pferdebiesfliege, findet durch die Nase des Wirtes in dessen Nasen-, Neben- und Stirnhöhlen, von wo sie sich ihre Gänge ins Gewebe bohrt«, steht auf einem stark vergilbten Blatt, das Mahler auf seinem Schreibtisch wiederfindet. Von dem seltsamen Zufall, der dieses Papier auf seinen Tisch gebracht hat (es waren Makulaturbögen, welche, rückseitig mit dem *Gesetz zur Dasselfliege vom 7. Dezember 1933* und einigen erläuternden Artikeln bedruckt und als behelfsmäßige Aktentrenner im Propagandaministerium wiederverwendet, in die an Mahler versandten Unterlagen gefunden haben), kann Mahler unmöglich wissen, aber gerade deshalb will ihm das plötzliche Auftauchen dieser Textstelle als durchaus sinnhaft erscheinen. Just wie von besagten Maden befallen fühlt sich sein Kopf nämlich an, der von den unterschiedlichsten Ideen und Einfällen, die in seinem Inneren ihr grässliches Eigenleben führen, schmerzhaft durchbohrt wird. Mahler schüttelt immer und immer wieder den Kopf, aber weil das ja doch nichts hilft, macht er sich schließlich daran, eine Idee nach der anderen niederzuschreiben. Vieles davon ist unbrauchbar, wandert nach der Niederschrift auf geradem Wege in den Papierkorb, aber am Ende, kurz vor dem Abendessen, finden zwei Listen zu Papier, die Mahler, weil er sie für hilfreich hält, linkerhand an die Wand heftet:

Liste I

14. September 1939   Der *Daily Express* verwendet erstmals die lautmalerische Wortschöpfung *Haw-Haw*: »He speaks English of the haw-haw, damit-get-out-of-my-way-variety, and his strong suit is gentlemanly indignation.«

18. September 1939   *Haw-Haw* wird geadelt: Im *Daily Express* wird der Moderator von *Germany Calling* erstmals *Lord Haw-Haw* genannt.

4. Oktober 1939   Der *Daily Telegraph* vermutet hinter *Lord Haw-Haw* den 1932 in England wegen Spionage verurteilten und 1937 nach Wien geflohenen Norman Baillie-Stewart.

6. Oktober 1939   Der *Daily Telegraph* vermutet hinter *Lord Haw-Haw* einen »früheren Funktionär einer politischen Partei in England, der das Land unmittelbar vor dem Krieg in Richtung Deutschland verlassen hat.«

19. Oktober 1939   Die Wochenzeitung *News Review* ist sich sicher: Hinter *Lord Haw-Haw* verbirgt sich »kein Engländer, sondern ein Propagandist namens Hoffmann, der vor drei Jahren eine Frau aus Manchester geheiratet hat. Der Sohn eines schwerreichen Teeimporteurs hat einige Jahre in den Vereinigten Staaten gearbeitet und lebt heute in München.«

November 1939   Die Firma *Smith's Electric Clocks* wirbt mit dem Motto *Don't risk missing Haw-Haw – Get a clock that shows the right time always, unquestionably.*

18. November 1939   Arthur Askey präsentiert den Sketch *Baron Hee-Haw* im BBC-Programm *Band Waggon*.

Dezember 1939 Die Firma *Philips* produziert Werbesendungen für die britische Presse, in welchen die Sendezeiten der deutschen Radiokanäle von Hamburg und Zeesen aufgelistet werden.

Ende 1939 *Lord Haw-Haws* Abendprogramm erreicht über 50 Prozent Höreranteil in Großbritannien.

7. Januar 1940 Im *Sunday Dispatch* identifiziert Rosita Forbes *Lord Haw-Haw* »schlüssig« mit Rolf Hoffmann. Die *Empire News* berichten gleichentags, dass Norman Baillie-Stewart in Brüssel lebe und nicht zur Gruppe der »Nazi-Radiosprecher« zu zählen sei, zu der *Lord Haw-Haw* gehöre.

8. Januar 1940 Der *News Chronicle* identifiziert *Lord Haw-Haw* mit Eduard Dietze. Gleichentags bringen die *Evening News* den Tennisspieler Roderich Menzel (Finalist im Herren-Einzel an den French Championships in Roland Garros 1938, unterlag Don Budge mit 6:3, 6:2, 6:4) ins Spiel.

11. Januar 1940 Die *News Review* veröffentlicht ein Photo von *Lord Haw-Haw*: Es zeigt Rolf Hoffmann.

7. März 1940 Die *News Review* bringt den Namen von William Joyce ins Spiel. In einem Leserbrief versichert eine Mrs. Kelly aus Galway, dass sie die Stimme des Nachrichtensprechers um 21.15 Uhr und 23.15 Uhr aus der Zeit vor 1922 kenne.

Seither England mutmaßt weiter. Bei der BBC ist man sich sicher: *Lord Haw-Haw* ist weder Dietze noch Baillie-Stewart noch Joyce, sondern ein Deutscher. Andernorts fällt der Name von Eric Dorn, Sohn eines südafrikanischen Rabbis.

Liste II

Ende 1937 Wolf Mittler wird von der RRG (Reichsradiogesellschaft) als Reporter für die englischsprachige Abteilung eingestellt.

August 1939 Norman Baillie-Stewart (fein ziselierte Gesichtszüge, scharf gezogene Augenbrauen, bleistiftschmaler Schnurrbart) wird als Sprecher des deutschen Englandsenders verpflichtet.

11. September 1939 Vorstellungsgespräch mit William Joyce im Haus des Rundfunks; der stark erkältete Joyce wird für ungeeignet befunden. Einspruch eines Tontechnikers; Joyce liest probeweise die Nachrichten.

18. September 1939 William Joyce wird als Radiosprecher für die deutschen Auslandssender unter Vertrag genommen.

Weihnachten 1939 Norman Baillie-Stewart hat sich, was die *Admiral Graf Spee* angeht, verplappert; um ihn zu ersetzen, wird der sechzehnjährige Brite James Clark unter Vertrag genommen. Er wird bald die Nummer 2 von *Germany Calling*.

4. Januar 1940 In England ist man sehr erzürnt über die Sendungen von *Lord Haw-Haw*. Das wiederum sorgt für Begeisterung bis in die höchsten Reihen des Propagandaministeriums; Joseph Goebbels ist hocherfreut.

9. Januar 1940 Auch der Führer ist hocherfreut. Er lobt die Erfolge der Radiopropaganda; er interessiert sich besonders für *Lord Haw-Haw*.

13. März 1940 *Lord Haw-Haw* sorgt seit einiger Zeit mit drei wöchentlichen Sendungen für die Vereinigten Staaten ebendort für Furore; Joseph Goebbels ist hocherfreut: Der Mann ist eine Perle!

14. März 1940 Der Führer ist auch hocherfreut.

26. April 1940 Joseph Goebbels ist schon wieder hocherfreut: *Lord Haw-Haw* ist sozusagen zur weltweiten Berühmtheit geworden.

3. August 1940 Im Intro von *Germany Calling* wird der Nachrichtensprecher fortan ganz offiziell als *Lord Haw-Haw* angekündigt.

11. September 1940 Joseph Goebbels liest ein paar »Talks von *Lord Haw-Haw*, die die Lage ohne jeden psychischen Schnitzer für die Engländer schildern«. Fazit: Fabelhaft!

28. März 1941 Hermann Göring bewundert die Arbeit von *Lord Haw-Haw*. Goebbels wiederum wundert das gar nicht: Ist schließlich sein bestes Pferd im Stall.

Danzig, im Jahr 1941

Wir sind inzwischen alle etwas berlinmüde geworden, und was würde da näher liegen, als dass der Erzähler von seinem Recht der Allgegenwärtigkeit Gebrauch machte und – manchmal dicht an ihre Fersen geheftet, manchmal weit über ihr wie in einem gemächlich tuckernden Aeroplan schwebend – Margaret nach der Ostsee hinaus nachreiste?

Es hat wieder einmal, wie häufiger in letzter Zeit, Probleme mit ihrem Gatten gegeben, und deshalb hat sich Margaret entschieden, auf ein paar Wochen aus der

Stadt zu fahren, um ihren Kopf anderen Umständen auszusetzen. Streitereien sind es gewesen, fortwährende Auseinandersetzungen, Eifersüchteleien und dergleichen mehr, aber nichts wirklich Schlimmes. Oder doch? Nun ja, schlimmer als auch schon, gewiss, sonst hätte sie diese Fahrt nach Pommern, auf den Hof einer Bekannten, wohl kaum unternommen.
Aber Moment, einen Augenblick: Was ist denn das auslösende Momentum für diese Reise gewesen? Nun, die Sache ist die: Froehlich ist ihr auf die Schliche gekommen. Oder nein, eigentlich hat sie ihm ganz einfach und geradeheraus gesagt, wo sie seit Monaten ihre Abende verbringt. Froehlich hat sich zunächst ungläubig gezeigt, nächtelange Diskussionen mit den immergleichen Fragen waren die Folge. Wie konntest du nur, nach allem, was wir gemeinsam durchgemacht haben. War es dir überhaupt ernst mit dem, was du gesagt hast, ist irgendetwas davon jemals wahr gewesen. Ist er besser als ich.
Margarets Antworten waren fahrig gewesen, seine aber hatten kein Missverständnis zugelassen: Er dulde sie nicht länger bei sich in der Kastanienallee. Margaret sagte, sie wolle das auch gar nicht. Daraufhin sagte er, dass er aber nicht wolle, dass sie gehe. Sie willigte ein zu bleiben. Er sagte, auf gar keinen Fall. Und so weiter.
Schließlich ist sie für ein paar Tage zu einer Freundin in die Bülowstraße gezogen, und dort hat man ihr kurzerhand einige Wochen Urlaub bei einer Schwägerin im Umland von Danzig vermittelt.
Die Tage in Pommern sind lang und auf beruhigende Weise leer. Man unternimmt Spaziergänge durch die

nebelfeuchte Heide, um sich danach, im Salon, die Hände an der Teetasse zu wärmen und sich in ausgedehnten, erfreulich belanglosen Gesprächen zu ergehen. Die unendlichen Felder, die sich unter dem bleiernen Himmel nach allen Seiten hin erstrecken, gemahnen Margaret an Südengland, und wenn sie es genau bedenkt, haben bereits die backsteinernen Fassaden von Danzig eine warme Erinnerung an ihre Heimat in ihr wachgerufen, die sie des Abends als einen wohligen Schmerz durch ihre Glieder rinnen meint – vielleicht ist dieses Gefühl aber auch bloß dem zum Nachtisch reichlich ausgeschenkten Korn geschuldet.

Der einzige Einbruch von außen geschieht durch das Radio, das auf einem kleinen Beistelltisch im Esszimmer steht. Ganz zu Margarets Erstaunen empfängt es auch Kurzwelle, und wenn man es nur richtig eindreht, kann man, wie sie mit Schrecken feststellt, in regelmäßigen Abständen und unterbrochen einzig von der wimmernden Klarinette Mario Balbos, dem Töröö von Charly Tabors Trompete und dem süßlich-holzigen Gesang von Charlie Schwedler, die dünkelhaft näselnde Stimme von *Lord Haw-Haw* hören.

Der nun ist ihren Gastgebern mehr als nur ein Begriff, und es stellt sich heraus, dass sie sich von seinen Nachrichten viel erhoffen, zumindest mehr als von den deutschsprachigen und also – nun – zensierten. Es gibt dabei bloß ein Problem: Sie verstehen den Lord nicht. Und so ergibt es sich, dass die drei Abend für Abend zusammensitzen, das Radio, eine Handvoll Kerzen und eine sich langsam leerende Schnapsflasche in ihrer Mitte, und während wie bei einer spiritistischen Séance

Haw-Haws Stimme über ihren Köpfen schwebt, überträgt Margaret die wichtigsten Punkte in ihr holpriges Deutsch. Die brennendste Frage aber, nämlich wann der Krieg gegen die Sowjetunion beginne, bleibt unbeantwortet.
Und dann kommt der 3. April. Ein Donnerstag ist es, als der Lord sich direkt an seine Hörer richtet, ihnen mitteilt, dass ihm nie daran gelegen habe, seine Identität zu verschleiern, ganz im Gegenteil, weshalb er nun, da er die Erlaubnis hierzu habe, freiheraus seinen Namen kundtue. *I, William Joyce*, sagt er, *left England because I would not fight for Jewry against Adolf Hitler and National Socialism. I left England because I thought that victory which would preserve existing conditions would be more damaging to Britain than defeat.*
William Joyce, jetzt, da Margaret diesen Namen aus der Ferne hört, hallt er lange in ihr nach, und eine drückende Schwere lastet plötzlich auf ihrer Brust. Es ist ihr, als vernehme sie Froehlich zum ersten Mal, wie damals, als sie von seinem Auftritt gehört hatte und daraufhin nach Schottland gefahren war. Und doch fühlt es sich zugleich an, als wären diese beiden Ereignisse Spiegelungen voneinander, als wäre jenes erste Mal vor fünf, sechs Jahren der Anfangs- und diese Gegenwart, dieses Jetzt, der Endpunkt einer sozusagen spiegelbildlich zu sich selbst verlaufenen Geschichte. Damals hatte ihr die Welt noch offengestanden, sie hatte gehen können, wohin sie wollte, sie hatte sich für William Joyce entscheiden, aber genauso gut hätte sie anders handeln können, während sie es nun als pochende Unruhe, als stechenden Schmerz, als rasende Wut in ihren Schlä-

fen spürt, dass ihre Existenz mit diesem Moment eine entscheidende Richtung eingeschlagen hat. Spätestens seit heute, mit dieser endgültigen Offenlegung ihrer Namen, ist für William und ist auch für sie keine Rückkehr in die Heimat mehr möglich, ist ihnen London, ist ihr selbst Manchester für immer versperrt. Es sei denn – ja, was denn? – ah, es sei denn, Deutschland würde Großbritannien nicht nur besiegen, sondern auch vollständig besetzen. In den kurzen Augenblicken der Klarsicht, welche sich in ihre Wut und ihre Verzweiflung mischen, meint sie, diese Zukunft vorauszuahnen.

Um die Mitte des Monats, als Jugoslawien kapituliert und das Wetter merklich gebessert hat, tritt Margaret die Heimreise an. Ein Nachbar hat sich angeboten, die beiden in die Stadt mitzunehmen, und während sie nun mit heruntergekurbelten Fenstern über die Landstraße brausen und der Fahrtwind mit ihren Haaren spielt, zieht Margaret die salzige Luft in ihre Lungen und sieht verträumt hinaus in die idyllische Landschaft: Feiste kleine Wölkchen jagen landeinwärts, hellgrün leuchtet der junge Weizen, hier und da winkt ein Bauer herüber. Margaret fühlt sich erholt, die Muße und das Nichtstun haben ihr gut getan, und doch fühlt sie mit jedem Kilometer, der sie ihrem Ziel näher bringt, die gewichtigen Fragen ihres Lebens schwerer auf sich lasten. Wird sie sich von Froehlich endgültig trennen oder wird sich alles noch einmal zum Guten wenden? Aber ist, fragt sie sich dann, eine Zukunft an seiner Seite wirklich das Gute?

Als fände sich draußen auf den Feldern eine Antwort

auf ihre Fragen, schaut sie hinaus aus dem Fenster, schaut in den endlosen Himmel, schaut in die Ebenen ohne Horizont, aber sie sieht dort nichts. Und plötzlich, als sie sich gerade ihrer Gastgeberin zuwenden will, schiebt sich am Straßenrand eine geisterhafte Kolonne ausgemergelter Wesen in grober Kleidung und mit kahlgeschorenen Schädeln in ihren Blick; hundert, zweihundert Mann, die die Straße entlangschlurfen, eskortiert von schwarzuniformierten Männern mit umgehängtem Gewehr. Als der Wagen die Kolonne überholt, wenden sie ihre ausgezehrten Gesichter zur Seite, um ihren leeren Blick auf die Vorüberfahrenden zu richten.
Nicht hinausschauen, ruft die Gastgeberin, die starren immer so unverschämt.
Margaret, plötzlich von einer düsteren Ahnung befallen, will wissen, was das für Männer seien, aber ihre Begleiterin winkt ab.
Schon vorbei, sagt sie.

Berlin, im Jahr 1941

Die Ausgangslage ist immer gleich: Mit Ausnahme einiger weniger Wechselbesetzungen wirken stets dieselben Personen an denselben Instrumenten mit, und alles geschieht unter Anleitung von Lutz Templin. *Was* aber gespielt wird, *wie* es gespielt wird und vor allem *unter welchem Namen*, entscheidet der Kontext.
Im Inlandsradio, das hat Mahler inzwischen begriffen, lauscht das deutsche Publikum dem insgesamt

melodiöseren Gesamtspiel des *Lutz Templin-Tanzorchester*, der *Kapelle Lutz Templin* oder des *Jazz-Orchesters Templin*; süßliche, leicht swingende Weisen, kaum Soli, keine Politik, deutsche Texte. Im Auslandsrundfunk hingegen ist der Name *Charlie and His Orchestra* in Gebrauch, die Musik swingt stärker, ist jazziger, der Rhythmus ist ganz auf den anglo-amerikanischen Geschmack zugeschnitten, und auch die Texte sind, wenn nicht gleich auf den englischen Geschmack, so doch an die englische Sprache angepasst.

Je nach Kontext unterschiedliche Bezeichnungen also für immer wieder dieselbe Sache, Namen, die dank Geheimhaltung und Hörverboten, dank gelenkter Verbreitung immer nur einzelnen Gruppen bekannt sind, so dass, wie in einem grotesken Spiegelkabinett, ein- und dieselbe Truppe einander entgegengesetzte und doch parallele Leben führt, die von außen sämtlich als vollkommen unabhängig und voneinander losgelöst begriffen werden.

Fritz Mahler fühlt sich immer wieder an die sich seltsam verhaltenden Verwandtschaftsbezeichnungen erinnert, die in ihrer Deutlichkeit und gleichzeitigen Absurdität in Todesanzeigen zu Tage treten: *Es vermissen dich schmerzlich deine Söhne und Töchter, Brüder und Schwestern, Mutter und Vater, Neffen und Nichten*. Als Kind hatte es ihm immer wieder große geistige Verrenkungen abverlangt, sich vorzustellen, dass jener Mann, den er immer nur als Onkel Hans gekannt hatte, gleichzeitig auch jemandes Vater, Vetter, Sohn oder Bruder Hans gewesen war.

Berlin, im Jahr 1941

Froehlich hat derweil mit ganz anderen Problemen zu kämpfen, weltlicheren, dinglicheren: Es ist gekommen, wie es kommen musste, seine Ehe ist nicht mehr zu retten gewesen, und nun steht also die Scheidung an.
Wir wissen nicht, wo genau sich am Morgen dieses 12. August das Ehepaar Joyce-White in Begleitung seiner Anwälte einfindet, aber man wird nicht fehlgehen, wenn man sich das Gericht als eine dieser zahllosen wilhelminischen Geschmacklosigkeiten vorstellt, mit denen Berlin zu Beginn dieses Jahrhunderts in geradezu besorgniserregendem Ausmaß zugebaut wurde. Man kennt das: Ein bisschen düster hier, ein bisschen ehrwürdig hallend da, immer wieder bauchige Säulen, überall nutzlose Scheingewölbe, verwinkelte Gänge, ein deutliches Übermaß an Türen. Kurz: eine in Stein geronnene Mittelalterphantasie, über die das Mittelalter bloß seinen Kopf geschüttelt hätte.
Ganz anders indes nimmt sich der Gerichtssaal aus, den sie nach langem Treppauf und Treppab betreten und der eigentlich nicht viel mehr ist als ein schmuckloses, nüchternes und leeres Zimmer, ganz passend, wie Froehlich findet, für diese Art von Angelegenheit. *Angelegenheit*, das ist es, was er denkt, wobei er natürlich das englische Pendant *affair* benutzt, aber so oder so, es ist bezeichnend, dass er von Scheidung noch nichts wissen will.
Das Personal in diesem Rechtsakt machen nicht mehr als acht Personen aus (umso besser, denkt Froehlich, muss ja nicht die ganze Stadt wissen), und nachdem

deren ranghöchste, nämlich der Richter, eine kurze Präambel vorweggeschickt und das Offensichtliche (Streitparteien inkl. deren Personalia, Grund der Verhandlung et cetera et cetera) aufgezählt hat, nimmt die Sache allmählich Fahrt auf.

Froehlich lässt seinen Anwalt Untreue geltend machen, Margarets Beistand hält dem die Gewalttätigkeit des Ehemanns entgegen und überhaupt: ein Benehmen, das über das übliche und innerhalb der Ehe zumutbare Maß weit, möchte betonen, *weit* hinausgehe.

Gut, aha, stichhaltige Argumente, beiderseits. Man kommt überein, dass sich das Ehepaar gründlich überworfen hat, voraussichtlich zu einer Versöhnung nicht mehr finden wird und also - schade ist's zwar schon - geschieden werden kann und soll.

Allgemeine Zustimmung, mhm mhm, ganz recht, blätter blätter, schreib schreib, kritzel kritzel. Gut, letzte Frage also noch, bitte sehr: Ob Margaret Alimente einfordere.

Froehlich schielt argwöhnisch hinüber, ob sie denn auch das Rechte antworte, und nach einem kurzen Zögern tut sie es. Nein, sie habe ja Arbeit, könne und wolle für sich selbst sorgen, sei auf *fremde* Unterstützung nicht angewiesen.

So, und damit ist die Scheidung beschlossen. Kein Stündchen ist vergangen, bis man den Saal und das Gericht wieder verlässt, das, nebenbei bemerkt, für einen Ort der Gerechtigkeitsfindung erstaunlich verwaist, ja eigentlich menschenleer ist. Einzig die beiden Streitparteien finden sich auf den Fluren, die sie in exakt jener Entfernung zueinander entlanggehen, mit welcher der Anstand noch gewahrt wird, das heißt: nebeneinander, sich der jeweiligen Schrittgeschwindigkeit des anderen anpassend und den eigenen Anwalt jeweils nach der der Flurmitte zugewandten Seite neben sich führend, so dass ein Blick zum juristischen Beistand auch ein Schielen nach dem, nun ja, früheren Ehepartner erlaubt.

So gelangt man hinaus auf den Vorplatz, wo sich die Wege unweigerlich trennen müssen, doch just als dieser Moment sich einstellen will, wenden sich die frisch Geschiedenen plötzlich einander zu, um sich weinend und schluchzend in die Arme zu fallen. Die Anwälte reiben sich die Augen ob dieses vielleicht allzu deutlichen Beweises angelsächsischen Wankelmuts, doch weil sich die Szene partout nicht von der Netzhaut wischen lassen will, verabschieden sie sich rasch und gehen ihrer Wege.

Froehlich und Margaret indes, nachdem sie sich nach und nach wieder gefangen haben, wollen voneinander wissen, wohin der jeweils andere gehe, und weil keiner von beiden die Antwort, auf deren Grund die tiefste Einsamkeit waltet, denken und schon gar nicht aussprechen will, beschließen sie, auf ein Mittagessen im Kaiserhof einzukehren.

Dort sind beide sichtlich bemüht, jeden Moment möglichst langsam verstreichen zu lassen – mit einer Ausnahme vielleicht. Als der Hauptgang gerade abgetragen ist, stellt sich nämlich Fritz Mahler an ihrem Tisch ein, um sich zuerst einen gehörigen Fauxpas zu leisten (*Wie hübsch, die Turteltäubchen, nein aber auch, wie frisch verliebt*) und sich dann in irgendwelchen komplizierten

Ausführungen darüber zu ergehen, dass er einen roten Faden für sein Buch noch immer nicht gefunden habe und überhaupt gar nicht so recht wisse, worüber er eigentlich schreiben solle.
Für Froehlichs Dafürhalten lässt er sich gerade über Letzteres etwas gar zu lange aus (schon erstaunlich, denkt er, wie jemand so viele Worte darüber verlieren kann, dass er keine solchen finde), und umso größere Erleichterung verspürt er, als der Schriftsteller sich unter einem recht fadenscheinigen Vorwand (wahrscheinlich wieder so ein künstlerischer Tic, denkt Froehlich) plötzlich davonstiehlt. Dann aber, als der Störenfried endlich verschwunden und dieser sich auch als Gegenstand des Gesprächs zwischen Margaret und Froehlich erschöpft hat, bemerkt letzterer wehmütig, was man an dem munter daherschwadronierenden Schweizer hatte, denn jetzt, da der Nachtisch verzehrt, der Kaffee geschlürft und der Schnaps getrunken ist, gibt es wirklich nichts mehr, womit die endgültige Trennung hinausgeschoben werden könnte.
Man verlässt also das Hotel, hält auf den Wilhelmplatz zu, winkt zwei Taxis heran. Man ist versucht, die Fassung zu bewahren, aber weil schließlich beide erneut in Tränen ausbrechen, kommen sie überein, einander abermals einen Aufschub zu gewähren. Man verbringt also auch den Nachmittag miteinander, speist am Abend erneut im Kaiserhof und zögert mit einem Schnaps den Moment, diesen endgültigen, entscheidenden Moment, noch ein wenig hinaus.
Dann aber kommt er, spätabends, und jetzt ist man erstaunlich gefasst (vielleicht ist man auch bloß be-

trunken). Man herzt sich noch einmal, eine Umarmung hier, eine da, und dann geht jeder seiner Wege.
Als Froehlich eine halbe Stunde später in der Kastanienallee anlangt, findet er jenes Gefühl der hoffnungslosen Einsamkeit in sich, das er längst für überwunden geglaubt hat, und diese Empfindung findet ein paar Kilometer weiter östlich, in einem Zimmer in der Bülowstraße, ihre erstaunlich passgenaue Entsprechung.

Berlin, im Jahr 1941

Mahler war überrascht gewesen von Froehlichs Benehmen, das er nach diesem überaus gastfreundlichen Empfang vor ein paar Monaten so nicht erwartet hatte – wider besseres Wissen, muss man eigentlich sagen, denn dass die Briten wankelmütig und unzuverlässig sind, ist dieser Tage in jeder Radiosendung zu hören, auch und gerade in Froehlichs eigener.
Nun ist das alles nicht so schlimm, aber Mahler muss bekanntlich immer etwas haben, was ihn bedrückt, sonst fühlt er sich nicht wohl. Also bedauert er mit vollkommen unangemessener Heftigkeit, dass seine Bedürfnisse, über seine Schreibhemmnis zu sprechen, bei Froehlich so wenig Widerhall gefunden haben, und aus diesem Cafard findet er sich erst heute wieder herausgerissen, da ihn Fritz Brocksieper zu einem Konzert eingeladen hat, das in – huch! – einer knappen Stunde beginnen soll.
Jetzt also vorwärts, rasch noch einmal die Abendgarde-

robe anprobiert, ein spreebrauner, taillierter Dreiteiler, der ihm ausgezeichnet steht, schnell eine passende Krawatte herausgesucht, die, nein lieber die, oder doch lieber die andere, dann rasch in die vom Boy frisch poliert vor die Tür gestellten Oxforder geschlüpft, ein seidenes Pochettli (an das hochdeutsche *Einstecktuch* hat er sich noch immer nicht gewöhnen können) in die Brusttasche gesteckt und sozusagen gleichzeitig mit dem zur Eile mahnenden Klopfen an der Tür durch ebendiese hindurchgeschlüpft, um nach dem am Eingang bereitstehenden Taxi zu eilen.

Er trifft Brocksieper in der Ciro Bar, und ganz offenbar hat sich seit seiner Ankunft vor ein paar Monaten nichts verändert. Noch immer steht derselbe Schrank in der Tür, hinter dem Tresen mischt noch immer der gleiche Mann seine fragwürdigen Getränke. Auch die Kundschaft ist dieselbe, zumindest was das Verhältnis von braunen, blauen, schwarzen und grauen Uniformen zueinander und wiederum von diesen zu den Straßenanzügen angeht, wie letztes Mal ist auffallend oft ein lässig stehengelassener Kragen oder ein wie zufällig aus dem Loch gerutschter Knopf zu sehen, und selbst die Personenzahl dürfte ziemlich genau dieselbe sein, will heißen: Der Saal ist brechend voll.

Brocksieper, blendend gelaunt, geht mit funkelnden Augen und zur Willkommensgeste ausgebreiteten Armen auf Mahler zu, als er diesen durch die Menge auf die Bühne zusteuern sieht, macht gar Anstalten, ihn zu umhalsen, lässt es dann aber aus irgendeinem Grund bleiben und schüttelt ihm bloß die Hand. Schon ist auch Angeli zur Stelle, der Mailänder mit den fein-

gliedrigen Händen, an denen man nur bei genauerem Hinsehen den hart arbeitenden Pianisten ablesen kann: Dunkle, mattgelbe Stellen an den Fingern verraten verheilte Schwielen.
Na, was spielen wir denn heute, gibt sich Mahler betont lässig und klopft dem Italiener kumpanenhaft auf die Schultern. Und als wäre das hier ein Wunschkonzert, macht er mit dem – zugegeben – recht eingängigen *Goody Goody* gleich einen Vorschlag. Angeli und auch Brocksieper indes zucken sofort zusammen, verziehen das Gesicht, kneifen die Augen zu Schlitzen zusammen, kurz: Sie legen das gesamte Repertoire an den Tag, mit dem gesagt sein will, dass der andere lieber nicht gesagt hätte, was er dann aber leider doch gesagt hat.
Und tatsächlich: Wie auf höheren Befehl kommt in diesem Augenblick ein gertenschlanker Lulatsch herüberstolziert (Mahler ist unsicher, ob angelockt durch den, ähm, *jüdischen* Titel des von ihm gewünschten Stücks oder eher durch Brocksieper und Angelis etwas gar theatralische Gesten) und begehrt in recht herrischem Ton von Mahler zu wissen, wer er sei. Dieser, durch Anschauung inzwischen geübt in diesem deutschesten aller zwischenmenschlichen Spielchen, nämlich dem nonverbalen oder zumindest paraverbalen Ausloten der zwischen zwei sich noch nicht näher bekannten Personen herrschenden Machtverhältnisse (kurz: Hackordnung), lässt sich ganz ein auf dieses und verweigert also gleich die Auskunft, begehrt vielmehr seinerseits zu wissen, mit wem *er* es zu tun habe. Was nun folgt, ist hinlänglich bekannt aus den Filmen, die zur Unzeit gezeigt werden: ein in seiner Absurdität kaum mehr

zu übertreffender Schattenboxkampf, an dessen Ende schließlich der Name des Lulatschs fällt, Lang, RMK. Mahler, einen schlechten Scherz vermutend, nickt nur und nippt an seinem Martini, der wie von Zauberhand (in Wirklichkeit war es die Rechte von Primo Angeli) in seine Linke gewandert ist. So, RMK also, sagt er, worauf besagter Lang ihm das Akronym unnötigerweise ausdeutscht: *Reichsmusikkammer.*
Mhm.
Ja. Und er (Lang zeigt auf Mahler) sei also wohl kein Künstler.
O doch, o doch.
Name?
(Hier verschließen wir für einen Augenblick die Ohren, denn natürlich nennt Mahler hier seinen richtigen, also bürgerlichen Namen, der übrigens dem seines Gegenübers erstaunlich nahe kommt.)
Instrument?
Er schreibe.
Arrangements?
Iwo. Schriftsteller.
Ah, sagt der andere knapp, murmelt im Abdrehen etwas in der Art von *Hätten Se doch gleich gesagt* und wendet sich dann dem Oberhaupt des Orchesters zu, das hier und heute offensichtlich Brocksieper vorstellt.
Man diskutiert lange und ausgiebig über Notensätze und Titel, *Schwarzer Panther*, *Liebchen Liebchen* und dergleichen schnappt Mahler auf, und wenn er nun auch imstande wäre, Noten zu lesen, dann würde sich ihm der Eindruck noch verstärken, dass sich diese Melodien eher nicht so recht unter den Oberbegriff *Jazz* stel-

len lassen wollen. Er begreift aber, dass dies nicht der Moment ist, um dumme (wenn auch berechtigte) Fragen zu stellen und wendet sich, indem er immer wieder an seinem bittersüßen Likör nuckelt, dem inzwischen am Pianoforte sitzenden Angeli zu. Dieser macht ihm sofort ein Gesprächsangebot, während seine flinke Rechte, gleichsam ein Eigenleben führend, den Tasten ein paar schräge Akkorde entlockt.

Im lockeren Gesellschaftston, gehemmt einzig von einigen Sprachbarrieren, die Mahler mehr oder minder geschickt mit den Händen überwindet, unterhalten sich Angeli und Mahler, derweil drüben, zwischen Lang und Brocksieper, das Hin und Her unvermindert weitergeht. Die sporadisch von Brocksieper herübergesandten Blicke, die mit einem Augenrollen einhergehen, machen deutlich, dass ihm der Kragen zu platzen droht.

Endlich aber scheint der Inspektor besänftigt, vielleicht ist es auch die spürbare Unruhe im Publikum, die in Wellen auf die kleine Bühne überschwappt, jedenfalls lässt Lang endlich von Brocksieper ab.

Die Sache aber ist noch nicht vorbei. Offenbar fest entschlossen, nun Mahler in die Mangel zu nehmen, steht Lang plötzlich am Klavier, stützt sich mit spitzem Ellbogen auf das dumpf sich beschwerende Gehäuse und schleudert dem Schweizer einen verächtlichen Blick entgegen.

Schriftsteller also.

Mahler nickt.

Er habe noch nie von ihm gehört.

Das werde er sicher noch.

Ob er etwa über diese Bande schreibe, fragt Lang,

macht Anstalten, auf den Boden zu spucken (tut es dann aber doch nicht) und zeigt in die Richtung von Brocksieper und der noch immer verwaisten Notenständer um ihn herum.
Ganz recht.
Das tue er sicher im Auftrag von jemand, hoffe er.
Mahler nickt und zeigt, wie er das andernorts schon gesehen hat, vielsagend gen oben, zur Decke.
So. Gut. Einen Ratschlag möchte er ihm aber dennoch auf den Weg geben.
Ja.
Er solle nicht alles glauben, was man ihm hier erzähle.
Er sei Schriftsteller, er glaube nicht einmal das, was er selbst erzähle.
Der Lange lächelt kühl. Dann ändert sich schlagartig seine Miene.
Dem Brocksieper müsse man genau auf die Finger schauen.
Dem Brocksieper?
Der Lange nickt gravitätisch.
Ein Jude.
Ein halber, seines Wissens, wirft Mahler ein. Und eigentlich sei nur seine Mutter eine Jüdin, wobei im Grunde es auch nur deren Mutter gewesen sei; wenn man es also genau nehme ...
Eben. Wenn's nach den Juden selbst ginge, wäre er nämlich ein ganzer.
Aha.
Ja. Ein Glück also eigentlich, dass die Juden keine Gesetze machten, nicht wahr? Die wären imstande und würden sich selbst ans Messer liefern.

Mahler schluckt, doch der Klops in seinem Hals, Größe Königsberg, will nicht weichen.
Aha, sagt er nochmal.
Obacht jedenfalls. Jude, Halbjude, letztlich sei das gleichviel. Aus einem halb verfaulten Apfel könne ja auch nur ein zur Gänze verfaulter werden, aber niemals ein gesunder, nicht wahr?
Gewiss, sagt Mahler, und räuspert sich.
Eben. 'n Abend noch. Auf Wiedersehen.
Hoffentlich nicht, denkt Mahler und sieht ihm hinterher, bis er endlich nach dem Ausgang hin entschwunden ist, und jetzt erst bemerkt er, dass wie zufällig Eugen Henkel, Meg Tevelian und Charly Tabor hinter dem Vorhang hervor- und aus dem Publikum herausschlüpfen, fast als hätten sie sich dort ... ach was, verscheucht er den seltsamen Gedanken und nähert sich Brocksieper, vielleicht um mit ihm die Begegnung, die eben stattfand, zu kommentieren. In diesem Moment aber verstummt Mahler, denn was sich vor seinen Augen abspielt, erfordert seine ganze Aufmerksamkeit: Brocksieper, mit stoischer Ruhe, friemelt ein Klebeetikett nach dem anderen von den Notenheften, plötzlich steht da wieder *Black Tiger* und *Goody Goody*, und auch die Notenblätter selbst wirken um ein Gutteil schwärzer als eben noch. Mahler richtet einen fragenden Blick gegen Brocksieper, doch der deutet mit dem Zeigefinger auf seine Armbanduhr und reißt dann kurzerhand einen Rhythmus an.

Berlin, im Jahr 1941

Gut, anders. Mahler hat verstanden, dass die Bruchlinien dieser Angelegenheit nicht zwischen zwei Menschen verlaufen, dass es nicht um einen Streit zweier Musiker geht, die sich ums Saxophon, den Platz im Orchester oder ein Mädchen zanken. Er hat es verstanden vorhin in der Ciro Bar, wo er mit Brocksieper und Angeli zusammengesessen hat zum wohlverdienten Bier nach erledigter Arbeit, er hat es verstanden, nachdem man ihn dort geradewegs ins Bild gesetzt hat, was es mit diesem Lang, RMK, auf sich hat, wobei dieser Lang natürlich nur einer von vielen und bloß der Vertreter einer Ordnung ist, die im Hintergrund waltet. Jedenfalls: Ihre freien Engagements, hat ihm Brocksieper erklärt, die Konzerte und Einsätze außerhalb der Aufnahmeräume des Radios, auch ihre Privataufzeichnungen, das alles unterliege genauso den Kontrollen der RMK wie jeder beliebige Auftritt eines anderen Orchesters, und zwar nicht *obwohl* Brocksieper und Konsorte sozusagen zu Doktor Goebbels' persönlichem Orchester gehörten, sondern gerade *weil* dem so sei. Eine Sonderbehandlung, Privilegien, unerklärliche Laschheit gegenüber gewissen Personen, nun, das würde bloß unnötigen Verdacht erregen, würde Gerüchte fördern, die man, also das Ministerium, vermeiden möchte. Komme dazu, so Brocksieper weiter, dass ihre Arbeit im Ministerium sozusagen einem höheren Zweck diene, der die Mittel, den Jazz also, durchaus heilige, aber das bedeute noch lange nicht, dass man damit in der Öffentlichkeit hausieren gehen dürfe, auch wenn man das trotzdem versuche.

Der Konflikt also, resümiert Mahler nun das Gehörte auf dem Heimweg, der ihn vom Wittenbergplatz nach dem Landwehrkanal führt, der Konflikt in dieser Sache verläuft vielmehr zwischen dem Orchester einerseits und dem Umfeld – *der Gesellschaft*, wenn man so möchte – andererseits. Man pflegt einen Musikstil, seit Jahren schon, der unerwünscht ist, und jedes Spiel, jedes Konzert, jeder Auftritt ist ein Antasten, ein Anschmiegen, ein Entlanggehen an Grenzen, die Jahr für Jahr enger und undurchlässiger werden, die zu umgehen immer schwieriger wird, bis es irgendwann *zu* schwierig wird, es schließlich angeraten scheint, davon abzulassen, sich auf anderes zu verlegen. Tausende haben das getan, weiß Mahler, andere haben zur Gänze aufgehört, aus eigener Überzeugung, dass es so keinen Sinn mehr ergebe, oder weil sie ungebetenen Besuch erhalten haben. Dieser Aussicht müssen auch Brocksieper und Templin und Henkel gegenübergestanden haben, warum auch nicht, aber – und nun kommt dieses Aber – ihnen hat sich plötzlich ein Schlupfloch geboten, ein wundersames Schlupfloch, gar zu schön, um wahr zu sein, diese Jazzband nämlich, wo man, im Geheimen zwar, aber doch ohne unmittelbare Gefahr seiner wahren Leidenschaft nachgehen kann. Und doch tut man das im Wissen, dass dieser Schwebezustand nur so lange anhält, wie Goebbels und seine Ideen Bestand haben gegen andere Überzeugungen im Staatsapparat, und auch, dass Goebbels letztlich ebenso wie seine Gegner auf eine Zukunft hinarbeitet, in der es diesen Schwebezustand, von dem sie zehren, so nicht mehr gibt.

Und damit ist der durch die hoffnungslos schwarze Berliner Nacht schreitende Mahler in seinen Überlegungen zu jenem Fluchtpunkt gelangt, auf welchen sämtliche Lösungen des Dilemmas, in welchem sich sein Jazzorchester befindet, zulaufen. Man kennt das: Heinrich Lee wird Maler oder er stirbt. Botho von Rienäckers und Lenes Liebe überwindet die Grenzen ständischer Ordnung oder sie zerbricht daran. Der Ritter der traurigen Figur und sein dicklicher Kumpane machen die Wirklichkeit ihrer Fiktion Untertan oder sie werden von ihr eingeholt. Bei Angeli, Brocksieper, Henkel und Templin würde die Überwindung des Dilemmas bedeuten, dass die von ihnen gehegte, gepflegte und geliebte Musik überleben, dass sie über die Zeit hinweg gerettet würde, oder aber endgültig ausgelöscht. (Dass auch einem beträchtlichen Teil der Musiker präzis dieses Ende droht, ist Mahler natürlich nicht entgangen, aber in einem Propagandaroman, findet er, macht man mit einem *solchen* Konflikt nun einmal keinen Staat – oder etwa doch?)

Aber wie gießt man das in eine Erzählung, fragt sich der vom Ufer des Landwehrkanals etwas gar spät abgebogene und deshalb nun auf der Höhe des Anhalter Bahnhofs in die Wilhelmstraße eingebogene Mahler. Für eine Weile bleibt er vor dem Luftfahrtministerium stehen, in Gedanken versunken und sich seine Nichtigkeit gewissermaßen plastisch vor Augen führend. Die Biographie des einzelnen Menschen ist das Maß des Romans, unter Umständen auch die Geschichte einer

Familie, aber in jedem Fall das menschliche Leben, das Wesen als Einzelnes. Wo aber Massen, wo Bewegungen, wo Gruppen, Strömungen und Parteien auftauchen, wo er das Maß des Menschen verlassen und nach der Darstellung von Größerem strebt, wird der Roman gesprengt, reißt nach allen Seiten hin auf, wird sozusagen ein Meer ohne Küste.

Was aber, hebt Mahler mit sich selbst zu sprechen an, was aber, wenn *man* (und damit meint er natürlich mal wieder sich selbst) beispielsweise, sozusagen, gewissermaßen, *sein* Leben nähme, seine eigene Geschichte, oder aber, auch beispielsweise und noch viel besser, Froehlichs Leben, um es als Garn aufzuspannen, auf dem dann Charlies Orchester und seine Mitglieder wie Perlen aufgereiht wären, gleichförmige, lose Perlen, jede für sich funkelnd, jede durch einen Knoten scheinbar von der anderen getrennt, aber im Hinter-, im Untergrund doch zusammengehalten von – ja eben, von ihm selbst! Einen vielstimmigen Text ergäbe das, einen Roman wie eine Jazzband, Mahler und Joyce übernähmen den Part der Rhythmusgruppe, gäben gewissermaßen den Takt an, während Angeli, Schwedler, Brocksieper, Henkel, Tevelian und Templin immer wieder einfallen, sich daruntermischen, dazwischen wirbeln würden.

Mahler ist berauscht von dieser, wie er möglicherweise zu Unrecht findet, vortrefflichen Idee, und zwar nicht zuletzt deshalb, weil er darin seine eigene Eitelkeit befriedigt findet. Nachdem er auf seinem Zimmer angelangt ist, macht er sich sofort daran, eine erste Skizze auf ein lose umherliegendes Blatt zu werfen, einen Entwurf, mit dem im Gepäck er dann bei Froehlich vorzusprechen gedenkt. Und weil er auch diesen anfällig für Nettigkeiten und Bauchpinselei hält (wer würde denn nicht davon träumen, Hauptfigur eines Romans zu werden?), zweifelt er keine Sekunde daran, dass er dort die nötige Unterstützung für sein Unterfangen finden wird.

Berlin, im Jahr 1941

Am 7. November 1941, in der Charlottenburger Kastanienallee, in einer der oberen Wohnungen von Nummer 29, im Wohnzimmer, auf dem der Eingangstür zugewandten Sofa, mit überschlagenen Beinen, so dass unter dem rechten, hochgerutschten Hosenbein die türkenhonigfarben gemusterten Seidensocken hervorlugen, sitzt in einer Mischung aus Vorfreude und Anspannung an seinem zerzausten Schnurrbart knabbernd Fritz Mahler, lauscht der lockeren Swingmelodie, die von irgendwoher ins Wohnzimmer plätschert, und tut sich an den in kleinen Porzellanschälchen dargebotenen Essiggürkchen, Silberzwiebelchen und Kapernäpfelchen gütlich, während der Gastgeber... Ja, wo steckt der denn? Ah, da kommt er endlich, mit einem schelmischen Grinsen im Gesicht und zwei großzügig eingeschenkten *Manhattan* in Händen hinter der Küchentür hervorgeschlüpft und stellt, nachdem er wie von Zauberhand seine Denkschrift *Dämmerung über England* (Internationaler Verlag Cesare Santoro, Berlin 1940) und ein stark zerlesenes Exemplar des Münch-

hausen beiseitegeschoben hat, die Mischgetränke vor Mahler auf den dunklen Sofatisch.
Froehlich kleidet ein tailliertes graues Jackett aus englischem Tuch, eine gestreifte Krawatte äugt aus dem Ausschnitt seines Strickpullovers, breite Knickerbocker bedecken die Beine. Vielleicht ist es dieser Aufputz, vielleicht ist es die stark überheizte Wohnung, weshalb seine glattrasierten Wangen so sehr glühen, von denen sich umso weißer die Narbe abhebt; sie verleiht, möchte man meinen, jedem seiner Worte besondere Schärfe.
Die beiden prosten sich zu, genehmigen sich einen ordentlichen Schluck, der wohlig brennt im Gaumen; Froehlich steckt sich eine Zigarette in den Mund und gibt sich selbst Feuer. Damit ist der Abend eröffnet, damit ist der Boden bereitet für eine gepflegte Konversation zwischen diesen grundverschiedenen und dann doch wieder überraschend ähnlichen Männern, beide – der eine im Radio, der andere in der Literatur – im buchstäblichen Sinne *προφῆται*, *Voraus*sager, die in ihrer Heimat sprichwörtlich nichts gelten, und die selbst hier, in Berlin, wo sie das Schicksal (oder das Ministerium für Volksaufklärung und Propaganda) zusammengeführt hat, so etwas wie Außenseiter geblieben sind.
Doch wie finden sie ins Gespräch hinein? Welcher Gegenstand ist ihnen Brücke, über die sie ins Gedankenreich des anderen hinübergelangen? Macht Mahler dem Gastgeber Komplimente zur geschmackvollen Einrichtung, spricht er die Bücher an, die aus allen Regalen quellen, kommentiert er die Kopien englischer Renaissanceportraits an der Wand, fragt er, von wem sie gemalt wurden (Robert Devereux und

Walter Ralegh von William Segar, Anne Boleyn von einem unbekannten Künstler) und wo die Originale hängen (Irische Nationalgalerie, Dublin)? Schwer zu sagen. Tatsache ist: Nach einer halben Stunde ist Mahlers Vorhaben skizziert, sind die Marksteine gesetzt, die Umrisse gezeichnet. Froehlich zeigt sich interessiert, und zwar auf eine dem Mahlerschen Vorhaben durchaus gewogene Art und Weise. Er macht sachliche Anmerkungen, stellt Fragen, die hier und da vielleicht etwas gar offensichtlich der Höflichkeit wegen eingestreut sind, doch das tut dem Ergebnis keinen Abbruch: Froehlich ist einverstanden, mehr noch, er ist recht eigentlich angetan von der Idee, das Hauptaugenmerk des Romans von Doktor Goebbels' Jazzorchester ein kleines bisschen abzuziehen und um genau dieses bisschen stärker auf ihn, Wilhelm Froehlich, zu legen. Ist zwar nicht unbedingt im Sinne des Auftraggebers, findet er, aber das muss ja niemand merken, und falls doch, dann sitzt Mahler ganz alleine in der Tinte, während er einfach von nichts gewusst haben wird.

Mahler atmet hörbar auf. Zwischenzeitlich hatten Zweifel an ihm genagt, er hatte sich in so mancher schlaflosen Nacht gefragt, ob Froehlich überhaupt einverstanden sein *könne* und nicht vielmehr entschieden dagegen sein *müsse*, zu einer gewöhnlichen Figur herabgesetzt zu werden und seine Taten, Worte und Überzeugungen – überhaupt: sein Leben – in den Dienst plumper literarischer Unterhaltung gestellt zu sehen. Aber nichts da, all seine Befürchtungen, all seine Zweifel sind, wie sich jetzt herausgestellt hat, vollkommen unbegründet gewesen.

Mahler ist mit einem Mal leicht ums Herz, seine blauen Augen blinzeln vor Freundlichkeit. Am liebsten würde er die ganze Welt umarmen, zumindest aber seinen Gastgeber, hält sich jedoch zurück. Bei dem Anzug, sagt er sich, wäre das viel zu schade. Trotzdem will sich seine Euphorie Luft verschaffen, alles in ihm drängt darauf, diesen spürbaren Schwung mitzunehmen und sein Unterfangen sogleich in die Tat umzusetzen, oder zumindest, weil ein Abschluss ja doch nicht denkbar ist, anzufangen, und zwar, wie er seinem Gastgeber nun vorschlägt, während er sein Notizbuch aus der Brusttasche seines Jacketts holt, am besten *ganz von vorne*.
Ja gut, seinetwegen gerne, sagt Froehlich und richtet sich sogleich auf, streckt seinen Rücken durch, legt seinen Kopf in den Nacken und hebt den Blick, wie um sich in ein besseres Licht zu rücken. Und tatsächlich, die Bogenlampe hinter dem Sofa, die sich galgengleich über seinen Kopf herabneigt, scheint nun nahezu senkrecht auf sein Gesicht, so dass sich die hellen Partien flächiger, die Vertiefungen deutlicher und die Kanten schärfer ausnehmen.
Also, hebt Mahler an, geboren am 24. April 1906 als Sohn eines Iren.
Froehlich schnaubt durch die Nase.
Nein?
Sein Vater sei damals eigentlich schon Amerikaner gewesen, und überdies sei er selbst in New York geboren.
Also Amerikaner.
Eher Brite.
Brite? Ob er denn also in England aufgewachsen sei.
In Irland.

Seiner Meinung nach spreche das dafür, dass er Ire sei.
Irland habe damals zum Empire gehört.
Also besitze er die britische Staatsbürgerschaft.
Ja. Das heiße, nein.
Mahler hält inne, führt sich das Ende des Bleistifts an die Lippen.
Er habe einen Reisepass besessen, aber streng genommen keine Staatsbürgerschaft.
Das verstehe er nicht, sagt Mahler wahrheitsgemäß.
Er habe, nun, beim Antrag *etwas geschwindelt*.
Etwas.
Ja.
Also kein Brite, sagt Mahler.
Doch.
Mahler seufzt. Puh. Das sei, wenn er sich den Kommentar erlauben dürfe, *kompliziert*.
Er sei eben πολύτροπος, sagt Froehlich entschuldigend und setzt sein bestes Lächeln auf.
Wie bitte?
Das sei griechisch und heiße *vielgewandt*.
Schon klar.
Also.
Ob er sich etwa gerade mit Odysseus vergleiche, will Mahler wissen.
Gut möglich, sagt Froehlich, in England gebe es zumindest auch einen Hund.
Einen Hund.
Der auf seine Rückkehr warte.
So. Wie der denn heiße.
Churchill.

Mahler räuspert sich, und seine Augen finden sich zu einem schiefen Blick verleitet, der, gewollt oder nicht, erst sein leergetrunkenes Glas trifft und dann Froehlich, in dessen Antlitz es alsbald zu arbeiten beginnt. Nach ein, zwei Sekunden wirft dieser die Hände in die Höhe, stammelt eine Vielzahl von Entschuldigungen, springt auf und stiefelt schnurstracks in die Küche. Eine Minute später kehrt er, unter jedem Arm zwei Flaschen, ins Wohnzimmer zurück, fragt Mahler, was ihm denn genehm sei, und gießt ihm, ohne eine Antwort abzuwarten, einen Whiskey ins Glas.

Höre er, sagt Froehlich schließlich, das mit diesen Staatsbürgerschaften, das führe zu nichts.

Im Gegenteil, er, Mahler, finde das sogar ...

Papperlapapp! Er solle *Brite* schreiben, das reiche vollkommen. Den Rest interessiere ohnehin niemanden. Viel wichtiger sei, dass Mahler erwähne, dass er, Froehlich, *die englische Stimme Nazideutschlands* sei.

Das könne man doch nicht schreiben, protestiert Mahler.

Und wie man das könne. Und wenn er schon dabei sei, müsse er auch sagen, dass er Goebbels' Nummer eins sei.

Mahler winkt energisch ab.

Froehlich gerät für einen Moment aus der Fassung und läuft rot an. Ob Mahler etwa daran zweifle, dass dem so sei.

Nein nein.

Na also.

Aber.

Aber was.

Das müsse man etwas subtiler formulieren, quasi mit der feinen Klinge herausarbeiten, mit dem Skalpell ...
Unsinn, Mahler, im Krieg komme man nur mit der Brechstange weiter.
Literatur sei nun einmal keine Propaganda, gibt Mahler zu bedenken.
Was? Er höre wohl nicht recht, sagt Froehlich und hält sich die zum Trichter geformte Rechte vors Ohr. Natürlich sei Literatur *dem Prinzip nach* nichts anderes als das. Beispiel gefällig? Bitte schön: Hier wie dort nehme man eine Prise Wirklichkeit, um sie dann so lange zu verzerren und zu verbiegen, bis die Sache eine leicht verständliche und glaubhafte Geschichte abgebe. Im Grunde sei das, was er, Froehlich, tagtäglich ins Mikrophon spreche, genauso sehr Literatur wie das, was Mahler und seine Schriftstellerkameraden schrieben. Dass man das eine Propaganda, das andere Literatur nenne, sei letztlich bloße Wortklauberei.
Mahler, der sich gründlich an seinem Whiskey verschluckt hat, will etwas einwenden (möglicherweise dass Literatur und Propaganda ganz unterschiedliche Intentionen zu Grunde liegen), doch der Husten will nicht weichen.
Ja, sagt Froehlich. Und dann dürfe auch die Liebe nicht zu kurz kommen.
Die Liebe, fragt Mahler, der sich wieder gefangen hat, und runzelt die Stirn. Jetzt, denkt er, treibt es Froehlich aber langsam zu bunt.
Ja, sagt der und zwinkert ihm zu. *Novel, a small tale, generally of love.*
Mahler schaut ihn schweigend an.

Das sei ein Zitat.
Er gehe davon aus.
Ja.
Nun, sagt Mahler vorsichtig, er habe es nicht so mit der Liebe.
Er möchte doch wohl schon einmal verliebt gewesen sein, insistiert Froehlich.
Das sei es ja, erwidert Mahler und erzählt ihm dann, in einer vor sich selbst ungekannten Offenheit, von der ersten und einzigen Liebe seines Lebens, die ganz furchtbar geendet habe und die nichtsdestotrotz jenen winzigen Punkt in seinem Gedächtnis darstelle, an dem sein erkaltetes Dasein sich manchmal ein wenig aufzuwärmen vermöge.
Nun, sagt ein angesichts solcher Mengen Selbstmitleids ziemlich verlegener Froehlich und hüstelt sich in die vorgehaltene Faust.
Er gräbt lange nach einer passenden Entgegnung, und während er nachdenkt, nippt er ständig an seinem Glas. Mahler müsse ja, sagt er schließlich, nicht über *seine* Liebe schreiben, oder wenigstens nichts Wahrheitsgemäßes. Oder aber er schreibe über die Liebe anderer. *Ganz einfach.*
Über Margaret zum Beispiel?
Zum Beispiel, ja. Seinetwegen auch über Margaret und ihn, Mahler, wenn ihm der Sinn danach stehe.
Mahler hebt seine Brauen. Er habe eher an ihn, Froehlich, und Margaret gedacht.
Nun ja, ihn und Margaret gebe es in dieser Form nicht mehr. Margaret, müsse Mahler wissen, habe ... nun also ... Affären gehabt. Liaisons. *Seitensprünge.*

So, sagt Mahler.
Verrat, sagt Froehlich, und er sagt es ganz besonders durch die Nase.
Mahler nickt. Er habe schon verstanden.
Deswegen habe man sich ja scheiden lassen, sagt Froehlich.
Das tue ihm leid.
Das müsse es nicht, es sei ja nicht Mahlers Schuld. Und indem er den Schweizer von unten herauf ansieht: Das hoffe er zumindest.
Mahlers Blick fällt unweigerlich zu Boden, sucht Zuflucht auf den Dielen, doch überall, aus jedem Astloch, starrt es zurück.
Das sei ein *Scherz* gewesen, höre er, sagt Froehlich kichernd, ein *Scherz*.
Ach so.
Das heiße, wenn es ihm beim Schreiben helfe, dürfe er seine Schuldgefühle auch gerne weiter nähren.
Er werde darüber nachdenken, sagt Mahler konziliant, und auch wenn ihm in erster Linie daran gelegen ist, das Gespräch auf einen anderen Gegenstand, jedenfalls aber weg von diesem heiklen Thema zu lenken, ist es noch nicht einmal gelogen. Selbst wenn er weiß, dass er sich Froehlichs Rat insofern nicht zu Herzen nehmen wird, als dass er keinen Liebesroman schreiben wird, so wird er sich ihn gleichzeitig *eben doch* zu Herzen nehmen, und zwar dahingehend, dass er sich nun in den nächsten Wochen, Monaten und – wer weiß – Jahren mit dem Für und Wider von Froehlichs Vorschlag und seinen eigenen Vorstellungen herumschlagen wird.

Ja, nachdenken, das sollte ein jeder, bevor er etwas schreibe, erwidert Froehlich und hebt gerade dazu an, einen weiteren Allgemeinplatz hinzusetzen, als plötzlich aus dem Lautsprecher, aus der Küche, aus dem Schlafzimmer, von überallher eine gespenstisch langsam auf- und abschwellende Sirene aufheult. Mahlers Contenance ist augenblicklich dahin, er fährt zusammen, und mit den weit gespreizten Fingern seiner Hände vergittert er sich den Blick. Der Luftalarm, findet er, hat seit dem ersten Mal nichts von seinem Schrecken verloren.

Was nun folgt, sind bange Stunden für Mahler, und zwar nicht zuletzt deshalb, weil Froehlich von Angst überhaupt nichts wissen will. In Aufregung versetzt ihn einzig die Tatsache, dass er seine Photokamera nicht auf Anhieb finden kann, doch als diese – Gott weiß, wie sie dahin gekommen ist – unter einem Haufen schmutziger Wäsche entdeckt und mit einem neuen Film versehen ist, hält eine geradezu stoische Ruhe in ihm Einkehr. Mahlers Frage nach dem nächsten Luftschutzbunker nimmt er ganz als solche, indem er ihm die genaue Adresse und sogar eine recht akkurate Beschreibung des Grundrisses liefert, und bittet dann den zu Tode erschrockenen Schweizer, nachdem er ihm und sich selbst im Handumdrehen einen *Airmail* ins Glas gemischt hat (so viel britischer Humor muss sein), hinaus auf seinen Balkon, der zur Straße hinausgeht, nach Nordwesten. Und dort nun erkennt man, am vom Abwehrfeuer erleuchteten Himmel, die im Flaklicht aufblitzenden Silhouetten der ersten Bomber, die in nahezu vollkommener Keilform ihrem Ziel entgegenschweben; in immer dichterer Folge rollt das Donnern der Abwehrgeschütze über die Stadt, das nervös flackernde Firmament ist durchsetzt von weißen und schwarzen Wattewölkchen, die sich aus zerfließenden Feuerbällen nähren, welche eben noch, als winzige Lichtfunken, in den hell erleuchteten Nachthimmel gestiegen sind. Ein erster Flieger verglüht als kugliges Glimmen und sinkt langsam herab, ein anderer bricht in der Luft auseinander und zergeht zu Funkenstaub, wieder ein anderer trudelt zu Boden, mit brennendem Schwanz und eine helle Rauchspirale hinter sich herziehend, aus der sich plötzlich ein brennendes Etwas löst, das mit beunruhigender Langsamkeit zu Boden schwebt; hier, weiß Mahler, verglüht ein Mensch an seinem nutzlos gewordenen Fallschirm.

Die Bomber indes geben sich unbeeindruckt, wie riesige stählerne Insekten summen sie dahin, nichts rüttelt an ihrer vorgezeichneten Bahn. In geradezu gespensterhafter Choreographie, wie in einem Wirklichkeit gewordenen Gemälde von Niklaus Manuel, rollt sich ihr Angriff am Himmel ab, und das lebhafteste Abwehrfeuer wird ihn nicht abwenden können. Und wirklich, schon sind in der Richtung, nach der Froehlichs unablässig klickende Kamera ihr Objektiv gerichtet hat, riesige Rauch- und Staubwolken erkennbar, und ein dumpfer Flammenschein spannt sich als todeskündender Schirm über die Gegend, über der sich die Bombenschächte öffnen. *Alone, alone, with the sky black with planes in flight*, geht Mahler nun plötzlich durch den Kopf, und sofort fühlt er seinen Körper von einem kalten, düsteren Schauer durchflossen, der ihn gar Stunden später, als längst Entwarnung gegeben wurde und er sich zu Fuß auf den Heimweg begibt, noch fest im Griff hält. Mit verkrampfter, zugeschnürter Seele geht er durch eine Stadt, die sich allmählich wieder zu rühren beginnt und dann doch wieder nicht. Alles ist von einer unheimlichen Ruhe erfüllt, die Menschen gehen schweigend ihrer Wege, ihre Schritte verhallen leise und unauffällig, und es scheint ihm, als wäre Berlin nurmehr von Schatten bevölkert.

Berlin, im Jahr 1942

Mahler sammelt alles, was ihm für seinen Stoff wichtig erscheint, und zunehmend ist das, ganz im uneingeschränkten Sinne, *alles*; die Unterscheidung zwischen *scheinbar wichtig* und *wirklich wichtig* fällt ihm immer schwerer, eigentlich weiß er nicht einmal mehr zwischen *wichtig* und *unwichtig* zu unterscheiden, worin man jene Binsenweisheit bestätigt sehen mag, dass jemand von einer bestimmten Sache nur genug stark geblendet sein muss, um alles und jeden in ihrem Licht zu betrachten. Und tatsächlich: Je eifriger er sich seinen Recherchen hingibt, desto mehr Zusammenhänge zeigen sich ihm auf, überall meint er, auf ihn gemünzte Hinweise zu entdecken, zum Beispiel: Auf einem Spaziergang im Prenzlauer Berg verliert er sich so sehr in seinen Gedanken zum Arrangeur des Orchesters, dass er sich auf einmal in einer abgelegenen Seitenstraße wiederfindet, welche, wie er mit Erstaunen feststellt, *Templiner Straße* heißt. Oder: Am Kleistgrab, das er unlängst besucht hat, ist ihm aufgefallen, dass der Dichter präzis in jenen Jahren in Thun gewesen war, da auch einer von Mahlers Ahnen in der unmittelbaren Umgegend gewohnt hatte. Und: Wie dessen Vetter, von dem jener das kleine Eigentum an den Ufern der Aare geerbt hatte, hatte auch Kleist die Pistole gegen sich selbst gerichtet.

Seine Schreibhemmnisse indes sind nicht geringer geworden, seitdem er sich entschlossen hat, Froehlich zur Hauptfigur seines Romans zu erheben, zumal ihm nun, da dieser davon weiß, jede Rückzugsmöglichkeit genommen ist. Noch viel ärgerlicher will ihm erscheinen, dass er sich mit Froehlich einen zusätzlichen Störenfried ins Boot geholt hat. Schon bei Brocksieper, Templin, Angeli und all den anderen ist ihm, wenn er mit ihnen gesprochen hat, oft aufgefallen, dass sie sich aus Eitelkeit, Geltungsdrang, Selbstverliebtheit oder auch nur aus bloßer Widerspenstigkeit (die Schwedler einmal ganz unverschämt *Wahrheitsanspruch* genannt hat) ungern in die von Mahler vorgesehene Form pressen lassen.

Mahler verflucht sich, nachgegeben und Zugeständnisse gemacht zu haben. Er hätte hart bleiben müssen, aber jetzt ist es zu spät. Immer sieht er, wenn er an diesem Punkt seiner Gedanken angelangt ist, dieses alberne, durch und durch lächerliche Bild des Autors als Halbgott vor sich, den er sich früher immer als unangreifbaren, unfehlbaren und allmächtigen griechischen Jüngling vorgestellt hat, und ein verzweifeltes Lachen überkommt ihn, wenn er sich dieses Bild in Erinnerung ruft. Nichts als ein erbärmlicher Zirkusdompteur ist er, einer, dem die Kontrolle über die chaotische Horde seiner Tiere längst entglitten ist, ein lausiger Laiendarsteller, der mit seinem speckigen Zylinder und einem ausgebeulten Anzug das Publikum längst nicht mehr zu blenden versteht.

Vielleicht, um sich von dieser unangenehmen Wahrheit abzulenken, möglicherweise aber auch, um den Verpflichtungen seiner Arbeit umso gewissenhafter nachzukommen, willigt er ein, mit Froehlich und Margaret ins Kino zu gehen. Noch einmal soll *Mein Leben für Irland* gezeigt werden, Max Kimmichs schwellbrüstiger Streifen mit Will Quadflieg, Anna Dammann und Werner Hinz in den Hauptrollen, der vor Jahresfrist für Furore, Tamtam und hier und dort auch für lange Gesichter gesorgt hat. Damit, so hofft Mahler, sind gleich zwei Fliegen mit einer Klappe geschlagen: Er wird Näheres über den irischen Unabhängigkeitskrieg erfahren, der nun notgedrungen eine Rolle in seinem Roman spielen wird, und gleichzeitig ergibt sich dabei die Gelegenheit, Froehlich und Margaret bei der Fortführung ihres – nun – Verhältnisses zu beobachten.

Man trifft sich zuerst an der Kantstraße / Ecke Fasanenstraße, um vor der Aufführung noch ein Glas Bier und ein paar Kurze zu schnappen, *Delphi-Palast* heißt das Stichwort. Eine lockere Melodie tröpfelt von der Decke, hier und dort sind mit Hilfe der Tischtelephone Paare zum Tanz zusammengekommen, an der Theke findet im kurzen Abstand Bier in gierige Hände, und über allem ruht das beglückende Glimmen einer künstlichen Sternennacht.

Die Begrüßung ist euphorisch, als Mahler seinen Auftritt macht, Handschlag, brüderliche Umarmung, Küsschen Küsschen, und schon klackern die ersten Gläschen auf dem Zinktresen. Margaret, die ein Seidenkleid in dezent changierenden Rhabarbertönen trägt (vielleicht leidet Mahler aber auch an einer milden Form von Farbsehschwäche), lehnt lässig gegen die Theke, derweil Froehlich, heute wieder einmal im feinen englischen Zwirn, sich zu ihrer Rechten aufgestellt hat und die Linke in leicht gekrümmter Zutraulichkeit auf ihrer Schulter ruhen lässt.

Die Stimmung ist heiter, aufgeräumt, wieder einmal, muss man sagen, oder *immer noch*; Mahler ist erstaunt, so hätte er das nicht erwartet zwischen Geschiedenen. Er ist ganz eingenommen von der Leichtigkeit, die ihr Miteinander umgibt, mit Interesse verfolgt er ihre Liebkosungen, Komplimente und kleinen Scherze, und nie ist er sich sicher, ob sie echt sind oder falsch. In ähnlicher Weise fällt es ihm dann, als die drei anderthalb Stunden später den Vorführungssaal betreten, ihre bierschweren Körper in die schwellenden Polster der Plüschsessel sinken lassen und endlich die elektrische Dämmerung über sie hereinbricht, immer schwerer, den Geruch nassen Laubs und feuchter Wollmäntel im Saal von der irischen Szenerie auf der Leinwand zu scheiden, und als er dort schließlich einen zum Tode verurteilten Iren auf den Galgen zuschreiten sieht, glaubt er in seinem Antlitz die Züge von Wilhelm Froehlich zu erkennen, dieweil er zu seiner Rechten, nach der er nun den Kopf wendet, plötzlich Werner Hinz alias Michael O'Brien mit seiner Frau sitzen meint.

Wie in einer metaphysischen Schmierenkomödie also haben sich ihm Wirklichkeit und Einbildung vertauscht, und er reibt sich ungläubig die Augen. Es ist ihm, wie einem Maler zumute sein muss, der die längste Zeit an einem Bild arbeitet und sich dann, mit einem Mal, aus der Laune einer niederträchtigen Gottheit heraus, in dieses hineingestoßen und den Monstrositäten seiner eigenen Phantasie ausgesetzt sieht. Und deshalb weiß Mahler nicht, ob sich da, just nach der Hinrichtungsszene, tatsächlich eine Hand über die Sitzlehne legt und nach einigem Zögern in die Höhlung der seinen schleicht, eine Hand, von der er erstaunlicherweise sehr wohl weiß, wem sie gehört. Ja, verblüfft ist er, und doch, wie stets in traumgleichen Situationen, sagt er sich, dass es damit wohl schon seine Richtigkeit haben werde, und lässt es geschehen.

Und nun kommt es, wie es kommen muss, es kommt nämlich eins zum anderen. Wir lassen an dieser Stelle den Daumen etwas rascher über das Abblätterbuch unserer Erzählung gleiten, überspringen die unwesentlichen Einzelheiten, und beschränken uns auf die Tatsache, dass man sich nächstentags wieder trifft, zu zweit diesmal, und nach einer viel zu langsam verstreichenden Woche noch ein drittes und ein viertes Mal. Beiden scheint das viel zu wenig, aber Margaret ist leider nicht nur von ihrer Arbeit in Anspruch genommen, sondern genauso von Froehlich, und das ganz wörtlich: Noch immer will er, dass sie ihre freien Tage mit ihm verbringt, man hat sich damals, in London, schließlich geschworen, sich nicht im Stich zu lassen. Daran muss ja eine Scheidung nichts ändern, oder?

Nun, die Sache ist schwierig. Den Umstand, dass Mahler seinen Auftraggeber hintergeht, einmal geflissentlich beiseitegelassen, entwickelt sich auch die Sache zwischen Margaret und ihm beileibe nicht geradlinig. Es ist ein beständiges Drehen und Wenden, ein Hin und Her, ein Absterben und Anfachen der Zuneigung, ein Getänzel auf Messers Schneide. Ja, überhaupt der Tanz, dieser Schwebezustand zwischen Sturz und Überwindung der Schwerkraft, zwischen Vernunft und Leidenschaft, zwischen Leben und Tod, steht, bildhaft gesprochen, vielleicht am deutlichsten für diese Verbindung, die sich zwischen ihnen webt, aber dann auch wieder ganz im konkreten Sinn: Man geht auffallend oft in Tanzlokale, denn im Gegensatz zu Froehlich ist Margaret geradezu darauf versessen, ihren Körper in rhythmische Schwingungen zu versetzen. Mahler, da ist er durch und durch zwinglianisch erzogen, kann dem Tanzen im Grunde auch nichts abgewinnen, andererseits bemerkt er bereits beim zweiten Cognac eine allmählich sich vollziehende Abkehr von solcherlei Dünkel, und so trinkt er sich an der Theke immer ganz ordentlich Mut an, um dann recht passable Schritte aufs Parkett zu legen. Und wenn er ab und an trotzdem vor der eigenen Courage erschrickt, geht er einfach zur Bar zurück und trinkt gleich noch einen.
Und hier nun, in einer dieser schummrigen Bars, an einem Abend, an dem Margaret partout nicht genug bekommen will von der Musik und deshalb Mahler wieder und wieder aufs Parkett zerrt, geschieht es, lange nach der verbotenerweise missachteten Sperrstunde, dass sie ihm die drei magischen Worte ins Ohr

haucht, worauf Mahler einen Plan fasst, der die beiden drei Wochen später weichengeschüttelt zur Schweizer Grenze bringt, die sie in der Nacht und im Schutze dichten Bodennebels bei Schaffhausen überqueren.

Oder:
Sie treffen sich erneut, Margaret und Mahler, im Kino, in einem Restaurant am Alexanderplatz, zu einem Bootsausflug auf der Dahme. Man ist durchaus voneinander angetan, und doch ist es stets nicht mehr als ein Nebeneinanderher, ein Sichgegenübersein, ein Gegeneinanderversetztsein; immerzu steht ein Tisch zwischen ihnen, ständig ist eine Sessellehne im Weg, immerzu trennt sie eine Ruderbank, eine Haltestange oder ein unterirdisches Kabel. Ihre Leben laufen nebeneinander her wie die beiden Schienen eines Gleises, die sich erst in der Unendlichkeit berühren, und doch würde Mahler von Liebe sprechen, gerade deshalb. Man tauscht sich aus, man ergeht sich in der Erörterung tiefsinniger Themen, ist sich in Gedanken nahe. Präzis in diesem Abstand, diesem Dazwischen, dieser Distanz, die zwischen zwei Menschen möglich ist, ohne dass sie sich aus den Augen verlieren, ist für Mahler das Höchstmögliche enthalten, zu welchem die Liebe emporzusteigen vermag; mehr ist seinem verknöcherten Empfinden, seiner verschatteten Seele, seinem verpanzerten Herz nicht abzugewinnen.
Keine *Amour fou* also, keine hitzige *Affaire*, deren Hin und Her die Liebenden aus dem Reich der Vernunft verbannt, sondern eine reine, platonische Liebe. Diese Art von Verhältnis entspricht viel eher Mahlers Natur,

die bis in die Höhen (Tiefen?) seines Schriftstellerseins wirkt: Über die Liebe zu schreiben, fällt ihm unheimlich schwer, da die Liebe für ihn etwas Unheimliches ist.

Oder:
Sie treffen sich erneut, Margaret und Mahler, aber rein beruflich. Margaret gibt ihm Informationen über Froehlich, Mahler wird in eine Sichtweise auf den Iren eingeweiht, die anders nicht einzunehmen wäre: Niemand in Berlin, Deutschland, Kontinentaleuropa, hat eine derart umfassende (wenn auch bei weitem nicht vollständige) Außensicht auf ihn wie Margaret.
Von einer Affäre indes kann überhaupt keine Rede sein, Anziehung geht von keinem der beiden aus. Von Mahler nicht, weil er dazu seelisch nicht in der Lage ist, weil er auch sein Verhältnis zu Froehlich nicht gefährden will. Von Margaret nicht, weil sie bereits mit jemand anderem eine Affäre führt und also an einer weiteren (oder einer neuen) überhaupt nicht interessiert ist.
Diese Variante der Geschichte entspricht Mahlers Charakter am stärksten, und vor allem entspricht sie der Wahrheit.

Berlin, im Jahr 1942

Von Margaret, mit der er sich kurz vor Ende November beim Reichssportfeld zum Tee verabredet hat, erfährt Mahler von einer Begebenheit, die er einige Stunden später, in seinem Hotelzimmer, so erinnert:

Im Herbst des vergangenen Jahres, am 1. November, treffen sich Margaret und Froehlich auf einen Spaziergang, in einem Park, unter schattigen Bäumen. Margaret ist eher schweigsam, ganz im Gegensatz zu Froehlich, der so sehr in seine weitschweifigen Reden vertieft ist, dass er den älteren Herrn nicht bemerkt, der ihnen in gemessenem Schritt entgegenkommt; tatsächlich fällt er auch Margaret nicht auf, es sind erst die Passanten, die sich einer nach dem anderen nach ihm umwenden, es ist ihr plötzliches Verstummen und ihr beharrliches Starren, das sie aufmerken lässt, und noch vielmehr ist es der Umstand, dass die Reaktionen seiner unmittelbaren Umgebung im Verhalten des Mannes selbst überhaupt keinen Widerhall finden; unbeeindruckt geht er weiter, ruhig, beinahe feierlich, fast als führte er den Leichenzug seinerselbst an. Erst, als der Mann nur noch einige Meter von ihnen entfernt ist, merkt auch Froehlich auf; er verstummt, bleibt stehen, starrt auf den Mantel des Alten, erkennt endlich den gelben Stern auf der Brust. Froehlich ist erschüttert, jemanden auf diese Weise aus der menschlichen Gemeinschaft verstoßen zu sehen, der Anblick dieses würdevollen Mannes, der durch eine gaffende Menge schreitet, beunruhigt ihn zutiefst. Während des gesamten Nachmittags spricht er von nichts anderem mehr.

Mahler weiß nicht, was er davon halten soll. Er hat Froehlich als glühenden Antisemiten kennengelernt, der keine Gelegenheit auslässt, den Juden dies oder jenes anzulasten. Sollte er wirklich in jenem Moment, da er seine Ideen in die Tat umgesetzt sieht, vor ihnen

ins Schaudern geraten? Die Episode ist widersprüchlich, oder eher: Sie birgt einen Widerspruch in sich, wie so vieles von dem, was Mahler in den letzten anderthalb Jahren erlebt, gesehen, gehört, gelesen hat.
Was tun mit solchem Material, wie soll Mahler sich dazu verhalten? Soll er die Anekdote einfach verschweigen, weil sie nicht ins Bild passt, nicht in *sein* Bild passt, das er sich von Froehlich gemacht hat? Gäbe er damit seine erzählerische Geradlinigkeit, die er ohnehin schon angeschlagen weiß, endgültig auf? Oder ist es nicht vielmehr ein Beweis dafür, dass sein Bild von Froehlich falsch oder zumindest mangelhaft ist, wenn es ihm nicht gelingen will, eine Begebenheit, *an deren Richtigkeit zu zweifeln er keinen Anlass sieht*, in dieses Bild einzufügen? Ist es also nicht vielleicht so, dass er viel zu wenig über Froehlich weiß und dass dieser ganz offenbar weitaus vielseitiger ist, als er gedacht hat?

Nachtrag I:
Falsch oder zumindest mangelhaft sei sein Bild von Froehlich gewesen, hat Mahler unter die schriftliche Skizze jener Begebenheit notiert; jetzt, eine Stunde und zwei Tassen Kaffee später, kommt ihm beim Wiederlesen dieser Aufzeichnungen in den Sinn, dass er dabei ohne weiteres *falsch im Verhältnis zur Wirklichkeit* gemeint hat; dabei hat er nicht bedacht, dass sein Bild durchaus auch *richtig* sein kann, und zwar insofern, als dass es eben ziemlich genau jenem Bild des zielsicheren, unbeirrbar geradlinigen, hinter einem Schutzwall aus Ironie und Zynismus unantastbaren Idealisten entspricht, das in Presse und Radio von *Lord Haw-Haw* gezeich-

net wird, und zwar einerseits durch diesen selbst und durch das Propagandaministerium, das damit dem Feind gewissermaßen einen Spiegel vorhalten will, welches andererseits aber just von diesem Feind dankbar zum Zwecke der Gegenpropaganda aufgenommen und weiter verbreitet wird: Seht her, *so* also sind die Deutschen. Und so wirkt und waltet dieses Bild in Mahlers Kopf, und zweifelsohne genauso mächtig entfaltet es sich auch in den Köpfen der Engländer, der Amerikaner und der Deutschen und verharrt dort hartnäckig, dass es noch in hundert Jahren Bestand haben wird. Macht er sich also unglaubwürdig, fragt sich Mahler, wenn er von dieser Begebenheit im Park erzählt, weil sie insofern *widersprüchlich* ist, als dass sie den Erwartungen der Öffentlichkeit zuwiderläuft? Oder werden die künftigen Leser seine Figur, die Froehlich dereinst sein wird, nicht für umso stimmiger halten, gerade weil sie den Widerspruch für als im Wesen der Welt angelegt halten werden? Mahler hofft Letzteres, weil er Ersteres befürchtet.

Nachtrag II:
Schattige Bäume hat Mahler geschrieben, aber tags darauf kommen ihm Zweifel: Tragen Bäume im November noch Laub? Und auch: Hat denn überhaupt die Sonne geschienen, die für einen Schatten unabdingbare Voraussetzung ist? Er fragt sich, ob es tatsächlich, wie er sich das notiert hat, *keinerlei Anlass für Zweifel an der Richtigkeit dieser Episode gibt*, und erstmals kommen ihm Zweifel an Margarets Zuverlässigkeit. Hat Margaret gelogen?, notiert er sich mit Bleistift an den Rand sei-

ner Notizen, und bei der nächsten Gelegenheit stellt er sie zur Rede. Doch siehe da: Von Bäumen ist gar nie die Rede gewesen, geschweige denn von Schatten. Was hat sie stattdessen gesagt? Nichts. Margaret hat sich auf den bloßen Kern der Begebenheit konzentriert, hat nichts als ihr erzählerisches Grundgerüst wiedergegeben, den Rest hat Mahler – man muss es ganz deutlich sagen – erfunden. Der Park, die weitschweifigen Reden Froehlichs, Margarets Gedanken, dass der Jude *feierlich* durch den Park schreite, *fast als führte er den Leichenzug seinerselbst an* – alles von Mahler erdacht. Das heißt, er hat diese Dinge nicht in vollem Bewusstsein, sozusagen *mit Absicht*, erfunden, sondern *mitgedacht* (so nennt Mahler den Umstand, dass er der Propaganda, über die er schreiben soll, inzwischen selbst auf den Leim gegangen ist); ohne sich über diesen Vorgang im Klaren zu sein, hat er also Margaret die Urheberschaft dieser Details gewissermaßen untergeschoben. Mahler seufzt hörbar. Wie oft, an wie vielen Stellen ist ihm das passiert? Er will sich das gar nicht vorstellen.

Noch ein Punkt, in dem er sich geirrt hat: Das Datum. Es war der 1. September, nicht der 1. November. Ist das möglich? Mahler prüft das Datum nach: Der 1. September 1941 war jener Tag, an dem die *Polizeiverordnung über die Kennzeichnung der Juden* veröffentlicht wurde, mit ihr ist das Tragen des Sterns zwingend geworden. Das Neuartige würde auch das Verhalten der Passanten erklären, womöglich haben die meisten zum allerersten Mal einen solchen Stern gesehen. Andererseits: Die Verordnung ist offenbar erst vierzehn Tage später in Kraft getreten. Ob Margaret nicht vielleicht doch den 1. November gemeint habe? Nein. Sie habe immer September gesagt.

Wie konnte ihm das passieren? Vielleicht weil der September der neunte Monat unseres Jahres ist, dem Namen nach wäre es aber der November, während *septem* ja *sieben* heißt. Womöglich. Immerhin stimmen dann die schattigen Bäume wieder. Wobei das dann auch keine Rolle mehr spielt.

Berlin, im Jahr 1942

Zwischen Fritz Mahler und Lutz Templin hat sich in den vergangenen Monaten eine Gepflogenheit eingestellt, und zwar ohne dass sie sich dazu entschlossen oder gar verabredet hätten. Niemand weiß, wie es angefangen hat; wahrscheinlich hat Templin seinen *Dichterkompagnon* einfach einmal zu sich nach Hause eingeladen, und dann, weil man sich trefflich verstanden hat, ist die Einladung noch einmal und noch ein drittes und ein viertes Mal ausgesprochen worden, und jetzt, kurz vor Weihnachten, vermag keiner der beiden mehr zu sagen, wie oft man bereits dieserart zusammengesessen hat. Sicher aber ist, dass inzwischen keine Einladungen oder gar irgendwelche Absprachen mehr notwendig sind, und ebenso sicher ist es, dass diese Treffen immer montags und donnerstags in Templins Wohnung stattfinden, und zwar, wie beide stets betonen, nicht *um*, sondern *gegen* sieben. Das mag als ein unbedeutendes Detail erscheinen, aber im Festhalten am zwanglosen Umgang mit der Uhrzeit finden die beiden ihre durch den nunmehr gut drei Jahre währenden Krieg etwas angegriffene *conditio humana*, die in ihrem Falle ja überwiegend eine *conditio artificialis* ist, am trefflichsten veranschaulicht.

Der Abend verläuft immer gleich, und zwar nicht *trotz*, sondern gerade wegen der Zwanglosigkeit, die sich beide auferlegt haben; man tut eben, was einem gefällt, und bei Templin und Mahler ist das nun einmal die anspruchsvolle Konversation, die zwar ab und an ins unüberlegte Geplauder abgleitet, sich aber stets – und nie zu spät – wieder fängt, um wieder in angemessene Höhen aufzusteigen, wo sie immerzu aufs Neue die Sphären von Kunst, Philosophie und dergleichen streift. Nicht zuletzt aber unterhalten sie sich über Musik, und zwar nicht über irgendeine, sondern über den Jazz, der aus einem unsichtbaren Lautsprecher ins Wohnzimmer rieselt und dem sie aufmerksam lauschen.

Mahler, das gibt er unumwunden zu, hat für die Tiefen der Musik eigentlich kein Ohr. Es fällt ihm schwer, zu jenen Gefilden vorzudringen, durch welche Templin zu wandeln scheint, wenn er sich mit geschlossenen Augen und benommenem Gesichtsausdruck einem Lied aussetzt. Die längste Zeit ist für Mahler Musik nicht mehr gewesen als eine bloße Aneinanderreihung von Tönen, deren höherer Sinn sich ihm aber gänzlich verschlossen hat. Inzwischen aber, nach dem zehnten, zwanzigsten Mal hat sich ihm mit Templins Hilfe gleichsam eine zweite Ebene eröffnet. Mahler nimmt nun die Melodie für gegeben und verlegt sein Augenmerk darauf, was das jeweilige Orchester aus ihr macht. *Interpretation* nennt Templin diesen Vorgang, und über jede einzelne kann er sich stundenlang auslassen. Bis sämtliche Stimmen eines Orchesters getrennt und auf ihrem Wesen angemessene Weise ergründet sind, verstreicht rasch ein ganzer Abend.

So weit ist Mahler zwar noch nicht, seine Erkenntnisse sind noch recht bescheiden, und doch hat er inzwischen einiges verstanden; erstaunlich scheint ihm etwa der Umstand, dass die kleinbürgerliche, genietheoriegeplagte Herangehensweise, mit der man über die Literatur herzufallen pflegt, in der Musik, im Jazz, überwunden ist. Dass einer die Melodie, die Noten, das Lied einmal geschrieben hat – geschenkt. Letztlich ist sie nur der Hintergrund, vor dem die Kunst anfängt, die Schablone, vor der die Variation, das Neue, das Unbekannte erkennbar werden, so wie es nicht so sehr interessiert, wer, sagen wir, den Marathon erfunden hat und ob es womöglich geistlos ist, dass stets sämtliche Läufer eine jeweils gleich lange Strecke laufen; entscheidend ist, wer diesen Lauf am besten meistert.

Auch die Platten von *Charlie and His Orchestra*, die sich in seinem Zimmer im Kaiserhof stapeln (und zwar ohne Hülle, wie Templin bei einem Gegenbesuch mit einem nervösen Zucken um die Mundwinkel feststellt), sieht Mahler mehr und mehr in einem neuen Licht. Noch vor Jahresfrist hatte er geglaubt, es seien bloße *Kopien* angelsächsischer Stücke, denen man allenfalls eine zusätzliche Strophe mit neuem Text hinzugefügt habe, *Nachahmungen* eines bereits – und unveränderbar – bestehenden Urwerks. Inzwischen hat er begriffen, dass es Neuinterpretationen eines solchen Urwerks sind, in dessen Getriebe der persönliche Stil eines Fritz Brocksieper, eines Eugen Henkel oder eines Alfredo Marzaroli eine entscheidende Veränderung einbringt, eine winzige Verschiebung im Kleinen, die das Große unter ein gänzlich neues Licht stellt.

Mahler ist dankbar für diese Abende. Wegen seines langsamen Lernfortschrittes hat er sie anfangs freilich nicht als das gesehen, was sie zwar nicht ausschließlich, aber durchaus auch sind, nämlich zwanglose Unterrichtsstunden mit einem Lehrer, den er inzwischen auch als Freund betrachtet, und an den er ohne weiteres seine Fragen richten kann, wenn solche aufkommen – und wenn nicht, dann eben nicht. Gewiss, manchmal ist Mahler etwas erstaunt über so viel Uneigennützigkeit, verwundert über derart große Anteilnahme an seinem Vorhaben, und hin und wieder fühlt er sich von Templin etwas gar zu sehr in eine Richtung gedrängt; aber worauf sonst sollte denn Templins Engagement gründen, wenn nicht auf jenem freundschaftlichen Mitgefühl, das nur das Beste für sein Gegenüber wünscht? Eben.

Auch der heutige Abend verläuft wie gewohnt, nichts deutet auf eine Änderung im ungeschriebenen Protokoll ihrer Begegnungen hin. Mahlers Besuch dauert schon eine Weile an, die erste Stunde ist vorüber, die ersten Getränke sind geschlürft, und wie immer zu Beginn dieser gemeinsamen Abende sind die beiden in ein Gespräch vertieft, dessen ersten Teil wir freilich, da wir mit der Zusammenfassung der früheren Treffen zugange waren, verpasst haben, und der deshalb in aller Kürze wiedergegeben sei: Mit Cor Koblens, der vor noch nicht einmal zwei Wochen beim Trinken (und womöglich betrunken) vom Balkon gestürzt ist, hat Templin schon wieder einen Mann verloren; schon Charly Tabor, der (nichts gegen Nino Impallomeni und Alfredo Marzaroli) sein Lieblingstrompeter gewesen sei, habe er nur schwer zu ersetzen gewusst, und wenn man den Eugen Henkel auch ab und an für eine Aufnahme vom Dienst freistelle, dann sei das eben auch nicht mehr als ein Trostpflaster – er brauche Verlässlichkeiten, er verlange Sicherheit, er müsse wissen, auf wen er zählen könne, mit der Wehrmacht habe man nichts als Scherereien. Wenn das so weitergehe, könne er sich auch bald nach einem neuen Schlagzeuger umsehen, und falls Mahler jetzt glaube, er übertreibe vielleicht ein bisschen (was dieser mit einem heftigen Kopfschütteln verneint), wolle er ihm gerne sagen, dass er das nicht tue: Die Einberufungsschreiben, die Brocksieper mittlerweile in den Briefkasten geflattert seien, könne man gar nicht mehr zählen.

Dieser Art ist der Inhalt des Gesprächs gewesen, und das erklärt nun auch, weshalb Lutz Templin und Fritz Mahler beide ein recht ernstes Gesicht machen. Templin, weil sich die Reihen seines Orchesters stetig lichten und er immerzu für Ersatz sorgen muss, Mahler, weil sich ihm mit jedem zusätzlichen Musiker, den Templin engagiert, sein ohnehin schon viel zu großes Figurenrepertoire aufzublasen scheint. Ja, Mahler befürchtet ein weiteres Ausufern seines Stoffs, weil er allzu sehr auf den *Personen* des Orchesters beharrt, weil er sich bisher nicht von der Vorstellung hat lösen können, dass das Orchester die bloße Summe seiner Einzelteile sei.

Noch hat er nicht begriffen, dass es mit der mehr oder minder geordneten Aneinanderreihung von Künstlerbiographien keineswegs getan ist, und dass Aufzählen nicht mit Erzählen gleichzusetzen ist, hat Mahler zwar vielleicht gehört, nicht aber verinnerlicht. Dabei ist das, was ein Orchester ausmacht, mehr als seine Musiker, mehr oder auch weniger. Es ist das Innerste, gewissermaßen das, was bleibt, wenn man die Menschen wegdenkt: Ein Stil, ein bestimmter Habitus, eine ganz bestimmte Art und Weise, wie gespielt wird, eine gewisse Auffassung von Musik.
Es wird noch dauern, bis Mahler das begriffen haben wird, aber immerhin hat ihm Templin das nun mehr oder minder in diesen Worten mitgeteilt, nachdem Mahler sich – nun schon zum wiederholten Male, muss man sagen – über die unangenehme Größe des Orchesters ausgelassen hat, und Templin fügt vorwurfsvoll hinzu: Ob Mahler sich denn bisher allen Ernstes vorwiegend mit den Personen des Orchesters, nicht aber mit ihrer Musik, mit ihrer Spielweise auseinandergesetzt habe?

Berlin, im Jahr 1943

Tja. Die Spielweise eines Orchesters. Schon das Unterfangen, ein einzelnes Lied zu beschreiben, auszudrücken, was zwischen den Tönen geschieht, scheint Mahler unmöglich. Um zu wissen, was wirklich passiert, um zu verstehen, wie jede Stimme gestaltet, jeder Ton moduliert, jede Note interpretiert wird, ist es notwendig, die

Musik zu hören, muss man ihr Innerstes unvermittelt und geradeheraus in sich aufnehmen.

Was also tun? Die aussichtsreichste der allesamt recht aussichtslosen Möglichkeiten scheint ihm nun jene zu sein, erneut, zum dreißigsten, vierzigsten Mal, ein Jazzkonzert zu besuchen. Er hofft, dass es ihm endlich gelingt, die Stimmung *aufzusaugen*, in die Musik *einzutauchen*, den Stil zu *spüren*. Auch wenn er selbst nicht allzu überzeugt ist von dieser Idee, hat er plötzlich den Hörer des Telephons an seinem Ohr, während seine Rechte wie von selbst Brocksiepers Nummer wählt, girr-girr-girr, tut-tut-tut, klingel-klingel, ja hallo, Brocksieper am Apparat, ich höre. Ja wie geht's, wie steht's, sagt Mahler im freundschaftlichen Ton, der sich zwischen den beiden eingestellt hat, wann kann ich denn wieder einmal vorbeikommen, ja immer, ja wie wär's denn heute Abend, ja prima.

Keine zwei Stunden später lässt sich Mahler in die Rankestraße 31 chauffieren, wo sich hinter dem breiten Türsteher der Eingang zur Carlton Bar verbirgt. Der Schweizer, den man hier wiewohl im benachbarten Ciro inzwischen bestens kennt, wird höflich vorbeigegrüßt, und schon befindet er sich mitten im Inneren des Lokals, das ganz zu Recht den Ruf genießt, eine veritable *boîte de nuit* zu sein: In ihrer klaustrophobischen Größe erinnern die Räumlichkeiten entschieden an das Innere eines Schuhkartons.

Mahler ist früh dran, die kleine Bühne ist noch verwaist, und trotzdem hat an den Tischchen bereits das mondäne Leben Einzug gehalten. Die gedämpften Gespräche der Gäste schwellen regelmäßig an und ab, ständig werden erlesene Getränke über den Tresen gereicht, und immerfort finden von irgendwoher neue Speisen auf kleinen Tellerchen hinein.

Um sich die Wartezeit ein wenig zu verkürzen, bestellt Mahler ein Gericht, das allerdings so winzig ausfällt, dass er sich unmittelbar nach dem Verzehr schon gar nicht mehr daran erinnern kann. Für seine mikroskopischen Ausmaße liegt ihm das Häppchen aber erstaunlich schwer im Magen – genau wie die gesalzene Rechnung, die man ihm im Anschluss hinlegt. Zum Glück reißt, bevor sich Mahler allzu sehr enervieren kann (geht ja ohnehin auf Spesen), irgendwo ein Vorhang auf, und schon kommen mit Jos Breyre, Henk Bosch, Robby Zillner und Folke Johnson vier altbekannte Gesichter hereingeweht, die Posaunenkästen jeweils ziemlich locker über die Schulter gehängt. Dann schlendern mit Nino Impallomeni und Alfredo Marzaroli auch die beiden Trompeter zur Theke, und schließlich lässt sich mit Fritz Brocksieper und Primo Angeli auch die leicht reduzierte Rhythmusgruppe blicken.

Angeli klopft Mahler zur Begrüßung auf die Schulter, rammt ihm freundschaftlich den Ellenbogen in die Seite und kneift ihm mit Mittel- und Zeigefinger in die Wange, um Mahler dann, als sich auch Impallomeni und Marzaroli dazugesellt haben, mit ehrlichem Interesse zu fragen, wie denn das Schreiben so laufe. Auch die beiden anderen Italiener machen ein neugieriges Gesicht, ich meine, der sitzt jetzt schon gute zwei Jahre an diesem *romanzo*, da darf man doch endlich mal etwas erwarten, oder etwa nicht? Doch doch, das darf man, jedenfalls finden sie das, und zwar alle drei, aber statt einer Antwort seufzt Mahler nur, was ungefähr so viel heißen soll wie: Fragt lieber gar nicht erst.

Was denn heute so auf dem Programm stehe, lenkt er ab und versucht sich dabei ganz unbefangen zu geben; von der Antwort erwartet er nicht viel, aber dem Grinsen der Italiener nach zu urteilen, führt die Truppe, die heute als *Brocksieper-Solisten-Orchester* angekündigt wird, etwas im Schilde. Und tatsächlich macht Mahler ein erstes Mal große Augen, als im Hintergrund ein Cembalo auf die Bühne getragen wird, nanu, sagt er, das verbinde er in der Tat eher mit barocken Sonatinen, Menuetten und Capricci als mit Jazz.

Ja, dann höre er einmal gut hin, sagt Willy Berking, der plötzlich in der Runde auftaucht und, das gebe er Mahler zum Mitschreiben, die Arrangements zusammengestellt haben will. Man sieht es am Flackern in seinen Augen, dass er, der heute gar nicht auf der Bühne stehen wird und ganz offensichtlich zum bloßen Vergnügen hergekommen ist, das Warten nicht mehr aushält; er will die Wirkung seines neuesten Wurfs testen, und zwar ein bisschen plötzlich. Gleichen Sinnes ist offensichtlich auch das Publikum, das sich mit dem ungereimten Herumgeblase der Posaunisten, die sich auf der Bühne aufwärmen, nicht länger zufrieden gibt. Man verlangt nach Kunst, und zwar immer entschiedener, man habe schließlich nicht den ganzen Abend Zeit, heißt es von irgendwoher, und angesichts der frühen Sperrstunde ist das für einmal keine leere Floskel. Gut, dann also los, Brocksieper nickt seine Leute nach oben, zwinkert dem mit Mahler am Tresen zurückgebliebenen Berking ein letztes Mal zu und begibt sich dann als letzter in Position. Schon zählt er an, eins zwo, eins zwo, gravitätisch heben die Posaunisten und Trompeter die Schallmündungen ein kleines bisschen, stellen sich auf die Zehenspitzen, schwellen die Brust, versetzen die Wangen in höchste Spannung, um dann Schultern, Kopf, Hände mit einem Mal fallen zu lassen und in ein schmetterndes Intro vorzupreschen, für ein paar Sekunden allerdings nur, dann laufen sie aus, und plötzlich kommt behende das Cembalo hereinspaziert, der Bass legt sich unauffällig darunter, es ist ein leichtfüßiges Tänzeln der zweistimmigen Rhythmusgruppe, nur vereinzelt heulen die Trompeten in kurzen Fanfaren auf, schieben sich dazwischen, drängen in die Leerräume, seltsam stimmige Variationen entspinnen sich zwischen Trompete, Bass und Cembalo, bis letzterem, das dabei ohnehin schon die Hauptrolle spielt, die Bühne zur Gänze überlassen wird.

Angeli lässt sich nicht zweimal zum Solo bitten, er greift mit Verve in die Tasten, erkundet zielsicher das Tonspektrum, rollt die Oktave locker hoch und runter, bis ihm schließlich die Blechinstrumente und der Bass zu Hilfe eilen. Jetzt drängt immer wieder ein langgezogenes, beharrliches Tröten in diesen mit jedem Mal nervöseren Spaziergang, blechern legt sich eine zweite, von Unterbrüchen nur noch selten gehemmte Stimme darüber, die dem Cembalo nachsetzt, es verfolgt, es ziehen lässt. Jetzt ist das zweite Solo von Angeli dran, eine kurze Variante des ersten, wonach gleich wieder der Bass einsetzt, die Saiteninstrumente bestreiten jetzt die Hauptlast, sogar das Motiv der beharrlich störenden Trompeten wird jetzt vom Cembalo fast zur Gänze übernommen, rasche Oktavgriffe, die die Stimme kurz nach oben hin ausfransen lassen, der Einsatz der Trompeten wird zögerlicher, alles deutet, alles reißt, alles spitzt sich zu auf das dritte Solo, wieder Angeli, der den schweißüberströmten Kopf senkt und erneut in die Vollen geht, barocke Tontrauben sind das, die hier in den Saal geschleudert werden, ins Publikum, auf die Zuhörer, auf deren zuckendem Antlitz der Ausdruck heller Begeisterung knistert. Dann heulen wieder die Trompeten auf, ein sechsfaches Hin und Her, Cembalo fragt, Trompeten röhren die Antwort, Cembalo fragt wieder, Trompeten röhren die Antwort, Cembalo fragt erneut, Trompeten röhren die Antwort tiefer, Cembalo fragt, Trompeten röhren die Antwort wieder tiefer, Cembalo fragt anders, Trompeten röhren die Antwort wie anfangs, Cembalo fragt noch einmal, Trompeten röhren die Antwort wieder wie zu Beginn, das Cembalo hat verstanden, ziert sich, wiegelt ab, die Trompeten ziehen sich zurück, wieder stellt das Cembalo dieselbe Frage, sie bleibt unbeantwortet, der Bass hilft aus, wieder die Frage, die Trompeten bleiben stumm, Frage, stumm, Frage, stumm, Frage, stumm, letzte Frage, Zögern, Aufheulen der Trompeten, und jetzt wirbelt auf einmal dumpf die Trommel am Schlagzeug, entbrennt in blanker Wut, es ist, als würden Flusskiesel durch eine Dachrinne rollen, ein zähnebleckendes Stakkato folgt, dann jauchzen jubelnd die Posaunen auf, das Startsignal für Bass und Blechinstrumente ist gegeben, sie stürzen sich in eine wilde Verfolgungsjagd, bis flink das Cembalo wieder einspringt. Die Posaunen weigern sich aber, den Platz zu räumen, erst zögerlich, dann in einem richtiggehenden Widerstreit, pompöse Fanfaren, Frage, Antwort, Frage, Antwort, und dann bäumen sich plötzlich noch einmal Trompeten und Posaunen ein letztes Mal auf, verstummen, das Cembalo hat das letzte Wort, dann kommen auch seine Saiten zitternd zur Ruh.

Stumm und wie benommen horcht das Publikum einen Moment ins Leere, reißt dann mit einem tosenden Applaus die Stille ein, johlt und pfeift, einige hält es nicht mehr länger auf dem Stuhl, man springt auf, klatscht weiter, fordert eine Wiederholung, und während sich auf der Bühne die Musiker absprechen, wendet sich Berking gegen Mahler und fragt ihn im Flüsterton, dem auch etwas Stolz beigemischt ist, was er davon halte.

Mahler, der spürt, dass das eine wahrhaft kühne Nummer war, findet gerade deshalb keine Worte für seine Begeisterung, hebt stattdessen nur den Daumen und lacht. Berking will etwas dazusetzen, er holt Atem, als ihn blechern schmetternd das Intro zum Verstummen bringt, die Trompetenstöße, die den Cembalospaziergang ein zweites Mal ankündigen ...

Potsdam, im Jahr 1943

Cymbal Promenade heißt das verjazzte Lied, das Brocksieper und Konsorte vor einigen Wochen in der Carlton Bar vorgestellt haben, und viel ist seither davon die Rede gewesen auf den Fahrten ins Grüne, die

Mahler und Brocksieper seit einiger Zeit gemeinsam unternehmen. Ja, ganz recht, Mahler ist seit längerem bestrebt gewesen, nicht nur dem Verhältnis mit Templin, sondern auch dem mit Brocksieper einen Anstrich des Freundschaftlichen zu geben, und deshalb treffen sich die beiden nun jeden Freitag zu den arbeitsfremdesten Beschäftigungen, die sie sich ausdenken können: Spaziergänge im Grunewald, Kegeln in Köpenick, Schwimmen im Schlachtensee.

Mahler und Brocksieper sind bemüht – zumindest haben sie es sich vorgenommen –, vor allen Dingen über persönliche Angelegenheiten zu reden (Brocksieper: Vermisst du deine Heimat? – Mahler: Mitnichten. Und du? – Brocksieper: Welche Heimat denn?). Aber selbstverständlich sickert auch das Berufliche ein, so scharf kann man die Grenze oftmals nicht ziehen – vor allem Mahler kann es nicht. Das Leben, die Welt, *alles* ist Literatur, pflegt er immer wieder zu sagen, indem er entschuldigend die Hände hebt. Brocksieper weiß dann, dass er sich in Ruhe eine Zigarette anstecken kann, denn nun spricht Mahler über das, worüber er am liebsten spricht, nämlich über seine Probleme und Sorgen, die inzwischen zur Genüge bekannt sind: die künstlerische Eingebung, die ihn an den unmöglichsten Orten ereilt; die noch immer unzureichend beantwortete Frage, wie man einen ganzen Radiosender samt eigenem Jazzorchester zu einem Roman verwurstet; das Problem, dass die Geschichte, die er erzählen soll, noch gar nicht abgeschlossen ist; die Frage, ob er, wie Froehlich ihm nahegelegt hat, die Liebe zum Zuge kommen lassen soll oder doch nicht; und so weiter.

Auch heute hält sich der Schweizer nach kurzer Zeit nicht mehr an die selbstauferlegten Regeln. Ein Freund von Brocksieper hat ihnen ein Ruderboot geliehen, und deshalb sind sie mit zwei Kästen Bier nach Potsdam gefahren, um auf dem Templinersee (oha!) ein paar vergnügliche Stunden zu verbringen.

Es ist ein recht unentschlossener Frühsommertag, den sie für ihre Lustfahrt auserkoren haben, durchaus nicht vertrauenerweckend; die Wolken stehen in dunkelgrauen Türmen an einem blassen Himmel, und immer wieder wird die Stille ganz unvermittelt von kräftigen Böen zerrissen, die den dunklen See mit weißen Tupfen sprenkeln. Gleich Schüssen peitscht dann das Knallen der vom Wind erfassten Segel über das Wasser, und in großen Explosionen steigen Vögel aus ihrem Schilfversteck auf.

Trotzdem haben sich die beiden hinausgewagt, und wenn man einmal von den Augenblicken absieht, in denen der Wind allzu heftig bläst, kommen sie recht zügig voran. Mahler rudert und plappert munter vor sich hin, Brocksieper trommelt einen flotten Takt auf die Bank, und wenn die beiden eine Pause brauchen, machen sie Halt, wo sie gerade sind. In Ermangelung eines Ankers werfen sie dann einen Kasten Bier an einem Seil aus, und wenn er wieder eingeholt ist, gibt's zur Belohnung ein kühles Blondes.

So gondeln sie in Richtung Südwesten, dem Schloss Caputh zu. Mahler nimmt den Platz an den Paddeln ein, derweil es sich Brocksieper im Heck bequem gemacht hat, vielleicht etwas gar zu bequem: Ihm fallen allenthalben die Augen zu. Gewiss, die letzte Nacht ist lang gewesen, man hat es wieder einmal bis zum Äußersten ausgereizt, vielleicht sind es aber auch Mahlers lange, gleichförmige Sätze, die sich ihm schwer wie eine Winterdecke über den Leib legen: Mahler hat nämlich seinen altbekannten Sermon wiederaufgenommen, und man fragt sich immer dringlicher, weshalb sich Brocksieper das stets aufs Neue gefallen lässt; die Antwort hierauf lässt freilich noch etwas auf sich warten.

Mahler, das sagt er jetzt, möchte sich als *Beungünstigter äußerer Umstände* verstanden wissen, Umstände, die von hier und dort auf ihn einwirkten und der Ausübung seiner Kunst entschieden im Wege stünden, ja sie sogar *recht eigentlich verhinderten*. Brocksieper hört sich das alles mit einem unbestimmten Nicken an, doch hier und dort kommt er nicht umhin, die Augen zu verdrehen. Dann, als Mahler für einen Augenblick verstummt, räuspert sich Brocksieper und äußert das, was er und seine Kollegen schon seit längerem denken, nämlich dass Mahler vor allen Dingen *sich selbst* im Weg stehe.

Mahler schaut ihn mit offenem Mund an.

Dass er keinen roten Faden finde, nicht recht wisse, wie er mit seinen Quellen, seinen Figuren, seinen Auftraggebern umgehen solle – wenn Mahler ihn frage, seien das innere Hemmnisse.

Innere, sagt Mahler.

Hausgemachte, sagt Brocksieper.

Mahler schüttelt den Kopf. Ob Brocksieper die Tatsache, dass das Ministerium ihm, Mahler, sehr genaue (und in manchen Belangen dann leider wieder überhaupt keine) Vorgaben mache, allen Ernstes als *innere Hemmnisse* begreife.

Brocksieper, als er Mahler von den *sehr genauen Vorgaben des Ministeriums* sprechen hört, fährt unweigerlich zusammen, und etwas durchzuckt sein Gesicht, doch nach einer Weile scheint er sich wieder gefangen zu haben, denn er knüpft an das an, was er eben gesagt hat.

Gewissermaßen schon. Zumindest die Art, wie er, Mahler, damit umgehe.

Worauf er hinauswolle, fragt dieser nun.

Seine Arbeit *an sich* jedenfalls werde vom Ministerium ja nicht in Frage gestellt – eher im Gegenteil.

Mahler ahnt, dass Brocksieper Recht hat, aber er möchte es nicht wahrhaben. Er murmelt etwas Unverständliches und sieht hinaus auf den See, nach Südwesten, wo sich über den Wipfeln dunkle Wolken zum bedrohlichen Gemäuer aufgeschichtet haben. Auch die Sonne findet sich plötzlich bedeckt, und sofort erlischt das kräftige Rot der Kiefernstämme und über dem See der Glanz. Es ist, als wäre von einer Minute auf die andere der Herbst über sie hereingebrochen.

Er wünschte, *er* hätte solche Probleme, sagt nun Brocksieper, und seine Miene verdüstert sich, als habe sich die Dämmerung in seinem Gesicht eingenistet. Er schweigt für eine Weile, aber Mahler meint im Zucken seiner Mundwinkel ein unterdrücktes Aufbäumen zu erkennen, fast als nehme Brocksieper Anlauf für das, was gleich folgen wird. Und tatsächlich bricht sich dann ein lange aufgestauter Gedanke Bahn. Plötzlich ist ohne Unterbruch von zunehmender Zensur, schärferer Verfolgung und einer immer gierigeren Wehrmacht die Rede, und zwar in sich überschlagenden Sätzen, in abgerissenen Wortfetzen und in Ausrufen der Verzweiflung, die Mahler immer bedrohlicher erscheinen. Brocksiepers heftige Bewegung springt bald schon auf das Boot über, die Bordwände neigen sich nach der einen und dann wieder nach der anderen Seite, der Kiel schlingert gefährlich. Halt, um Himmels willen, schreit Mahler, doch man hört ihn nicht; eine plötzliche Bö trägt seine Worte im Augenblick des Entstehens weg, Mahlers Stimme erstickt ihm in der Kehle. Er springt auf, um das Boot wieder ins Gleichgewicht zu bringen (notfalls auch, um den außer sich geratenen Brocksieper mit Gewalt zur Räson zu bringen), doch es ist bereits zu spät: Sein Schwerpunkt verlagert sich um ein Entscheidendes zu viel nach rechts, und schon fühlt er eiseskalt die Wasseroberfläche unter der Schale seines Gehirns brechen. Ein schmerzhafter Stich fährt ihm in die Nase, ein kalter Schlag jagt ihm durch die Lenden, und mit einem Rauschen schließt sich über ihm der See. Der Stoff seines Leinenanzugs zerrt plötzlich ganz fürchterlich an ihm, der Kragen seines Hemds schnürt sich ihm immer enger um die Kehle, seine Augen schwellen an und sein Herz rast plötzlich in allen Winkeln seines Daseins. So also fühlt sich die Ewigkeit an, denkt es etwas pathetisch in Mahler, derweil seine Arme sich an Sinnvollerem versuchen: Sie rudern und rudern und rudern, und irgendwann, nach unerträglich langen Sekunden, durchstößt sein Kopf mit einem Japsen die Wasseroberfläche, er hustet, spuckt und ringt nach Luft; für ein Gefühl der Erleichterung ist es freilich noch zu früh, denn noch immer zerrt die Tiefe an seinen Beinen, er fühlt eine eiserne Faust auf seine Brust hämmern. Angsterfüllt schaut Mahler umher, wo ist denn das Boot abgeblieben, fragt er sich, und erst nach einer zähen Ewigkeit erblickt er es in einer ganz anderen Richtung, in zehn, zwanzig, dreißig Metern Entfernung. Brocksieper, aus welchem Grund auch immer, steht aufrecht darin und stochert mit einem Paddel aufgeregt im Wasser umher, als stakste er einen Nachen über den See. Hier bin ich, ruft Mahler endlich, doch das Boot scheint sich immer weiter von ihm zu entfernen. Brocksieper wird doch nicht etwa ... oder doch? Ah nein, er winkt und ruft ihm etwas Unverständliches zu. Noch aber dauert es lange, bis er das Boot gewendet hat, und es ist vor allem Mahler, der mit zähen Zügen die Distanz zwischen ihnen verringert. Als er sich dem rettenden Boot bis auf fünf Meter genähert hat, ruft er Brocksieper zu, er solle ihm das Paddel hinstrecken. Was? Das Paddel, ruft Mahler, von welchem, weil er sich nun in Sicherheit meint, der Schrecken langsam abzufallen beginnt. Doch dann, als er Brocksiepers fahles Gesicht erblickt, in dem ein nervöses Zucken sein Unwesen treibt, beschleicht Mahler eine grausige Ahnung. Das Paddel, prustet er noch einmal, und als er es plötzlich über sich erkennt und Brocksiepers wächsernes Gesicht erneut von einem Zucken durchfahren sieht, meint er, für den Bruchteil einer Sekunde, zu wissen, was nun droht. Mahler fühlt sich ob dem Gewicht dieses vernichtenden Gedankens gelähmt, und sein Kopf taucht erneut unter Wasser, er ist bereit, sich in sein Schicksal zu fügen. Doch plötz-

lich findet er sich von einem Sog ergriffen, zwei Hände krallen sich an seinem Revers fest, und nach einigem Hin und Her, durch welches das Boot gefährlich ins Krengen gerät, liegt er endlich im Innern.
Bereits am Abend spürt Mahler das Fieber in sich aufkochen. Die nächsten Tage liegt er, von einer hundsgemeinen Erkältung niedergerungen, im Bett und starrt Löcher in die Stuckdecke seines Hotelzimmers. Immer wieder kehrt sein Denken an jenen Punkt zurück, an dem er kopfüber ins Wasser gestürzt ist, immer wieder erlebt er aufs Neue die Minuten der Bangigkeit. Die Fieberschübe, die ihn vor allem zum Abend hin überfallen, leisten dabei einer vielfachen Verzerrung des Geschehens Vorschub. Gleich einem, der durch ein Kaleidoskop schaut und dort nicht nur die Wirklichkeit, sondern auch ihre nach allen Seiten hin wuchernden Spiegelungen und kaum voneinander zu scheidenden Brechungen erblickt, erlebt Mahler in seinen Halbträumen den Vorfall immer wieder neu und jeder fühlt sich genau so an, als hätte er sich tatsächlich auf präzis diese Art ereignet, und alle Versionen und Varianten führen in seinem Kopf eine chaotische Koexistenz: Brocksieper hat ihn absichtlich ins Wasser gestoßen oder er ist ganz von selbst hineingefallen. Brocksieper hat ihn im See zurücklassen wollen oder es ist ihm nur darum gegangen, das abgetriebene Boot zu wenden, um dann zu ihm zurückzufahren. Er wollte ihn mit dem Paddel erschlagen oder retten. Brocksieper hat ihn beinahe umgebracht oder seine Einbildungskraft.

Berlin, im Jahr 1943

Angenommen, der Jazz würde tatsächlich noch stärker geächtet, wie Brocksieper es vorausgesagt hat, angenommen auch, die Musiker würden noch vehementer verfolgt, angenommen schließlich, Charlies Orchester würde aufgelöst oder zumindest einzelne seiner Mitglieder eingezogen, verhaftet, nach Holland, Italien, Schweden zurückgeschickt – was würde dann *mit ihm* geschehen, fragt sich Mahler (und er fragt sich vor allem das, weil es ihm, dem Opportunisten und Kriegsgewinnler, um andere eben doch höchstens am Rande gegangen ist, und zwar dort, wo dieser Rand seinen Eigennutzen berührte). Nun, *im besten Fall* würde er einige seiner Figuren verlieren, denkt er, *im schlimmsten Fall* bräche der Gegenstand seines Romans zur Gänze weg, sein Schreiben verlöre jeden Sinn. All seine Recherchen, Gespräche und Notizen, seine nagenden Selbstzweifel, aber auch die seltenen Glücks- und Erfolgsmomente wären dann umsonst gewesen.

In den Tagen nach seiner Genesung denkt Mahler immer wieder über Brocksiepers Worte nach, und je länger er sich derartigen Gedanken hingibt, desto eher will ihm einleuchten, dass dessen Sorgen und Ängste *genauso sehr seine* sind. Man habe *die ganze Zeit schon* im selben Boot gesessen, sagt Mahler deshalb einmal zu Brocksieper, er habe es einfach erst nach ihrem gemeinsamen Ausflug nach Potsdam begriffen.

Gerade auf dieser Fahrt hätten sie eigentlich keineswegs die ganze Zeit im selben Boot gesessen, sagt Brocksieper und zwingt sich zu einem Lächeln.

Mahlers Augen verengen sich zu schmalen Schlitzen.
Im selben Boot, ja, sagt Brocksieper schmallippig.
Aber eher wie Kapitän und blinder Passagier, flüstert er dann, so leise, dass Mahler sich nicht sicher ist, ob Brocksieper es tatsächlich gesagt hat.

Für Mahler ist diese Erkenntnis (oder das, was er dafür hält) gewichtig. Noch nie in den letzten zwei Jahren ist er imstande gewesen, das Problem so klar und deutlich zu sehen (in Wahrheit hatte er es noch nicht einmal als Problem begriffen), aber jetzt vermag er es in der allerkürzesten Verknappung auszudrücken: *Im exakt gleichen Maße*, wie das Orchester und seine Mitglieder *Schaden nehmen*, wird auch sein Vorhaben leiden. Oder: kein Orchester – kein Roman.

Die grobe Vereinfachung, die Verharmlosung des einen und die maßlose Überhöhung des anderen, nun, das alles ist natürlich ausgemachter Mumpitz. Aber für Zwischentöne, für Abstufungen, fürs rechte Maß hat Mahler kein Auge mehr. Seine Probleme müssen auf den Tisch, denkt er, und gleich am nächsten Tag wird er deswegen bei Froehlich im Büro vorstellig – unangemeldet, *nota bene*. Der nun ist recht wenig erfreut über so viel Entschlossenheit, und die Frage, ob er *kurz* Zeit habe, beantwortet er mit einem gehässigen Knurren, doch der Schweizer hat bereits Platz genommen. Er möchte geradewegs zum Punkt kommen, ermahnt ihn Froehlich, und seine Narbe zittert dabei bedrohlich. Aber gerne, sagt Mahler, um ihm dann in aller Kürze darzulegen, was zu begreifen *ihn Jahre gekostet habe*. Froehlich hört ihm voller Ungeduld zu, und immer wieder ist er versucht, Mahler zu unterbrechen, doch dann besinnt er sich eines Besseren: Das verlängert die Sache nur.

Als Mahler geendet hat, schüttelt Froehlich heftig den Kopf und tut alles, was der Schweizer gesagt hat, mit einer Handbewegung ab. Wenn man die Sache nüchtern betrachte (und das ist tatsächlich eine der seltenen Gelegenheiten, in denen Froehlich dazu in der Lage ist), gebe das, was Mahler als Problem sehe, nämlich die ständige Gefahr, in der die Mitglieder von *Charlie and His Orchestra* schwebten, erst recht eine runde Geschichte ab, und wenn sich dieses ohnehin ständig im Zustand des Prekären befindliche Orchester zuletzt – Froehlich hüstelt – in einem *Finale furioso* auflöse, zu Grunde gehe, verschwinde, dann habe Mahler doch das beste Ende, das er sich vorstellen könne: dramatisch, spannend, erschütternd.

Mahler setzt zu einer Antwort an, aber Froehlich hebt energisch die Hand. Halt, er sei noch nicht fertig. Der Clou an der ganzen Sache komme nämlich erst: Mahler müsse für all das noch nicht einmal etwas tun, im Gegenteil. Ganz in althergebrachter Manier (Tacitus, nicht wahr?) könne er sich auf die Position des unbeteiligten Betrachters stellen und taten- und regungslos – eben neutral – zusehen, wie alles seinen Lauf nehme.

Mahler ist erstaunt, verblüfft, erschlagen von Froehlichs Worten, und womöglich deshalb verstreichen lange Sekunden, bis er aus der Tiefe seiner Gedanken wieder auftaucht und sich endlich zum Widerspruch gesammelt hat, aber zu spät. Die Pause hat Froehlich, der noch selten eine günstige Gelegenheit hat verstreichen lassen, bereits ausgenutzt, um sich zu erheben,

Mahler den Stuhl unter dem Allerwertesten wegzuziehen, und ihn aus seinem Büro zu komplimentieren. Er gehe in zwanzig Minuten auf Sendung, sagt er, und dann setzt er noch etwas hinzu, aber seine Worte werden von der sich hinter ihm schließenden Tür verschluckt.

Berlin, im Jahr 1943

Wie von Sinnen, brennenden Kopfes, die Zähne zu einem ständigen Knirschen zusammengebissen, verlässt Mahler das Haus des Rundfunks, und schlägt, ohne Acht zu haben, die östliche Richtung ein. Er geht, bleibt stehen und schielt zu Boden, geht weiter, bleibt wieder stehen und starrt in die Luft: Froehlichs Sicht der Dinge hat ihn ziemlich aus der Fassung gebracht. Aber je länger man darüber nachdenkt, sagt sich Mahler dann (der übrigens erst am Lietzensee angelangt ist, zu allzu tiefschürfenden Überlegungen also gar keine Zeit hatte), umso deutlicher erschließt sich einem die Froehlichs Äußerungen zu Grunde liegende Logik. In der Tat birgt gerade das *immer prekärere Dasein des Orchesters* und seiner Mitglieder jenen tragischen Konflikt, der eine *schmissige* Geschichte *in nuce* ausmacht. Ferner stellt das von Brocksieper befürchtete Ende jenen *dramatischen Fluchtpunkt* der Erzählung dar, dessen Fehlen Mahler so viele schlaflose Nächte bereitet hat (und mit welchem, sofern es nach Kriegsende eintrifft, sein Propagandaroman wieder auf Linie gebracht würde). So wäre der Stoff eingegrenzt, der zu behandelnde Zeitraum abgesteckt, wäre ein Erzählstrang gefunden, der seinen Namen auch verdiente, mit Anfang und Ende also, auch wenn an letzterem die eine oder andere seiner Figuren – Mahler korrigiert sich: *Freunde* – baumeln würde.

Diese Erkenntnis will ihm gar nicht gefallen, steht sie doch in offenem Widerstreit mit seiner zuvor gefassten Überzeugung, mit der Auslöschung des Orchesters müsste auch sein Vorhaben unweigerlich ein Ende finden. Vor allem aber findet er einen wachsenden Unwillen in sich, auf das Verderben seiner Figuren zu hoffen, um dank ihnen eine *schmissigere* Geschichte zu erhalten.

Wie es so seine Art ist, findet sich Mahler von diesem Widerspruch zerrissen, und dieses quälende Hin und Her kehrt sich derart sichtbar nach außen, dass auf dem Uferweg des Lietzensees die Passanten ganz unverhohlen einen weiten Bogen um ihn machen, wenn sie an ihm vorüberschreiten, und auch wenn er sich nicht umdreht, weiß er, dass sie in seinem Rücken stehenbleiben, um ihm kopfschüttelnd hinterherzuschauen; er hadert mit sich und seiner Lage, vor allem aber zweifelt er am Sinn seines Vorhabens, das ihm nun ganz und gar ungeheuerlich erscheinen will.

Am Abend ist Mahler drauf und dran, die Sache aufzugeben, als ihn auf seinem Zimmer ein Anruf von Brocksieper erreicht, dem er sogleich von seinen Absichten berichtet. Umso erstaunter ist Mahler, als er damit nicht auf das erwartete Verständnis trifft, ganz im Gegenteil.

Momentchen Momentchen, sagt Brocksieper, den Mahlers Anwandlungen gehörig aus dem Gleise bringen. Mahler könne doch nicht *einfach so* aufgeben.
Aha, piepst Mahler.
Gerade *jetzt* nicht, sagt Brocksieper, und als Mahler wissen will, warum denn nicht, bricht es aus Brocksieper heraus. Er hat sich zuvor die Worte sorgfältig zurechtgelegt, hat seine Gedanken in eine nachvollziehbare Ordnung gebracht, aber jetzt, da er seine Idee – *Plan* wäre vielleicht schon zu viel gesagt – in Gefahr sieht, ist seine Selbstbeherrschung dahin. Wortkaskaden, zerpflückte Halbsätze, wirre Ausrufe brodeln aus ihm heraus, und die gesamte Spannkraft von Mahlers Verstand ist erforderlich, um daraus jene Aussage zusammenzuflicken, die im Folgenden wiedergegeben ist: Wenn ihm am Überleben des Orchesters und am Wohl seiner Mitglieder gelegen sei, müsse Mahler unbedingt an seinem Roman weiterarbeiten. Zu ihrem Schutz könne er nämlich ganz wesentlich beitragen, wenn er ihnen, vor allem den am meisten gefährdeten Personen, eine gewichtige Rolle in seinem Text gebe. Wer nämlich in einem hochoffiziellen Propagandaroman seinen fest verankerten Platz habe, den könne man ja schlecht aus jener Wirklichkeit entfernen, die dieser Roman letztlich abbilde ...
Nachvollziehe, besserwissert Mahler.
Seinetwegen auch *nachvollziehe*, sagt Brocksieper.
In groben Zügen, fügt Mahler hinzu.
In groben Zügen, wiederholt ungeduldig Brocksieper, dessen Gedanken längst woanders sind. Falls *irgendjemand* – die Wehrmacht, die Gestapo, das Propaganda-

ministerium selbst – gegen sie vorgehe, sagt Brocksieper, dann könne (und müsse!) Mahler sich für sie einsetzen, gerade weil durch die Einberufung jenes Musikers oder die Sanktionierung dieses Künstlers auch sein eigener Auftrag gefährdet sei.

Mahler verspricht, darüber nachzudenken, und bereits während er Brocksieper sein Wort gibt, weiß er, dass er sich genau dafür entscheiden wird. Er findet sich von einer ungekannten Tatkraft erfüllt, jetzt, da die tief in ihm nagende Sorge von ihm abgefallen ist, dass seine gesamte Arbeit, sein Vorhaben, der Inhalt seiner letzten Jahre doch nicht verloren ist. Mehr noch: Er ist beschwingt von der Idee, dass sein Schreiben zum ersten Mal einen Sinn bekommen habe, einen wirklichen Sinn.

Dritter Teil

L'artiste, selon moi, est une monstruosité,
quelque chose hors nature, tous les malheurs
dont la Providence l'accable lui viennent de l'entêtement
qu'il a à nier cet axiome — il en souffre et en fait souffrir.

Gustave Flaubert

Berlin, im Jahr 1943

So, die Handlung ist nun aufgegleist, die Figuren zuverlässig ihrem Vorhaben anheimgestellt. Jetzt folgt das, was gemeinhin nicht berichtet wird, was Lücken von ganzen Wochen und Monaten im Zeitgefüge der Erzählung hinterlässt, was sogar in der Erinnerung der Figuren bloß als kurzer, unbedeutender Eindruck zurückbleibt und was der Autor für gewöhnlich mit einem Fingerschnipsen vorübergehen lässt: der Alltag, die Routine, das immerzu Wiederkehrende.
Im Falle von Mahler ist dies weiterhin die mühevolle Kleinstarbeit mit seinen Quellen, es sind die Gespräche mit Froehlich und den Musikern, die Konzertbesuche, die Lektüre, das Anfertigen von Notizen. Bei Froehlich besteht dieser Alltag aus seinem Tag für Tag immergleichen Programm: den *Views on the News* (bissige Kommentare zum Zeitgeschehen), den *Matters of the Moment* (Allgemeiner Frontbericht), den *Forces' Hours* (Grüße britischer Kriegsgefangener in die Heimat, Verlesen der Namen neuer Gefangener und Gefallener), aus dem *On the Spot* (Nachrichten von einzelnen Frontabschnitten), dem *Have-it-out Club* (Gespräche über die allgemeine und politische Situation), der *Progress Parade* (Neuigkeiten aus aller Welt, Fortschritt von Wissenschaft und Waffentechnik, Berichte über

wirtschaftliche Fragen), den *Jazz Cracks* (Satirische Kommentare, gewürzt mit Jazzmusik). Ferner besteht Froehlichs Alltag seit Kriegsbeginn in einem gegen sich selbst rücksichtslosen Kräfteeinsatz als Radiosprecher (seit dem 3. Juli 1942 immerhin als Chefkommentator mit 1200 RM Monatslohn plus Weihnachtsbonus), der immer stärker an seinen Nerven, seiner Gesundheit, seiner körperlichen Verfassung zehrt, mehr noch, seit mit dem Krieg gegen die Sowjetunion ein rascher Sieg über England in einige Ferne gerückt ist. Und der Alltag besteht auch aus dem nicht minder aufreibenden Hin und Her mit Margaret, den fast täglichen, sich stets gleichenden Querelen, dem ständigen Streit zwischen ihnen – mit dem winzigen Unterschied, dass sie diesem Schwebezustand dadurch einen solideren, offizielleren Rahmen verliehen haben, dass sie in der Zwischenzeit (am 11. Februar 1942) wieder geheiratet haben und Margaret in die Kastanienallee zurückgekehrt ist.

Es geschieht also eigentlich nichts, es verstreicht bloß Zeit, und bald ist es schon zweieinhalb Jahre her, dass Fritz Mahler nach Berlin gekommen ist. Und weil er sich in dieser Zeit nicht nur (aber schon hauptsächlich) in ekelerregendem Selbstmitleid gesuhlt, sondern auch das eine oder andere Kapitel geschrieben und sogar abgetippt hat, kommt er schließlich der anfangs sporadisch, dann monatlich, wöchentlich und am Ende nahezu täglich geäußerten Aufforderung Froehlichs nach, endlich einmal eine Kostprobe seiner Arbeit zu geben und ihm ein paar Kapitel dazulassen; er werde sie dann, wenn er sie für gut befunden habe,

Dietze, Winkelnkemper und, wer weiß, *weiter nach oben* reichen.
Und dann, nachdem er sich am 28. Juni endlich überwunden hat und auch die drei Wochen, die sich Froehlich als Lese- und Bedenkzeit ausbedungen hat, verstrichen sind, kommt es schließlich zu einem Treffen. Man verabredet sich zum Abendessen, und zwar in Froehlichs Lieblingslokal, dem Funkeck.
Es ist Sommer, es ist drückend heiß, die Sonnenstrahlen kleben einem auf der Haut wie kleine Blutegel. Der Himmel ist eine leere Fläche, ideales Fliegerwetter, denkt Mahler und zieht unweigerlich den Kopf ein. Er hat schlecht geschlafen, seit Tagen überkommen ihn Schweißausbrüche, wenn er an diese Verabredung denkt. Mahler will sich gar nicht ausmalen, was geschieht, wenn man seinen Text missbilligt, er wird von einer geradezu körperlich empfundenen Versagensangst geplagt. Jetzt, nach durchwachter Nacht, brennt dieses Gefühl noch stärker in ihm.
Froehlich sitzt schon am Tisch, als Mahler eintrifft, hinten am Fenster, das auf die Masurenallee hinausgeht. Sein Rücken ist dem Eingang zugewandt, Mahler erkennt ihn nicht von hinten, er bedarf der Hilfe des Kellners, der ihn zum richtigen Tisch führen muss. Froehlich schnellt vom Stuhl, als er den Schweizer aus dem Augenwinkel sieht, empfängt ihn mit einigem Hallo; ja aber oha, schon lange ist's her, dafür jetzt gleich mit stahlblauem Himmel und allem Drum und Dran, sagt er und vollführt eine derart formvollendete Verbeugung, dass Mahler sich gezwungen sieht, sie für ironisch zu nehmen. Oder doch nicht? Sollte Froehlich

verstimmt sein, lässt er es sich jedenfalls nicht anmerken. Er bestellt rasch zwei Whiskey, zum Aufwärmen, wie er sagt, und plaudert munter drauflos.

Leider ist Mahler für eine ungezwungene Unterhaltung überhaupt nicht in Laune, er ist abgelenkt, die vorbeiknatternden Automobile vor dem Fenster, die bemerkenswert geschmacklose Inneneinrichtung, die es aus dem letzten Jahrzehnt herübergeschafft hat, vor allem aber der Anblick von Froehlichs sauber ausrasiertem Nacken im Spiegel hinter ihm. Mahler fällt es schwer, seine Aufmerksamkeit auf einen Punkt zu lenken, er ist verstockt, er wringt sich jedes Wort einzeln aus den Händen.

Dann, endlich, beim Eintreffen des Hauptgangs, hebt Froehlich zu etwas an, was Mahler vielversprechend erscheint. Ja nun, sagt er, und setzt nach einer Kunstpause, die ihre Wirkung nicht verfehlt, hinzu: das Manuskript. Ja, sagt auch Mahler und beißt voller Ungeduld die Zähne zusammen. Er schreibe ja, wie ihm der Schnabel gewachsen sei, sagt Froehlich, und setzt rasch hinzu: Wie *ihm*, Froehlich, der Schnabel gewachsen sei. Bemerkenswert! Lange, verschnörkelte Sätze, altmodische Wörter, manierierte Wendungen, es sei, als läse er einen seiner Schulaufsätze, ins Hundertfache vervielfältigt. Gefalle ihm gut, sehr gut sogar, kolossal, Mahler, extraordinär, Sie Fuchs, Sie Haudrauf, Sie Zampano.

Ja nun, entgegnet der und versenkt sich lächelnd im Glas. Er ist jetzt hellwach, dieses Lob (bis auf den Vergleich mit den Schulaufsätzen) geht ihm hinunter wie – nun, jedenfalls besser als dieser drittklassige Whiskey.

Ja, *toll*, aber.
Mahler schluckt leer. Aber was.
Er habe den Titel falsch geschrieben.
Falsch.
Da fehle das Genitiv-S. *Goebbels's*.
Goebbels sei auch Genitiv.
Im Deutschen.
Ja.
Mister sei aber Englisch.
Goebbels nun aber nicht.
Ganz und gar nicht.
Hm, sagt Mahler und schweigt.
Ja. Und dann seien ihm auch ein paar Fehler erzählerischer Natur unterlaufen.
Erzählerischer Natur?
Dichterische Freiheit und all dieser Quatsch, ja ja, das wisse er schon, aber gewisse Dinge seien, nun, *falsch wiedergegeben*.
Zum Beispiel.
Zum Beispiel diese dämliche Aufführung im Propagandaministerium. Oder, noch schlimmer, dass er am College in Galway ein Außenseiter gewesen sei. Das sei einfach nicht richtig.
Na ja ...
Und dann noch dieser Lehrer.
Lehrer, sagt Mahler.
Dieser Beatwell. So heiße doch keiner.
Mahler räuspert sich. Na ja, er habe nach einem *sprechenden Namen* gesucht, und ...
Sprechend, pha. Ändern, Mahler, ändern. Mr. O'Shea und Mr. Scallon, *so* hätten seine Lehrer geheißen, und

bevor sich Mahler noch an seinen Kameraden vergreife, bitte schön, auch deren Namen: Burke, Doyle, Geoghegan, Higgins, Keller, McEvoy, Mullery, Nanrahan, Naugthon, O'Flaherty, Silke.
Über die könne man natürlich diskutieren, sagt Mahler.
Diskutieren, diskutieren, sagt Froehlich und holt den Blätterstoß des Manuskripts aus seiner Mappe hervor. Auch die Episode mit den Krabben an der Bucht von Galway sei frei erfunden, dergleichen habe er ihm nie erzählt. Dieser seltsame Lord Dingsda in Mayfair. Dann habe Mahler bei seinem, Froehlichs, Abschied an der Victoria Station kurzerhand die Anwesenheit seiner Geschwister und seiner Eltern unterschlagen. Die Passkontrolle in Dover, die unsinnigerweise im Freien stattfinde, obwohl es doch eigens dafür eine Zollabfertigungshalle gebe. Auch dass er die englische Stimme Nazideutschlands, der Retter Englands und deshalb dort bekannter als Goebbels und Hitler sei, habe er mit keinem Wort erwähnt. Und wenn man schon bei solcherlei Fehlern sei: Was bitte schön solle eigentlich *gekrümmt wie das Komma, das er in der Weltgeschichte dereinst sein würde* auf – Augenblick – Seite 46 heißen?
Mahler verzieht den Mund, als schmeckte er etwas Bitteres. Er überlegt, ringt nach einer Antwort, aber mehr als ein Stottern gelingt ihm nicht. Froehlich neigt sich über das Manuskript, dass seine Nase beinahe die Zeilen berührt. Die lauernden Blicke, die er von dort unten herauf gegen Mahler sendet, sind ganz und gar unangenehm.

Also, die Figuren seien nicht unbedingt als historische Persönlichkeiten zu verstehen, eher als *Typen*, stammelt Mahler und rückt, ohne es zu bemerken, den Stuhl etwas nach hinten.

Froehlich reißt eine Braue hoch.

Typen?

Archetypen. Urcharakter.

Pha, da könne er nur lachen, sagt Froehlich. Und lacht tatsächlich.

So, Klartext. Mahler schreibe jetzt über zwei Jahre an diesem Roman, und noch sei er nicht weiter als bis zu seiner Ankunft in Berlin gekommen. Das gehe so nicht weiter, zumindest nicht ewig, das müsse er doch einsehen. Da sei ja der Krieg noch eher vorbei, als dass Mahler zu einem Ende finde (Froehlich lacht hysterisch). Also: Bis Dezember wolle er was Anständiges haben, mit Anfang und Ende, und wenn er schon dabei sei, könne er den Anfang gleich umschreiben, den Ton habe er ja, damit wisse er durchaus zu gefallen, Mahler müsse nur seine, nun, *Haltung* verändern.

Haltung?

Ja, sagt Froehlich, *it's better to be rightfully wrong than wrongfully right*, verstanden?

Mahler wackelt zögerlich mit dem Kopf, während er sich zum Widerspruch sammelt, und das nimmt Froehlich für ein Zeichen der Zustimmung. Jedenfalls winkt er eifrig dem Kellner und bestellt, zur Feier des Tages oder auch einfach so, schon wieder zwei Whiskey, und zwar für jeden von beiden.

Mahler indes schweigt. Er fühlt sich, als hätte man ihm die Haut abgezogen. Sein Blick geht hinaus auf die Straße, über der sich langsam die Nacht einrichtet, und tatsächlich sieht er nun, da er seine Augen wieder Froehlich zuwendet, im Spiegel über ihm die Sonne untergehen. Und dann, als er sich schließlich umdreht, um nachzusehen, ob in seinem Rücken dasselbe Schauspiel noch einmal vonstattengehe, will es ihm durch und durch sinnhaft erscheinen, dass sich tatsächlich über beiden von ihnen allmählich die Nacht herabsenkt.

Saßnitz auf Rügen, im Jahr 1943

Mit jeder Stunde, die seit ihrem Treffen im Funkeck verstrichen ist, hatte sich Mahler die Folgen eines allfälligen Scheiterns drastischer ausgemalt, und in seiner Erinnerung hatten sich Froehlichs Mahnungen, das Manuskript möglichst bald abzuliefern, mehr und mehr zu Warnungen und gar unverhohlenen Drohungen ausgewachsen. Noch in derselben Nacht hatte er deshalb die Koffer gepackt und war früh am nächsten Morgen nach Stralsund und von dort weiter nach Saßnitz gefahren.
Bei einem Freund seines Vaters, in seinem Winterthurer Haus, hatte er einst Caspar David Friedrichs Kreidefelsen gesehen, und weil der erbauliche Anblick des Gemäldes damals einige Wirkung auf ihn ausgeübt hatte, war Mahler, dessen Erfahrung mit größeren Wasserflächen sich bisher auf zwei kürzere Dampfschiffausflüge auf dem Bodensee beschränkt hatte, der Meinung gewesen, die unermessliche Weite der See

und die leuchtenden Felsen müssten in der Wirklichkeit einen noch viel heilsameren Effekt auf seine angegriffenen Nerven haben als deren Abbild in Winterthur.

Jetzt, drei Wochen nach seinem übereilten Aufbruch aus Berlin, kann er mit Bestimmtheit sagen, dass dieses Meer weit hinter dem zurücksteht, was Friedrich daraus gemacht hat: Es ist bloß eine riesige Menge faulig riechenden Wassers, das in seiner ganzen Unscheinbarkeit an einem Strand liegt, weil es keinen Ort weiß, wo es sonst hinfließen könnte.

Gut, das mag jetzt ungerecht erscheinen, und wenn man sich in der Saßnitzer Pension, in der Mahler abgestiegen ist, nur ein wenig umhörte, würde man gewiss jemanden finden, der genau dieser Meinung wäre, und vor allem: dass man von einem Alpenanrainer auch gar nichts anderes als solche Einfalt gegenüber dem stillen Zauber der See zu erwarten habe. Und doch greift dieser pauschale Vorwurf gegen Mahler, dieses rasche Abkanzeln seiner Empfindungen zu kurz, lässt es doch seine Situation vollkommen außer Acht: Mahler ist ganz von seinen Überlegungen in Anspruch genommen, er denkt und denkt nach, aber nicht geradlinig, eher wie Holz wächst, in Kreisen; immer wieder findet er sich auf den Anfang zurückgeworfen, es ist furchtbar, es ist widerwärtig, es ist ihm, als hobelte man beständig an seiner Seele. Immerzu fragt er sich, wie sein Manuskript umzuschreiben sei, und weil er keine Antwort darauf erhält, wünscht er sich ein Ende herbei, ein Ende dieser quälenden Gedanken, ein Ende dieses unsinnigen Vorhabens, die Geschichte einer

Jazzkapelle zu erzählen, die sich weiterhin und unabsehbar fortsetzt.

Mahler schläft unruhig, oft und auffallend lange verharrt er in der Traumphase. Einmal, es ist noch nicht lange her, sieht er dabei jemanden neben dem Bett stehen, einen vierschrötigen Kerl, eckig wie ein Suppenwürfel, kantige Schultern, scharfe Gesichtszüge, die lange Nase wie gemeißelt. Der Mann sieht nicht aus wie sein Vater, und doch *ist* er es; seine Blicke, Mahler kennt das, fühlen sich an, als würde man ihm ein Glas lauwarmen Sirups über dem Kopf ausgießen. Der Vater heißt ihn folgen, und Mahler gehorcht, indem er barfuß und lediglich mit einem Nachthemd am Leib dem Unheimlichen durch nachtschwarze Ruinen hinterhersteigt, nur hier und da fließt aus verwaisten Fensterhöhlungen das Licht lautlos lodernder Flammen. Es sind düstere, menschenleere Gefilde, durch die ihn der Vater führt, alles ruht kalt und starr und dunkel vor ihm, es ist, als schritte man durch eines der vielen ungemalten Bilder von Hieronymus Bosch. Es ist unmöglich, den Vater, der mit abgewandtem Gesicht zu ihm spricht, zu verstehen, aber Mahler fühlt ihren Sinn, spürt den Schluss, den er daraus zu ziehen hat, und plötzlich, wie von fern in ihn eingepflanzt, entdeckt er den Vorsatz in sich, den Vater zu töten. Die Aussichten auf Erfolg sind gering, seine einzige Waffe ist seine Feder, mehr als winzige Stiche sind es nicht, die er dem vergnügt Grinsenden, dem verwegen Schlenkernden und Tänzelnden beizubringen vermag, es ist ein langer, unvorstellbar langer Kampf um Leben und Tod, den die beiden austragen, der Vater, indem er markerschütternde Schmerzensschreie ausstößt, der Sohn schweigend, aber schweratmend, mit brennenden Lungen und beißenden Augen; nur langsam, Strich um Strich, Buchstabe um Buchstabe, Wort um Wort tätowiert sich dem Vater die ganze Geschichte seines Endes ein, die Geschichte und die Vorgeschichte und die Vorgeschichte der Vorgeschichte, und erst, als seine Haut, schwarz und vor Tinte blutend, vom Scheitel bis zur Sohle vollgeschrieben ist, lässt Mahler vom endlich Totgeglaubten ab, und nun weiß er, dass er diese Geschichte, die die seine ist, zu Markte, in die Öffentlichkeit, ans Tageslicht bringen muss, um frei und seinem Leben gewachsen zu sein; doch plötzlich bäumt sich der Vater wieder auf, lebendig wie eh und je, neigt sich vor zu seinem Sohn und haucht ihm etwas ins Ohr, das ihm einen eisigen Schauer den Rücken hinabrinnen lässt: Wenn man seine Haut schon verkaufen müsse, dann möglichst teuer, und nicht an den Erstbesten.

Der Inhalt dieses schauerlichen Traums mag verwirrend und unbedeutend anmuten, und dieser Schein trügt nicht: Er ist beliebig und austauschbar. Mahlers Erkenntnis ruht denn auch tiefer, sie gründet nicht auf dem Gegenstand, sondern auf der Art und Weise des Geschauten: Eine erlebende Figur (er selbst) wurde von einer höheren, allmächtigen Instanz (auch er selbst) gelenkt, so dass der Augenblick des Erlebens und des Erzählens zu einem einzigen zusammengefallen ist. In jenem Moment, da das von ihm Gedachte und Gesehene entstand, waren die Folgen dieses Gedachten auch schon an seinem Körper und in seiner Seele fühlbar gewesen, Ersinnen und Erleben des Ersonnenen waren absolut gleichzeitig geschehen, die den Traum erfindende und die ihn erlebende Instanz waren ein und dieselbe gewesen – und dann wieder nicht. Eine narratologische Epiphanie hat sich ihm da aufgetan, ein diegetischer Kurzschluss, eine metaphysische Grenzerfahrung: Im Traum, so notiert sich Mahler am nächsten Morgen in sein Notizbuch, herrscht eine untrennbare Zweifaltigkeit von Figur und allwissender Erzählinstanz, von Erzähltem und Erzähler, die eins sind und doch nicht, damit ist aufgezeigt, wie Gegenwart erzählt werden kann, es ist die Quadratur des Kreises, die Entflechtung des Gordischen Knotens, die finale Orthodoxifizierung des unendlich Paradoxen.

Nun ist Mahler nicht mehr zu halten. Plötzlich setzt sich ihm alles zu einem Ganzen zusammen, die Jazzband, Froehlich, er, Zürich, New York, Galway, London, Berlin, Danzig, Potsdam und Saßnitz, alles verschmilzt, fügt sich zueinander, amalgamiert zu einer Einheit; er bekommt es mit der Angst zu tun, so gewaltig fallen ihn nun Gedanken und Worte an, er packt sein Notizbuch vom Nachttisch und schreibt fünf Seiten, dann verliert er die Nerven, springt auf, setzt sich an die Schreibmaschine und stürzt sich in die Niederschrift seiner Ideen, die frei und ungehemmt fluten; Mahlers einzige Sorge ist, dass seine Finger der Geschwindigkeit, mit der alles geschieht, nicht gewachsen sind, dass sie das nicht lange mitmachen, dass sie irgendwann ermüden.

Es verstreichen Tage, verstreichen Wochen der hastigen, der überhasteten Arbeit, Mahler geht in seinem

Text auf, er verliert sich ganz an die Zeilen und geht der Welt, die ihn umgibt, mehr und mehr verloren; bald weiß er nicht mehr, ob er wacht oder schläft, lebt oder träumt. Die Hauswirtin, die sich allmählich Sorgen macht, weil ihr Gast nicht mehr zum Frühstück erscheint, wird bald von anderen Ängsten befallen. Der Schweizer, den sie bereits tot in seinem Bette liegend vermutet, ist vielmehr das Gegenteil davon, nämlich quickfidel und rastlos: Immer, wenn sie an der Tür lauscht – und das kommt nicht eben selten vor – hört sie ihn auf seine Schreibmaschine eindreschen oder halblaut vor sich hin reden, und das lässt in ihr den Verdacht aufkommen, sie habe einen Verrückten bei sich einquartiert, und wer weiß was noch.

Die Wirtin trifft die Abklärungen, die zu treffen in solchen Situationen jeder Bürger angehalten ist, aber sie führen zu nichts. Mit Mahler und seinen Papieren ist alles in bester Ordnung. Und doch fragt sie sich, ob denn dieser Einsame, dieser in sich selbst Verdammte, keine Familie habe, die nach ihm fragt, ob es denn keine Ehefrau gebe, die sich um ihn sorgt, ob er denn keine Freunde habe, die ihn auf andere Gedanken bringen möchten; sie ist also geradezu erleichtert, als aus dem fernen Berlin endlich jemand anruft und *den Schriftsteller* zu sprechen wünscht, steigt hoch in die erste Etage, meldet Mahler ein Ferngespräch an und zwingt ihn mit der streng genommen unwahren Behauptung, der Herr habe heute bereits dreimal angerufen, an den Empfang herunter.

Wo er denn, zum Teufel, stecke, will gar nicht fröhlich der Chefkommentator von *Germany Calling* wissen,

doch Mahler, vergnügt und recht eigentlich überdreht, lacht nur, und zwar, weil sich Froehlich wie ein kleines Insekt anhört; der wartet auf eine Antwort, wartet auf irgendetwas, auf ein Zeichen der Neugier, eine Frage, aber nichts. Er fragt noch einmal, wie um Mahler aus der Ferne wachzurütteln, fragt ihn, ob er betrunken sei, Mahler, sind Sie besoffen, schon um diese Uhrzeit. Mahler versucht sich jetzt an einer Antwort, aber Froehlich, den eine solche nicht im Geringsten interessiert, der sich eigentlich bloß der Aufmerksamkeit Mahlers versichern will, schneidet ihm sogleich das Wort ab und sagt rasch, er solle das Radio einschalten.
Das Radio.
Ja.
Welches denn.
Was welches, na irgendeines.
Germany Calling? Er wisse nicht, ob er hier Kurzwelle ... Froehlich möchte wissen, ob Mahler möglicherweise auf den Ohren stehe. *Irgendeines*. Und dann komme er nach Berlin zurück, aber ein bisschen dalli.
Nach Berlin.
Aber erst das Radio!
Gut, das Radio also. Mahler legt auf, und während er sich überlegt, ob er in der Pension denn schon ein solches gesehen habe und ob es der Hauswirtin denn entbehrlich wäre, streckt ihm diese, die das Gespräch offensichtlich weitaus aufmerksamer verfolgt hat als Mahler selbst, ein Gerät hin, und zwar keinen Volksempfänger, keine Goebbelsschnauze, sondern ein recht flottes, teures, eines mit allem Schnickschnack, so dass es ein Leichtes ist, sich auf Froehlichs Kanal ein-

zudrehen. Und tatsächlich: Zwischen den schmissigen Jazzknallern von Templin und seinen Jungs jagt eine Sensationsmeldung die andere: Eine Invasion hat stattgefunden, offenbar vor mehr als einer Woche schon, nach einem *kühnen Vorstoß* auf die Strände zwischen Dover und Dungeness hat sich die Wehrmacht an Englands Südküste festgebissen, und dank *pausenloser Unterstützung* der Luftwaffe hat sich das zähe Ringen um die Brückenköpfe in einen deutlichen Vorteil der Landungstruppen verwandelt; inzwischen ist die erste Verteidigungslinie der Engländer *zerschmettert*, Folkestone *gefallen*, Ashford durch Fallschirmjäger *im Handstreich genommen*, der Widerstand in den Downs *dank schonungslosem Kräfteeinsatz* gebrochen. Der Feind befindet sich in der Rückwärtsbewegung, doch die Panzerspitzen setzen mit Fliegerunterstützung hartnäckig nach, haben inzwischen Canterbury eingekesselt und rücken bereits auf Rochester und Reigate zu, um mit der Einrichtung eines dichten Sperrgürtels die Operation im Süden abzuschirmen, wo massierte Kräfte auf die Küstenstädte Hastings, Eastbourne, Brighton, Portsmouth und Southampton angesetzt sind, deren Verteidigungsstellungen man durch *unerbittliche Feuerstöße* von Schiffsartillerie und Sturzkampfbombern *sturmreif geschossen* hat.

Mahler ist fassungslos, er erbittet sich eine Karte, und was sich dort recht deutlich nachvollziehen lässt, ist eine Schwenkbewegung. Der Hebel ist angesetzt im Südosten Londons, das Scharnier liegt bei Chatham oder Gravesend, während man im Westen zur Umgehung der Hauptstadt ausholt. In Reading wird man den Themseübergang erzwingen, gar keine Frage, und was dann geschehen wird, ist selbst Mahler mit seinen geringen militärischen Kenntnissen klar: Man wird gegen Oxford und von dort nach Osten hinein nach Suffolk stoßen, und wenn das erst einmal gelungen ist, bleibt dem Engländer nichts als die Kapitulation.

Doch Moment: Was tut denn die übermächtige britische Flotte, wo ist die Home Fleet, die doch längst den Hafen von Scapa Flow verlassen haben, die doch bereits nach Süden zur Vernichtung der deutschen Schiffs- und Prahmansammlungen geschritten sein muss, fragt sich Mahler und fragt in Gedanken Wilhelm Froehlich, dessen Antwort, als wäre hier Telepathie im Spiel, wenige Minuten später durch den Äther knistert: Die britische Flotte befinde sich auf dem Rückweg aus dem Nordmeer, wohin sie mit einem Täuschungsmanöver gelockt worden sei. Jetzt erst – und damit viel zu spät – befinde sie sich auf der Fahrt nach Süden, und zwar unter unablässigem Beschuss deutscher Bomber, die Tag und Nacht von norwegischen Flugplätzen starteten, aber wer wisse schon, ob das noch etwas nütze (*Lord Haw-Haw* scheint es zu wissen: Es nützt nichts mehr).

Mahler braucht einen Augenblick, er bestellt sich einen Schnaps, um zur Ruhe zu kommen, aber er tut es trotzdem nicht, nicht jetzt und während der nächsten Stunden und Tage nicht, in denen er nicht loskommen wird von diesem Radio, in denen er davor sitzen und den Ausführungen Froehlichs gebannt folgen wird (sollte er eigentlich nicht nach Berlin reisen?), in denen er die Truppenbewegungen nachvollziehen und auf seiner

Karte nachstellen wird, das Abschneiden Cornwalls und die Eroberung Bristols, der Fall von Birmingham und Cambridge, die Umschließung von London, die Kapitulation. Er wird so lange seinen Platz nicht verlassen, bis er von der Festnahme des britischen Kabinetts hören wird, er wird sich die schadenfreudig vorgetragenen Ausführungen Froehlichs über Churchills Hinrichtung anhören, der an einem grauen, wolkenverhangenen Morgen das Schafott besteigt, um den Galgentod

ENDE DES MANUSKRIPTS

SCHLUSSBEMERKUNGEN
DES HERAUSGEBERS
DEMIAN LIENHARD

I.

Am 3. Januar 1946, einem grauen, verregneten Tag mit Temperaturen um den Gefrierpunkt, wird William Joyce um 08.59 Uhr von drei Männern aus seiner Zelle in der Londoner Strafanstalt Wandsworth geholt und zum Galgen eskortiert, wo jene Strafe an ihm vollstreckt wird, die zuletzt auch die höchste Instanz im Land, das *House of Lords*, bestätigt hat: Tod wegen Hochverrats. Neun Minuten später wird am Hauptportal des Gefängnisses der Zettel mit jener Nachricht angeschlagen, auf welche die rund dreihundert Schaulustigen bereits ungeduldig warten: William Joyce ist tot.*

---

* Hierzu und zum Folgenden siehe u. a. J. W. Hall, *The Trial of William Joyce* (London 1946); J. A. Cole, *Lord Haw-Haw and William Joyce. The full story* (London 1964); N. Farndale, *Haw-Haw: The Tragedy of William and Margaret Joyce* (London 2005); C. Holmes, *Searching for Lord Haw-Haw: The Political Lives of William Joyce* (Abingdon 2016). Wichtige Aktenbestände zu William Joyce finden sich u. a. in den *National Archives* in London unter den Signaturen KV 2/245 und KV 2/250.

In seinem Buch *Dämmerung über England*, im Jahr 1940 erschienen, hat Joyce die Umstände der Hinrichtung bereits vorweggenommen: Auf den ersten Seiten bezeichnet er sich als *daily perpetrator of High Treason*, andernorts ist von einem kalten und grauen Morgen die Rede, an dem der Direktor eines britischen Gefängnisses den Verurteilten auf seinem letzten, freudlosen Gang begleitet. Die Details stimmen, einzig die Rolle des Todgeweihten hat Joyce nicht sich selbst zugedacht, sondern Winston Churchill.

Die Hinrichtung von William Joyce beansprucht bis heute einen wichtigen Platz im kollektiven Gedächtnis der Briten. Einerseits ist mit dem Tod von *Lord Haw-Haw* jene Stimme endgültig verstummt, die nach Ansicht vieler Briten wie keine andere für das nationalsozialistische Deutschland gestanden hat, vielleicht mehr noch als jene von Hitler oder Goebbels; andererseits ist Joyce der letzte wegen Hochverrats zum Tode Verurteilte im Empire, und wahrscheinlich ist er der einzige, der die britische Staatsbürgerschaft, welche für die Erfüllung dieses Straftatbestandes eigentlich Grundvoraussetzung wäre, gar nie besessen hat: Joyce ist bis zu seiner Naturalisierung in Deutschland stets amerikanischer Staatsbürger gewesen. Es ist aber wohl wahr, dass er im Sommer 1939 anlässlich der Beantragung seines Reisepasses wahrheitswidrig angegeben hat, im Besitz der britischen Staatsbürgerschaft zu sein. Vom Moment dieser *false declaration* an, heißt es vor Gericht, sei er zur Loyalität gegenüber der Krone verpflichtet gewesen wie jeder andere britische Staatsbürger.

Dass das Urteil am Ende auf die Höchststrafe lautete, ist auch darum bemerkenswert, weil alle anderen Briten, die für die deutsche Auslandspropaganda gearbeitet hatten, zu sehr milden Strafen verurteilt worden oder gar straflos davongekommen sind. Auch Margaret White, die sich im Wesentlichen derselben Vergehen schuldig gemacht hat wie ihr Mann, ist nie dafür belangt worden, und zwar obwohl sie von Geburt an britische Staatsbürgerin gewesen ist: Nach einem kurzen Gefängnisaufenthalt hat man sie in die Freiheit entlassen. 1972 stirbt sie in London an den Folgen des Alkoholmissbrauchs.

Die Flucht

Bereits Anfang März 1945 hat das Propagandaministerium die englischsprachige Abteilung seiner Europasender nach Apen, eine Kleinstadt im Nordwesten Deutschlands, evakuieren lassen. Während der rund vier Wochen, welche die Joyces hier arbeiten, rückt die Front stetig näher. Das dumpfe Dröhnen explodierender Granaten und die Angriffe britischer Tiefflieger lassen erahnen, dass es nur noch eine Frage von Tagen ist, bis auch Apen von den Alliierten eingenommen wird.
Am 7. April erreicht Apen eine Eilmeldung von Goebbels: Die Joyces dürfen unter keinen Umständen in die Hände der Alliierten fallen. Man gedenkt, das Paar im U-Boot nach Irland zu bringen, als Alternative ist eine Flucht über Land via Dänemark nach Schweden vorgesehen. Angesichts der Knappheit an Treibstoff und Transportmitteln steht allerdings zunächst im Vor-

dergrund, die Joyces aus der unmittelbaren Gefahrenzone zu bringen. Ein Wagen fährt sie nach Bremen, von dort gelangen sie in neunstündiger Zugfahrt nach Hamburg, wo ihnen die Gestapo neue Papiere ausstellt. Der Ausweis von Joyce, rückdatiert auf den 3. November 1944, lautet nun auf Wilhelm Hansen, geboren am 11. März 1906 in Galway, wohnhaft in Hamburg.

Obwohl sich die Erfolgsaussichten einer Flucht mit jedem Tag verschlechtern, verzögert sich die Umsetzung der Pläne erstaunlich lange; die zweite Aprilhälfte verstreicht ungenutzt, und die Joyces ertränken ihre Hoffnungslosigkeit im Alkohol. Die Tage in Hamburg sind niederschmetternd: Luftangriffe vergällen ihnen den Aufenthalt im *Vier Jahreszeiten*, und die letzten Nachrichtensendungen, die William Joyce hier noch produziert, sind von betrüblichem Inhalt für ihn: Am 24. April, seinem neununddreißigsten Geburtstag, hat er den Tod Mussolinis zu verarbeiten, am 30. April, kurz nachdem er vom Tod Hitlers erfahren hat, hält er – sichtlich betrunken – seine letzte Rede, in der er die Niederlage Deutschlands einräumt: *Germany is not any more a chief factor in Europe*, sagt er, und schließt mit den Worten: *You may not hear from me again for a few months.*

Auch die nächsten Tage zeitigen keine guten Nachrichten für die Joyces. Am 1. Mai, dem Tag, an dem Goebbels seinem Leben ein Ende setzt, glauben sie längst nicht mehr an ein Gelingen ihrer Flucht. Doch um drei Uhr nachts keimt plötzlich Hoffnung auf: Im Hotel taucht ein SS-Mann auf, der sie ins dänische Apenrade bringt. Dort aber vergehen weitere Tage, während derer die Joyces vergeblich auf ein Fahrzeug nach Kopenhagen warten. Der örtliche SS-Kommandant teilt ihnen schließlich mit, dass man dort nichts von einem Auftrag wisse, sie nach Schweden zu bringen; falls sie nicht in Dänemark interniert werden wollten, empfehle er ihnen, nach Deutschland zurückzukehren.

Da der Weg nach Norden durch das Vordringen britischer Truppen inzwischen abgeschnitten ist, stimmen die Joyces zu. Rasch sind in einer Militärkolonne zwei Plätze organisiert. Damit sie beim Passieren der Grenze bei Flensburg keinen unnötigen Verdacht erregen, verschafft man ihnen abermals neue Identitäten. William reist in der Uniform eines deutschen Infanteriemajors, Margaret wird als Nachrichtenhelferin verkleidet.

Anfang Mai ist Flensburg hoffnungslos überfüllt. Flüchtlinge aus den deutschen Ostgebieten, Vertriebene aus dem Umland, Wehrmachtseinheiten auf dem Rückzug – einen Schlafplatz zu finden, ist nahezu unmöglich. Nur dank einer Zufallsbegegnung – einem SS-Offizier, den Joyce aus Berlin kennt – kommen sie im Bahnhofshotel unter.

Am 5. Mai tritt die Teilkapitulation der Wehrmacht für Nordwestdeutschland, Dänemark und die Niederlande in Kraft. Die nächste Nacht müssen die Joyces im Luftschutzkeller verbringen, weil ihr Zimmer für die Einquartierung britischer Offiziere benötigt wird, die sich auf der Durchreise befinden. Als sie am Morgen am Empfang vorsprechen, um ihr Zimmer wieder zu beziehen, sind die Briten bereits abgereist. Es ist das erste einer ganzen Reihe von Ereignissen, von denen jedes einzelne das vorzeitige Ende ihrer Flucht hätte bedeuten können.

Dann, am 8. Mai, als die Wehrmacht bedingungslos kapituliert, denkt sich William Joyce ein Spiel aus, das er *Russisches Roulette* nennt: Jedes Mal, wenn er im Beisein Margarets britischen Soldaten begegnet, grüßt er diese auf Englisch. Wird er nicht erkannt, darf er sich einen Punkt gutschreiben.

Am 12. Mai vermittelt ihnen ein Bekannter ein Zimmer in einem Privathaus in Kupfermühle, einem Dorf an der dänischen Grenze. Die Hausherrin spricht Englisch, was sich auch bei der britischen Besatzung herumspricht. Aus Neugier und Langeweile statten die Soldaten der Hausherrin und ihren Gästen mehrere Besuche ab. Margaret bekommt einen *Daily Mirror* geschenkt, während William zum Vergnügen der Soldaten eine aktuelle Ausgabe seiner *Views on the News* improvisiert. Verdacht schöpft erstaunlicherweise niemand, wieder geht ein Punkt im Russischen Roulette an ihn.

Am 28. Mai schlägt das Pendel nach der anderen Seite aus. Es ist Montag, die Geschäfte sind für wenige Stunden geöffnet, die Joyces gehen zum Einkaufen ins Dorf und suchen Brennholz im Wald. Williams Knöchel, den er sich bereits vor Monaten im verdunkelten Berlin verstaucht hat, macht ihm wieder vermehrt Probleme, er kommt nur langsam vorwärts und hinkt. Die Stimmung ist angespannt, jedenfalls fangen sie aus irgendeinem Grund einen Streit an, der damit endet, dass Margaret alleine nach Hause geht. Später, als William zurückkehrt, entschuldigt er sich und versucht, Marga-

ret zu einem Spaziergang zu überreden, aber an diesem Tag ist sie mit dem Abwasch an der Reihe. Weil er ungeduldig ist, vereinbart er mit ihr einen Treffpunkt im Wald, wo sie sich später treffen würden, dann verlässt er humpelnd das Haus. Daran erinnert sich Margaret deshalb so genau, weil es das letzte Mal ist, dass sie ihn in Freiheit sieht.
Anstatt auf geradem Weg zum vereinbarten Treffpunkt zu gehen, spaziert er, wohl einer plötzlichen Laune folgend, nach Wasserleben, und besteigt dort einen kleinen Hügel. Die Aussicht über die Förde macht etwas mit ihm, er kommt ins Grübeln und vergisst darüber die Zeit. Inzwischen trifft Margaret am vereinbarten Ort ein.
Viel zu spät schreckt Joyce aus seinen Gedanken auf. Er eilt zum Treffpunkt, kommt aber wegen der Schmerzen in seinem Knöchel nur langsam voran. Um ihn zu schonen, beschließt er, auf die Abkürzung durch den Wald zu verzichten, und nimmt stattdessen die Straße.
Auf dem Weg erblickt er zwei Soldaten, die am Straßenrand Holz sammeln, doch die Briten interessieren sich nicht für den abgemagerten Zivilisten. Es wäre also ein Leichtes, unbemerkt an ihnen vorüberzugehen, aber aus irgendeinem Grund spricht er die beiden an, auf Französisch. Captain Alexander Adrian Lickorish vom *Reconnaissance Regiment* und Leutnant Geoffrey Howard Perry, sein Übersetzer, schauen ihn verwundert an. Here are a few more pieces, sagt Joyce freundlich, indem er ins Englische wechselt, und geht davon. In diesem Augenblick wird Lickorish argwöhnisch, irgendetwas in der Stimme kommt ihm bekannt vor.

Lickorish und Perry holen den Hinkenden ein, und plötzlich zieht sich die Schlinge zu. You wouldn't happen to be William Joyce, would you?, fragt Perry.
Er heiße Wilhelm Hansen, sagt Joyce und macht Anstalten, seinen Ausweis hervorzuholen. Im Glauben, der Unbekannte zücke eine Waffe, zögert Perry nicht lange: Er schießt ihm in die Hüfte. Sofort durchsucht Lickorish den Verwundeten auf Waffen, doch mehr als zwei Ausweise findet sich in seinen Taschen nicht: Einer lautet auf den Namen Wilhelm Hansen, der andere, ein Wehrpass, auf William Joyce. Der Verwundete wird umgehend zum nächstliegenden Posten gebracht und befragt. Noch am selben Abend wird auch Margaret verhaftet.
Und die Pointe? Die kommt stets zum Schluss: Der Leutnant und Übersetzer, der *Lord Haw-Haw* gestellt hat, heißt gar nicht Geoffrey Perry. Hinter dem auffällig unauffälligen Namen verbirgt sich Horst Pinschewer, ein deutscher Jude, der am 11. April 1922 in Berlin geboren ist. Vor dem Krieg nach Großbritannien geflohen, nimmt er zu Beginn seines Armeedienstes – wie damals bei jüdischen Soldaten, die in den britischen Streitkräften dienen, üblich – einen »unverdächtigen« Namen an, um im Falle einer Kriegsgefangenschaft in Deutschland keine unnötige Aufmerksamkeit zu erregen. Als Angehöriger der Zweiten Armee erlebt er unter anderem die Befreiung des Konzentrationslagers Bergen-Belsen mit.
Und so wird William Joyce, der aus Großbritannien geflohene Antisemit, der unter falschem Namen in Deutschland lebt, ausgerechnet von einem in Deutsch-

land geborenen Juden gestellt, der ebenfalls unter falschem Namen in den britischen Streitkräften dient.

Das Urteil

Der Prozess gegen William Joyce beginnt am 17. September 1945 und dauert nur einige Wochen. Bereits am 18. Dezember beschließt die letzte Instanz, das *House of Lords*, dass es beim zuvor gefassten Urteil bleibt: Tod durch den Strang wegen Hochverrats. Die Hinrichtung wird auf den 3. Januar 1946 festgesetzt.

In den folgenden zwei Wochen hat Joyce Zeit, sich auf sein nahendes Ende vorzubereiten. Joyce empfängt ein letztes Mal seine Familienangehörigen, auch Margaret, die man in ein nahes Gefängnis verlegt hat, werden einige Besuche gestattet. In der übrigen Zeit schreibt er Briefe an Freunde, Verwandte und Wegbegleiter.

Am 3. Januar 1946 erwacht Joyce früh. Nachdem er die heilige Kommunion erhalten und mit dem Gefängniskaplan gebetet hat, schreibt er einen letzten Brief an Margaret, den er um 08.36 Uhr beendet. Dann findet er noch Zeit für ein paar wenige Zeilen an seinen alten Freund Macnab, bis kurz vor neun Uhr sanft an die kleine, hinter ihm liegende Tür geklopft wird und der Gefängnisdirektor, der Henker Albert Pierrepoint und sein Assistent Alexander Reilly eintreten.

Pierrepoint bindet Joyces Hände hinter dem Rücken fest, und im selben Moment wird die Tür zum Raum geöffnet, in dem sich der Galgen befindet. Joyces Knie zittern heftig, als er die weißen Markierungen auf dem Dielenboden sieht; der Henker zieht ihm eine weiße

Kapuze über und sagt: *I think we'd better have this on, you know*. Es sind die letzten Worte, die William Joyce zu Gehör kommen, denn Assistent Reilly hat unterdessen die Beine des Verurteilten gefesselt und gibt das Zeichen, dass alles bereit sei. Jetzt zieht Pierrepoint den Hebel, und im Boden öffnet sich eine Falltür.

2.

Und *Charlie and His Orchestra*? Wegen der anhaltenden Luftangriffe gegen Berlin wird die Jazzband im September 1943 nach Stuttgart verlegt, einzig Karl Schwedler bleibt – genau wie William Joyce – in der Hauptstadt zurück. Die Inhalte der gegen die angelsächsischen Länder gerichteten Auslandspropaganda werden fortan an unterschiedlichen Orten produziert, die räumliche Einheit von sich gegenseitig bedingendem Kommentator und Jazzband wird hinfällig, und zwar endgültig. Lutz Templin und seine Kollegen werden bis zum Kriegsende in Stuttgart bleiben.
Während der nächsten anderthalb Jahre findet die Band in den Räumlichkeiten des Reichssenders Stuttgart Unterschlupf. Die meisten Abteilungen dieses Senders sind zwar ihrerseits nach Frankfurt evakuiert worden, doch in Stuttgart hält man bis zur endgültigen Zerstörung des Gebäudes am 25. Juli 1944 ein Aufnahmestudio für Tanzmusik in Betrieb. In den letzten Monaten des Krieges werden die Programme des Senders schließlich in einem Provisorium in Bad Mergentheim produziert.

Die Abläufe in Stuttgart unterscheiden sich nur geringfügig von jenen in Berlin, eine gewichtige Veränderung ergibt sich dennoch: Nachdem die reichsweiten Produktionskapazitäten durch Bombenschäden in den Presswerken und aufgrund von kriegsbedingter Knappheit an Mensch und Material auf ein Minimum gesunken ist, stellt das Propagandaministerium im November 1943 die Schallplattenherstellung für *Charlie and His Orchestra* endgültig ein. Von den Songs, die danach produziert werden, erhalten sich deshalb nur sehr vereinzelte Aufnahmen.

Im Frühjahr 1945 rücken die alliierten Truppen immer weiter nach Süddeutschland vor. Am 5. April um 23.00 Uhr stellt der Reichssender Stuttgart die Übertragungen ein, tags darauf werden die Sendeanlagen in Mühlacker gesprengt. Kurz bevor am 22. April französische Truppen in Stuttgart einmarschieren, befindet sich alles in Auflösung, und auch bei *Charlie and His Orchestra* ist jetzt jeder sich selbst überlassen. Lutz Templin bleibt in Stuttgart, Primo Angeli und seine Frau Henriette setzen sich ins tschechische Karlsbad ab, Brocksieper erlebt das Kriegsende auf einem Bauernhof nahe Tübingen.

Bald aber findet sich um Brocksieper, Tip Tichelaar, Mario Balbo und Eugen Henkel ein Teil des alten Orchesters wieder zusammen. Auch unter den neuen Machthabern ist Unterhaltungsmusik gefragt, und die Bands, die es verstehen, qualitätsvollen Jazz nach amerikanischem Geschmack zu spielen, sind aus den bekannten Gründen besonders rar. Noch im Herbst 1945 beginnen deshalb Brocksieper und seine Kollegen, in amerikanischen Soldatenclubs aufzutreten, wo sie bald schon für Aufsehen sorgen: Mit Verwunderung stellt man dort fest, dass die Band den Vergleich mit amerikanischen Größen nicht zu scheuen braucht. Nach den Auftritten belagern Autogrammjäger die Musiker, und die amerikanische Soldatenzeitschrift *Stars and Stripes* titelt: *We got Goebbels' band.*

Die meisten Mitglieder von *Charlie and His Orchestra* fassen im Nachkriegsdeutschland rasch wieder Fuß, die meisten von ihnen in der Musikbranche, zumindest aber im Unterhaltungsbereich. Lutz Templin gründet ein neues Orchester, tourt vor allem in Süddeutschland, spielt im Radio, wird Leiter eines Tanzmusikorchesters im Rundfunk und schließlich Manager beim Plattenlabel Polydor in Hamburg. Er stirbt 1973 in Warder, Schleswig-Holstein.

Primo Angeli, der nach dem Krieg ebenfalls in amerikanischen Soldatenclubs spielt, arbeitet danach eine Zeit lang als Organist im Hotel Frankfurter Hof, um schließlich nach München zu ziehen, wo er zeitweilig für den Bayerischen Rundfunk tätig ist und eine Orgelschule eröffnet. Er stirbt dort im Jahr 2003.

Karl Schwedler arbeitet nach 1945 als Croupier in Berlin, zieht dann nach Bayern und 1951 nach Düsseldorf, um schließlich, im Jahr 1960, mit Frau und Kindern in die Vereinigten Staaten auszuwandern. Nach seiner Rückkehr nach Deutschland lässt er sich am Starnberger See nieder. Er stirbt 1970 in Feldafing.

Fritz Brocksieper, der sich in der Nachkriegszeit in München niederlässt, zieht gemeinsam mit dem Trompeter Charly Tabor und dem Saxofonisten Eugen Henkel weiterhin durch die amerikanischen Soldatenclubs, bis er in den 1950er-Jahren in Schwabing selbst zwei Etablissements eröffnet, wo er legendäre Jazzmusiker wie Dizzy Gillespie, Oscar Peterson, Harry James und sogar Gene Krupa empfängt. Im Januar 1990 bricht er als Folge eines Magengeschwürs auf der Bühne zusammen und stirbt.

Demian Lienhard, London und Berlin, im Sommer 2022

Nachwort von Staatsarchivar Dr. phil. Samuel Tribolet

Das Staatsarchiv Bern machte zum allerersten Mal im Frühsommer 2019 mit Herrn Lienhard Bekanntschaft. Nach einer ersten Kontaktaufnahme per E-Mail stattete er uns einen Besuch ab, um seiner, wie er schrieb, *illustren Familiengeschichte auf den Grund zu gehen.*
Dass Privatpersonen bei uns vorstellig werden, weil sie mehr über ihre Wurzeln erfahren möchten, ist nichts Ungewöhnliches. Leider geschieht es nicht selten, dass – wie dies übrigens auch bei Herrn Lienhard der Fall war – die Besucher in der Hoffnung herkommen, die Geschichte ihrer Vorfahren fein säuberlich aufbereitet im Regal vorzufinden, sodass sie nur noch fotokopiert oder abfotografiert werden müsste. Dem Archivpersonal kommt dann die undankbare Aufgabe zu, die übersteigerten Erwartungen zu dämpfen und den Besucher davon in Kenntnis zu setzen, dass eine solche Geschichte erst geschrieben werden muss, und zwar von ihnen selbst und auf Basis mühevoll zusammengetragener Quellen. Nicht wenige ziehen auf diese Information hin entmutigt ab und überlassen das Vorhaben großzügig der nächsten Generation.
Herr Lienhard ließ sich davon nicht abschrecken, im

Gegenteil: Es schien vielmehr so, als hätte ihn die Schwierigkeit des Unterfangens erst recht angestachelt. Von Beginn an war er mit einem Eifer bei der Sache, der in unseren Augen durchaus Bewunderung verdient hätte, wenn sich sein innerer Drang nicht gar zu oft in einer das zumutbare Maß weit überschreitenden Impertinenz geäußert hätte. Von unseren Mitarbeitern erwartete er viel – oft auch Menschenunmögliches –, und häufig fiel er dadurch auf, dass er der an zahlreichen Orten angeschlagenen Hausordnung erstaunlich wenig Bedeutung zumaß. Mehrfach musste er abgemahnt werden, weil er im Lesesaal Selbstgespräche führte, auf störende Weise auf seine Tastatur einhämmerte und mit den Archivalien umging, als wären es die seinen. Aber als öffentliche Institution hat man es eben mit Individuen jeder Couleur zu tun.

Später, als der Schaden bereits angerichtet war, erfuhr ich von Herrn Lienhard, dass seine ersten Besuche bei uns in eine Zeit gefallen waren, in der er von großer Bitternis erfüllt gewesen war. Im Frühjahr jenes Jahres war sein erster Roman erschienen, und das ganz offenbar mit mäßigem Erfolg. Er lastete das, wie er mir später gestand, einerseits der *erbärmlichen Arbeit* seines Verlags an, dem er *nie wieder auch nur eine Seite Text* anvertrauen wolle; dann hatte ihn aber auch die Tatsache gekränkt, dass in jenem Frühjahr *auch andere Romane erschienen waren*, eine Sache, die er als *persönlichen Affront gegen seine Person* verstanden haben wollte. Als besonders verletzend hatte er, wie er sagte, den Umstand empfunden, dass wieder einmal jene Bücher besonders erfolgreich gewesen seien, die einen entschieden autobiografischen

Anstrich gehabt hätten: *Larmoyante Selbstbeweihräucherungen*, sagte Lienhard, wenn ich es recht erinnere, oder aber *bis zur Fadenscheinigkeit breitgetretene Familiengeschichten. Pünktlich zu jeder Buchmesse*, so Lienhard weiter, *werde aus irgendeinem Keller ein Großvater gezerrt, der bei der Waffen-SS gewesen sei.** Ich schloss daraus, dass sein erster Roman, den zu lesen ich bisher freilich keine Gelegenheit gehabt habe, keinerlei autobiografische Elemente aufwies.

Diesen Umstand muss er für die Hauptursache seines Scheiterns genommen haben, und daraus ist offenbar jene Idee erwachsen, dass der Schlüssel zum literarischen Erfolg in der, wie er sagte, *schamlosen Ausbeutung seiner Familiengeschichte* liege. Wenn ich es richtig verstanden habe, war also dies die erste und einzige Absicht, mit der er zu uns gekommen war.

Im Zuge seiner Recherchen ist Lienhard unter anderem auf seinen Berner Urgroßvater Friedrich Lanz (1891–1944) gestoßen, und mehr und mehr versteifte er sich auf dessen Biografie. Unsere Lesesaalhilfen unterstützten Herrn Lienhard dabei nach Möglichkeit und suchten für ihn, wann immer sie Zeit hatten, sämtliches verfügbares Quellenmaterial heraus. Hierbei muss einem unserer Mitarbeiter ein Fehler unterlaufen sein, dessen Ursprünge wir zwar nicht mehr zweifelsfrei nachvollziehen können, der aber im Grunde mit

---

* Nachträgliche Recherchen unsererseits haben ergeben, dass dieser Gedanke so ganz ähnlich bereits von Sibylle Berg geäußert wurde und also wohl nicht genuin von Lienhard stammt.

gesundem Menschenverstand leicht zu erklären ist. Bei der Suche nach Quellen, die Lienhards Urgroßvater betreffen, wurden irrtümlicherweise auch Einheiten ausgegeben, die sich ganz offenbar auf einen Namensvetter der gesuchten Person bezogen. Unter diesen Materialien befand sich auch das uns damals nicht näher bekannte, unvollendete Typoskript eines Romans mit dem Titel *Mr. Goebbels Jazz Band*, den Lienhard nun auf den vorangehenden Seiten erstmals der Öffentlichkeit zugänglich macht.

Aufgrund der biografischen Notizen, die dem Typoskript beilagen, konnte zweifelsfrei belegt werden, dass es sich beim Verfasser keinesfalls um Lienhards Urgroßvater handeln konnte – der Schriftsteller Lanz ist nämlich erst 1899 und damit acht Jahre nach Lienhards gleichnamigem Vorfahren geboren. Trotz dieser mehr als eindeutigen Faktenlage war Lienhard vom Gegenteil überzeugt, und von diesem Irrglauben war er in der Folge nicht mehr abzubringen. Besessen von der Idee, der Text sei von seinem Urgroßvater verfasst worden und gehöre demnach *rechtmäßig* ihm, unternahm er verschiedene Anstrengungen, um sich des Typoskripts zu bemächtigen (so etwa die E-Mail vom 12.09.2019 von demlienhard@gmail.com an stribolet@be.ch: *Rückt das verdammte Mansukript* [sic!] *raus ihr Bastarde oder ich fackle Euch die Bude ab!!*); zuletzt machte er in dieser Sache sogar einen Rechtsstreit anhängig.

Nachdem er in der Verhandlung vom 12. Juni 2021 trotz – oder gerade wegen – gefälschter Beweise unterlegen und in einem darauffolgenden Strafprozess wegen Urkundenfälschung und Drohung zu einer unbedingten Geldstrafe verurteilt worden war, vergingen einige Wochen, bis ich aus einer Laune heraus mit Herrn Lienhard Kontakt aufnahm. Ich konnte noch immer nicht glauben, dass jemand wegen einer – in meinen Augen – vollkommen nichtigen Sache seine wirtschaftliche Existenz aufs Spiel setzen wollte, und dann war ich auch der Meinung, dass es doch einen Weg geben müsse, diesen Streit friedlich beizulegen. Nicht zuletzt verspürte ich aber auch das Bedürfnis, die tatsächlichen Beweggründe für seine Besessenheit zu verstehen.

Wir trafen uns in einem Café in Bern, und hier setzte er mir jene Motive, Überlegungen und Überzeugungen auseinander, die ich bereits am Anfang in stark gekürzter (und vor allem geordneter) Form dargelegt habe; schließlich führte er auch aus, dass von diesem Typoskript *seine gesamte Zukunft* abhänge. Ich hielt das zwar für eine maßlose Übertreibung, machte ihm aber ein, wie ich meine, wohlwollendes Angebot. Da wir der Meinung waren, dass das Romanfragment *Mr. Goebbels Jazz Band* trotz seiner Unvollständigkeit einzigartige Einblicke ins Getriebe der kriegsdeutschen Propagandamaschinerie gibt und deshalb wohl auch für eine breitere Öffentlichkeit von Interesse sein würde, wollten wir ihm erlauben, das Material zu verwenden, wo nötig zu rekonstruieren und hernach herauszugeben. Wir stellten allerdings die Bedingung, dass es uns, dem Staatsarchiv Bern, verstattet wäre, seinem Nachwort unsererseits einige Ausführungen zu Herkunft des Typoskripts und seinem Verfasser zur Seite zu stellen. Ebenso verbaten wir uns diesbezügliche Falschaussagen in gedruckter Form.

Friedrich Lanz, der Verfasser des Typoskripts, gehört zweifelsohne zu den unbekanntesten deutschsprachigen Schriftstellern der ersten Hälfte des 20. Jahrhunderts. Zwar hat Lienhard inzwischen zahlreiche Erzählungen und Essais in eher obskuren Zeitschriften und Zeitungen entdecken können, eine umfassende Bibliografie fehlt aber bisher. Dies liegt einerseits an den ganz allgemein sehr dürftigen Quellen zu seiner Person und zu seinem Wirken, andererseits an der Tatsache, dass sämtliche seiner Texte unter verschiedenen Pseudonymen erschienen sind, was es zusätzlich erschwert, eine vollständige Werkbiographie zu erstellen.
Ob auch sein Roman *Mr. Goebbels Jazz Band* unter einem Pseudonym hätte erscheinen sollen, wissen wir nicht. Das allgegenwärtige Spiel mit den Namen im Text und das wiederholte Herausstreichen, dass Mahlers Name nur ein Pseudonym sei,* legt eine solche Annahme aber nahe. Schließlich ist auch die Figur Fritz Mahler so angelegt, dass ein zeitgenössischer Leser unweigerlich in Versuchung geraten musste, in ihr zumindest in Teilen den Autor Friedrich Lanz wiederzuerkennen. Nebst übereinstimmenden Äußerlichkeiten (Schweizer, Protestant) sind auch die zahlreichen Verweise auf das Bernbiet, aus dem der Autor stammte, augenfällig. Mahler, obschon in Zürich wohnhaft, hat ganz offen-

---

* Vgl. S. 193 und S. 212, wo von seinem »richtigen, also bürgerlichen« Namen die Rede ist.

bar Berner Vorfahren: die Familie von Ried, ein altes Ministerialengeschlecht der Freiherren von Eschenbach, war in der Gegend von Thun heimisch, die Leemann waren im 17. Jahrhundert Burger von Bern, und die Nägeli, deren berühmtester Vertreter Hans Franz die Waadt erobert hat, gehörte ebenso zu einer der führenden Berner Patrizierfamilien wie der Zweig der May von Schadau.

Wichtigster Hinweis aber, dass Friedrich Lanz ganz offenbar daran gelegen war, dass man ihn in die Figur von Mahler hineinliest, stellt jene Passage in der Ciro Bar dar, in der es zur Auseinandersetzung mit RMK-Kontrolleur Lang kommt. Der Leser wird aufgefordert, für einen Augenblick die Ohren zu verschließen, auf dass ihm der »richtige[n], also bürgerliche[n] Name[n] [Mahlers], der übrigens dem seines Gegenübers [Lang] erstaunlich nahe kommt«, verborgen bleibe. *Lang* liegt nun in der Tat »erstaunlich nahe« an *Lanz*.

Friedrich Lanz wurde 1899 im bernischen Rohrbach geboren, wo er auch die öffentlichen Schulen besuchte. Viel mehr ist leider nicht bekannt, denn bereits nach seinem Militärdienst, den er 1919 in Langenthal abgeleistet hat, wissen die Melderegister nichts mehr von ihm. Die nächste und gleichzeitig letzte Nachricht, die seine Person betraf, fand sich in zwei großen Reisekoffern, die von einer Patrouille der Schweizer Grenzwache im April 1945 unweit von Schaffhausen im Stacheldrahtverhau der Grenzbefestigung entdeckt wurde. Nebst persönlichen Gegenständen und Kleidern sowie dem hier interessierenden Typoskript inklusive zugehöriger Notizen hatten sich darin auch in Deutschland ausgestellte Papiere gefunden, mit deren Hilfe sich der Eigentümer der Koffer zweifelsfrei identifizieren ließ. Die Koffer samt Inhalt wurden zunächst in die Asservatenkammer der Schaffhauser Kantonspolizei überbracht. Da Friedrich Lanz aber im Kanton Bern heimatberechtigt gewesen war, wurde das hier interessierende Typoskript und die beiliegenden Dokumente nach Ablauf von fünf Jahrzehnten schließlich dem hiesigen Staatsarchiv übergeben, wo es nun unter der Signatur N Lanz 2.1 öffentlich einsehbar ist. Von seinem Verfasser selbst fehlt bis heute jede Spur.

Bern, im Oktober 2022,
Dr. phil. Samuel Tribolet

Editorische Notiz

Die Orthografie des Typoskripts wurde nur stellenweise modernisiert; ganz besonders grammatische Eigenheiten und zweifellos beabsichtigte Normabweichungen des Autors wurden hingegen stets in der originalen Schreibweise belassen.

9

Der Autor dankt der Schweizer Kulturstiftung Pro Helvetia,
der Stadt Zürich, der Landis & Gyr Stiftung,
dem Aargauer Kuratorium, der Stadt Baden und
dem Literarischen Colloquium Berlin
für die gewährte Unterstützung.

STADT BADEN   **AARGAUER KURATORIUM**

2. Auflage

© Frankfurter Verlagsanstalt GmbH,
Frankfurt am Main 2023
Alle Rechte vorbehalten
Lektorat © Frankfurter Verlagsanstalt
Umschlagmotiv: Giordano Poloni
Vor- und Nachsatz: Foto © Rainer E. Lotz, Bonn
Herstellung: Laura J Gerlach
Satz: psb, Berlin
Druck und Bindung: GGP Media GmbH, Pößneck
Printed in Germany
ISBN 978-3-627-00306-7